KODANSHA NOVELS

仮面の島

建築探偵桜井京介の事件簿

篠田真由美

KODANSHA NOVELS
講談社ノベルス

ブックデザイン＝熊谷博人
辰巳四郎
カバーデザイン＝岩郷重力
カバー写真＝©フォト・オリジナル
©Bob Krist/amana images

仮面の島——目次

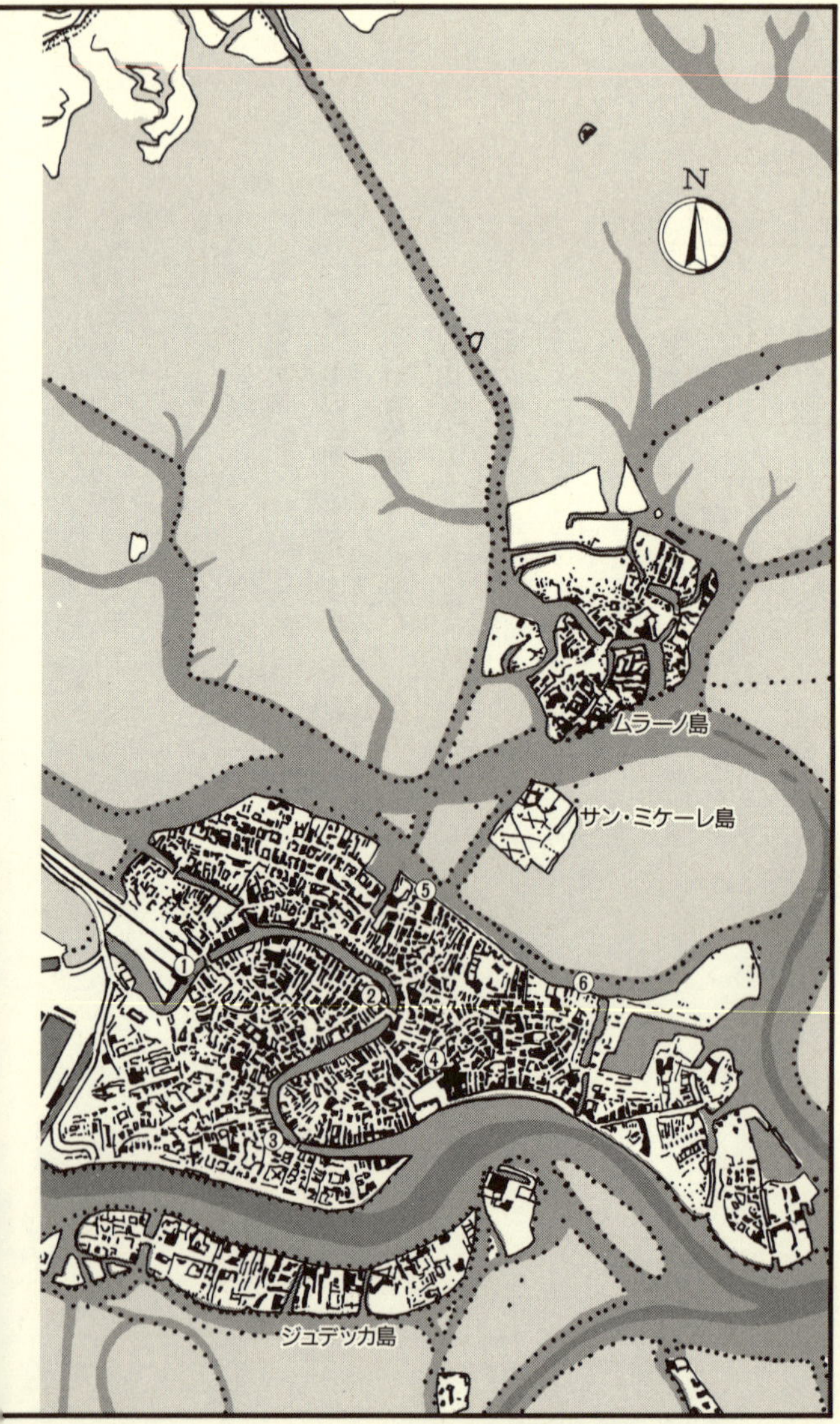

黒点は水路標識

VENEZIA

①鉄道駅
②リアルト橋
③アカデミア橋
④サン・マルコ広場
⑤フォンダメンタ・ヌオヴォ
⑥チェレスティア

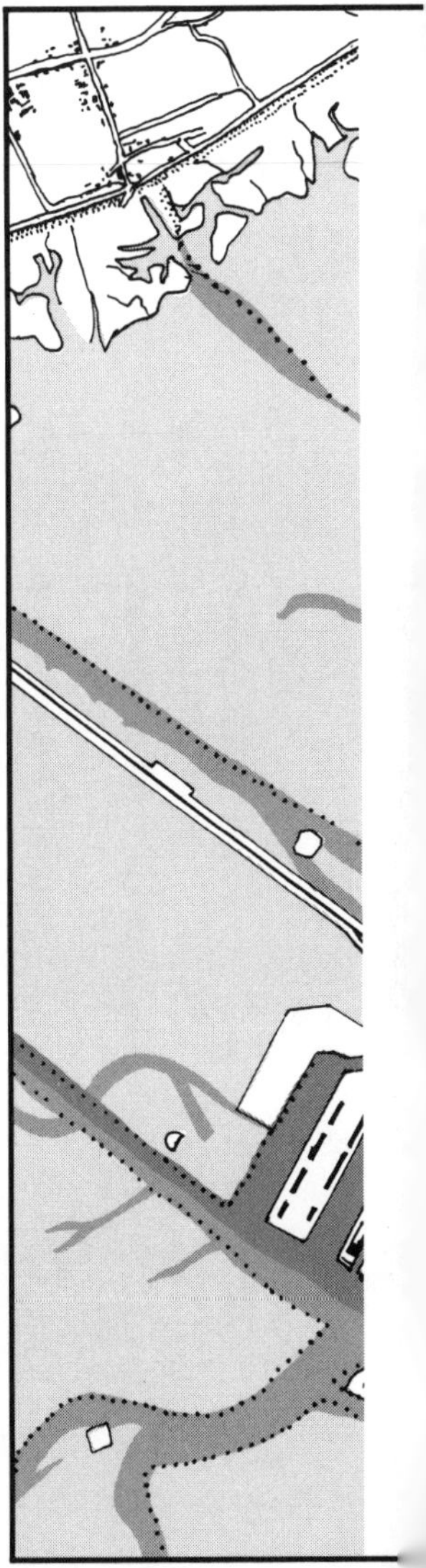

作図 風来舎

登場人物表（一九九九年十月現在）

トンマーゾ・レニエール（故人）――レニエール社前社長　九七年一月八十七歳で死亡
鈴子《れいこ》・希和《きわ》・レニエール(53)――トンマーゾの後妻
アルヴィゼ・レニエール(60)――トンマーゾの長男　レニエール社社長
セルマ・ラーゲルレーブ(31)――スウェーデン人彫刻家　元女優
（スフィンジェ）
アントネッラ・コルシ(19)――ヴェネツィア大学日本学科学生
藤《ふじ》枝《えだ》精《せい》二《じ》(42)――編集者
小《こ》宮《みや》ヒロミ(26)――フリーライター
マッシモ・ヴィ・ヴィスカルディ(27)――アルヴィゼ・レニエールの秘書
トダーロ(64)――鈴子・レニエールの使用人
ネリッサ(56)――同
桜《さくらい》井京《きょうすけ》介(30)――肩書き無しの建築史研究者
蒼《あお》(20)――W大文学部一年生
神《かみ》代《しろ》宗《そう》(54)――W大文学部教授
栗《くり》山《やま》深《み》春《はる》(30)――フリーター

赤き死の仮面――女・I

（――ラグーナの潮の匂いは、血の匂いと似ている――）

大気に満ちるその臭気を意識するたびに、女はそう思う。

女が人として生まれたのは、ここを遠く離れた極北の地だ。それも内陸、一年の大半を凍《い》てつく寒気の中で過ごす土地は、針葉樹の清冽《せいれつ》な香りに包まれている。そこに暮らしていたときは、敢《あ》えて心に上《のぼ》せることもなかったけれど、いまも女の肉体を経巡《へめぐ》るのは雪と氷、そして鋭い剣の刃先にも似た樹液の香気だ。

そのふるさとを四千キロと離れた見知らぬ国の、見知らぬ土地にいま彼女はいる。けれどそこに充満する空気の匂いに気づくたび、思い出す。何年暮らそうとこの国は、依然として女には見知らぬ土地でしかないことを。

潟《ラグーナ》の潮の匂いは、血の匂いと似ている。それも体から流されて、まだ固まってはいないものの少し冷えかけた血の匂いだ。

いくつかの砂州《さす》によってアドリア海の波濤《はとう》から守られた、浅い鍋のようなラグーナ。大陸《テッラ・フェルマ》から流れ入る淡水と海水が入り交じる波静かな汽水域は、溢《あふ》れるばかりに豊饒《ほうじょう》な生命を内に養っている。

生命――つまりは死を。

この街のほとんどの食堂で饗《きょう》されるズッパ・ディ・ペシェ、ラグーナで獲れた小魚や小海老の類《たぐい》をトマト味で煮込んだスープの皿を前にするとき、女はいつもこの浅くぬるい海水の中にスプーンをさしいれている気持ちがする。

熱く煮えた汁の中に溶け崩れた、数えきれぬほどの生命——死。

人はなぜ生命を尊《とうと》しとしながら、他の生命を、つまりは死を、楽しんで喰らうことができるのだろう。そう思うとふいに手にしたスプーンをなげうち、こみあげる嫌悪を皿へ吐き戻しそうになる。

生命と死は常に、一枚の仮面の表裏でしかない。どちらが実でどちらが虚か。選べといわれるならやはり死、と答えよう。夜に目覚め、窓を開け放ち、嗅覚を解き放てば誰にとてわかるはず。闇の底に淀《よど》む、重い湿気を帯びた、生臭い死の匂い、生き物の体の朽ち果て腐れていく匂い。死は生に較《くら》べてはるかに普遍だ。

足元から忍び寄る季節外れの冷えが、女を現在へと引き戻す。ラグーナに浮かぶ小島の岸辺は枯れかけた葦《あし》に覆われ、その根を夜の潮が洗っている。彼女はいまそんな場所に立っているのだ。暗さに馴染んだ目に、水に向かって緩《ゆる》い下り斜面となった砂礫《されき》の海岸と、小さな箱のような小屋の輪郭が見える。それはこの島の女主人に仕える、寡黙《かもく》で忠実な男の住まいだ。

ラグーナに点在する数十の島同様、ここもまた小さな砂州を埋め立てることで、ようやく居住可能なだけの広さを生み出したのだろう。石積みの護岸に隈無《くまな》く守られていたはずの島の輪郭は、歳月の内にいたるところで崩れ出し、やがては水に溶け落ちていくかに思われる。そんな島の裏手に彼の住まいは、ヴィラとも離れてひとつ建っている。彼、トダーロはあたかも彼の存在が、石積みの崩落を止める力となると信じているかのように、主人の勧めを固辞して夜は必ずその小屋へと帰っていく。

女が訪ねてきたのは彼だ。アトリエからここまで海岸伝いにわざと遠回りしてきた。満潮時には水に沈む湿地を、重い荷物を引きずって歩くのは決して楽ではなかったが、そこなら後に残る痕跡を気にせずに済むという、それがなにより肝心に思われたからだ。

だがようやくここまでたどりついて、ふいに耐え難いほどの疲労を感じた。負傷した腕も痛む。もう一歩も動きたくない。まだ時間はある。しばらくここで休んでいこう。それとも、トダーロならたとえ眠っていても、こちらの気配に気づいてくれるかもしれない。女は葦の中に立ち止まり、唇に指を当てて梟《ふくろう》の鳴きまねをした。懐中電灯を頭上に掲げ、数度点滅させた。これで少し待ってみよう。駄目なら駄目で、あと数十メートル歩けばいいだけのことなのだから。

女は闇の中で、ゴム製のブーツの足元にころがした荷物を見下ろす。いい加減にくるんだビニールシートの合わせ目から覗いているもの。光などなくともわかっている。そこにあるのはくしゃくしゃの黒髪に縁取られ、目と口を大きく開いたままの白く強ばった顔だ。

いや、もはや白くはない。割られた額から吹き出た血しぶきが、斑紋《はんもん》のようにその顔を彩《いろど》っている。まるで疫病の仮装のように。それとも作りかけで放り出された、紙張り子の仮面のように。

そう、どこかでこんな顔を見た気がする。見習い中の不器用な仮面作りが、色を塗ろうとして失敗した面。飛び散る赤い絵の具の飛沫《ひまつ》を一面に浴びた、水玉模様の顔。ぽかんと開いた切り穴の目、愚かしくゆがんだうつろな口。

ほんの三十分前までは生きていた人間の戯画。いや。むしろこの醜《みにく》く滑稽《こっけい》な死に顔こそが、おまえの正体だ。真実の貌《かお》だ。おまえはこの醜い顔を愛らしい笑みの仮面で隠していたのだ。

女はそれを見下ろしてつぶやいた。

――The "Red Death" had long devastated the country.――

「『赤キ死』ガスデニ久シクソノ国ヲ荒レ狂ッテイタ……」

十九世紀アメリカに生きた詩人が書き残した奇怪な物語、『赤き死の仮面』の冒頭の一節だ。女がまだ生まれた北の国から出たこともなく、無邪気に人生を信じていたころ、彼女の心と体をほしいままにしていったひとりの男が、戯《たわむ》れのように寝台の上で読んで聞かせた話。

No pestilence had ever been so fatal, or so hideous.——

「コレホド致命的デ、マタムゴタラシイ疫病モフタツトナカッタデアロウ……」

女は男の望むままにその散文詩めいた物語を暗記し、ギリシア悲劇を詠唱する巫女《みこ》のように、重々しく陰鬱に語ってみせた。

Blood was its Avatar and its seal —— the redness and the horror of blood.——

「血コソソノ病ノ化身デアリ、赤ク恐ロシイ紋章デアッタ……」

男はようやく独立したばかりの映画監督、彼女は駆け出しの下っ端女優。いつか君をぼくのカメラの前に立たせて、この物語をモチーフにした幻想的なフィルムを撮ろう。そんな夢をどこまで本気で信じていたかは、もう忘れてしまった。

男との関わりはやがて終わったけれど、記憶に刻まれた物語は消えなかった。時が下り、はるか四千キロを隔てた異国でもう一度この物語に出会ったときは、自分はいつかこの国に来ることが、あのときから定められていたのだろうかと、運命論者のごとき思いに襲われたものだった。

しかし運命などではない。これは彼女の意志的な選択だ。自らの意志でこの街に、というよりはあの人のそばに留まり、あの人を守っている。崩れかける島の土地を、波から守ろうとする護岸の石積みのように。いいや、それよりははるかに確かに。

あの人は、人間の悪意も、自分に対する妬《ねた》みも憎しみも、仮面に隠した醜い欲望も、なにひとつ見ることのない人だ。他人の中に千の闇と一の光があれば、ほかのすべてを無視しても光にこそ目を向ける人だ。

　初めはたいそう戸惑い、呆れ、非難さえしたけれど、やがて女は理解するようになった。それは決してあの人の愚かさや現実逃避のためではない。そうすることが正しいと、あの人自身が信じ、選択し、リスクを恐れず実行しているのだ。あの人の少女のような、やさしくも臆《おく》することない瞳が、微笑みが、声の響きが、己れすら忘れていた光をその者の内に呼び覚ます。

　それによって救われる人間は多い。彼女もまたあの人と出会い、たちまち心惹かれ、愛した。いやむしろ崇拝した。女神のように。ついに会うことはなかったがあの人の歳の離れた夫も、やはりそのようにあの人に魅せられて、求婚せずにはおれなかったのではなかったろうか。

　だが、その夫は死んだ。あの人によって救われ、同時に絶大な権力と富をもってあの人を庇護《ひご》してきたのだろう、その男は。あの人を独り占めできる幸せにいっとき有頂天《うちょうてん》だった女は、たちまちその甘さを思い知らされた。

　あの人には敵がいる。けれど女がいくらことばを尽くしても、あの人はそのことを認めようとはしない。あらぬ猜疑心《さいぎしん》に取り憑かれているのだと、哀しげな目で見つめるばかりだ。あまりに無垢《むく》なあの人は、守り手なしでは到底この汚れた地上に存在できないのだ。ならば自分がその庇護者になろう、と女は心に決めた。

　あの人を狙う敵が、絶えずこうしてあの人の周りにスパイを送り込んでくる。あの人を籠絡《ろうらく》するのは、二歳の幼児を騙すより簡単だ。彼女の遠い祖国の人間、あるいはそれと似たタイプの、若い娘。同情をそそるみじめな身の上話、軽い怪我や病気、疲れ切った顔、涙。そんな安っぽいお芝居であの人はたちまち心を動かされ、あの人を守る砦《とりで》であるはずのこの島までスパイを連れてきてしまう。

この女もそう、図ったようにあの人の心を惹くタイプだった。初めから胡散臭《うさんくさ》い気がしてならず、いつものように口をつぐんで観察していた。するとこちらにことばがわからないのだろうと、すっかり安心したらしかった。その電話を立ち聞きし、確信を持った。

夜中のアトリエに呼び出して詰問《きつもん》した。殺すつもりはなかった。追い出してやればそれでよかった。しかし思いもかけなかったことに、逆襲された。アトリエにころがっていた石割の鎚《つち》をふりかぶって跳びかかってこられたときは、さすがに気持ちの余裕がなかった。顔を守って受けた左腕の骨、折れているかもしれない。

相手の武器を右手で奪い取って、打ち振った先に額があった。鈍い音がした。大理石よりずっと軽い手応え。ゆっくりとのけぞる顔。吹き上げた血の紅が夜目にもあざやかだった。それ以外声も立てず、あっけなくスパイ女はアトリエの床に倒れて、かがみこんだときにはもはや呼吸がなかった。

踏みしめた足が冷える。女は右手の懐中電灯を点灯させ、もう一度闇に向かって振る。この死体を断じてあの人の目に、触れさせてはならない。あの人が光だけを見るために、自分が闇と死を引き受ける。そのためにこれは夜の明けぬ間に、ラグーナの深みに沈めてこなくては。でも、それには舟がいる。大丈夫、トダーロは女主人に忠実な男だ。きっと手助けしてくれるだろう。

「──羚子《れいこ》……」

女はそっとつぶやいた。唇の間で動く舌の感触は、口づけと似ていた。

──大丈夫。私がいる限り、誰にもあなたを傷つけさせやしない。たとえ何度この手を血に染めることになっても、私自身がこうして血塗られて横たわることになろうと、あなたを守るわ。

そのために私は『赤き死』の仮面をかぶる。あなたを傷つけ侵そうとする者に、容赦《ようしゃ》ない死を与える疫病の化身になる。絶対後悔なんてしない。それが私の選択……

膝を折り、すでに冷えかけている死体の顔に触れる。その顔を彩る、ねばりとした血のしずく。潮に似た匂い。そして心に思い描く。鮮血の紅に彩られたこの顔が、仮面となって己れの顔にぴったりと重なる様を。

唇が笑みのかたちになるのを、女は夜の中で意識する。

――私は殺人者、『赤き死』――

かつてカメラの前で演ずることのできなかった役を、もっともふさわしい舞台で演ずる。この役だけは誰にも渡さない。私は女優。でも、主役ではない。すべては、鈴子、あなたのため……

そのとき波音さえ聞こえない夜の底で、扉の開くきしみが聞こえた。

女は立ち上がり、懐中電灯を頭上高く掲げた。

ガラス細工の貴婦人

1

一九九九年十月の最終週。

私立W大学文学部教授神代宗《かみしろそう》と、彼の教え子で現在は肩書きなしの建築史研究者桜井京介《さくらいきょうすけ》は、ヴェネツィアにいた。

ヴェネツィアの中心といえば誰もが思い浮かべるだろうサン・マルコ広場。その舗石の上に並べられたカフェのテーブルに、ふたりして座っていた。

観光立国イタリア屈指の人気スポット。

ユネスコが認定した世界文化遺産。

アドリア海の内懐、満潮時には水没する、そよぐ葦群の他なにひとつなかった干潟《ひがた》の上に人智《じんち》を尽くして築かれ、いまなおその姿を変わることなく保つ都市。

ルネッサンス期には貿易による繁栄を謳歌《おうか》し、東地中海の女王と呼ばれ、その富と政治的安定性が賛嘆の的となった小さな大国。

やがて国力のゆるやかな衰退期を迎え、しばしば悪徳や忌まわしい快楽、頽廃《たいはい》と狂気と疫病の幻像にともなわれながら、なお不可思議な美しい夢として世界の想像力に君臨し続けた街。

バイロンが『地上の楽園』と詠《うた》い、ゲーテが『ビーバーたちの共和国』なる卓抜《たくばつ》な形容を捧げた。

トーマス・マンは作者の分身を美への生《い》け贄《にえ》としてこの街に屠《ほふ》り、ワグナーは大運河に面する館《やかた》で没した。

さらに——

いや、この街に賛歌を捧げた文人らの名を列挙するだけで、それは優に一冊の書物を成すだろう。そしていまもなおその名は、途切れることなく旅人を招き寄せている、そのヴェネツィアである。

イタリア語で広場を意味するのは『ピアッツァ』だが、ヴェネツィアに限ってはこれを一般には畑を意味する『カンポ』ということばで呼ぶ。ただサン・マルコ広場だけが『ピアッツァ・ディ・サン・マルコ』。つまりこの街で広場《ピアッツァ》といえば、固有名詞抜きでもサン・マルコ広場を指すのだ。

見通しの利かない狭い路地をさまよってたどりつけば、長辺約百八十メートルの矩形《くけい》の空間は実際よりはるかに広大に感じられる。三方を新古典主義様式の白いロッジアに囲まれ、短い一方に金色燦然《さんぜん》たるサン・マルコ大寺院のファサードが鎮座《ちんざ》する、イタリアでも有数の美と豪奢《ごうしゃ》を誇る広場だ。

サン・マルコ広場のカフェといえば、ガイドブックにも必ず取り上げられるカフェ・フローリアン。開業は一七二〇年ということで、インテリアのオリエンタル装飾が有名だ。しかし気候の良い季節なら、店内ではなく広場のテーブルに座るのが観光客の定石《じょうせき》だろう。

そこに座っている神代教授と桜井京介。それぞれ美術史と建築史の研究者ならば、初見ではなくともこの景観を前にして感慨もさぞかし——というにはどういうわけか、ふたりともいささか表情が冴えないようだ。

彼らの目の前では鳩の群が舞い立ち、ガイドの後について行儀良く列を作る日本人団体が現れては過ぎ、カフェの楽団はいささか元気すぎる調子で、これもヴェネツィアといえば誰もが思い出す映画『旅情』のテーマ曲を演奏している。

「——十月の末なら観光は、オフ・シーズンのはずじゃありませんか……」

例によってぼおっとした口調でつぶやく京介に、

「俺が知るか」

教授は短く吐き捨てると、ウール・コートの襟元をぐいとくつろげた。

「それよりなんだって十月のヴェネツィアが、こんなに蒸し暑くなくちゃあなんねえんだよッ」

「同感です――」

ふたりの当惑も無理はなかった。季節の変わり目は気温も一進一退する、その揺り戻しにぶつかってしまったのか、あるいは近頃は世界中どこかで毎年いわれぬことがない『異常気象』なのか。空はうっとうしいほど分厚い雲に覆われているものの、気温は二十度を超え、空気は強い湿気をふくんでいて、ひどく蒸し暑く感じるのだ。

じっとしていればそれほどでもないが、少し動くと汗が出る。その内汗が冷え始めると、今度は薄ら寒くなってくる。実に始末が悪い。京介も一張羅《いっちょうら》のウィンドブレーカーの中に着込んだ、薄手の丸首セーターを持て余しているらしい。

白い上着の給仕が、注文の品を運んでくる。京介にはエスプレッソ・コーヒーのダブル、カフェ・ドッピオ。教授にはガラスのコップに入れられたココア。ただしその半量は真っ白なホイップ・クリームで、渦を巻いて高く盛り上がった上には銀のスプーンが刺さり、薄焼きのクッキーが一枚飾られている。見たところはほとんどクリーム・パフェだ。

「よくそんなものが飲めますね――」

京介は神代の前に置かれた盆の上を、眉をしかめて忌まわしげに一瞥《いちべつ》した。

「見ただけで口の中がべたついてきそうだ」

「ほっとけ。俺あヴェネツィアに来たら、いっぺんはフローリアンでこのチョコラーテ・コン・パンナを注文することにしてるんだよ」

「ゼミで神代さんに怒鳴られている女子学生に、ぜひ見せたいようなお姿ですが」

「そらあ偏見ってもんだ、京介。おっさんが生クリーム喰ってどこが悪い」

黙って肩をすくめる京介は無視して、神代は慎重に柄の長いスプーンを動かし、山盛りのクリームをココアに溶かしこむ。ここであわてると中の熱い液体が飛び出してしまう。仕上げにそえられた砂糖を一袋入れて攪拌《かくはん》する。日本の喫茶店のココアと違って砂糖は入っていないから、甘さは好みで調整できるのだ。

幸い記憶にある濃厚な味は変わっていなかった。昔、この街に留学していた時代だ。彼がフローリアンのチョコラーテの味を教えられたのは。

あのころはヴェネツィアを訪れる観光客も、いまほど多くはなかった気がする。シーズンの切れ目にはピアッツアでも、子供たちがサッカーボールを追いかけていた。秋が来れば早々にカフェの楽隊も店仕舞いし、がらんとした広すぎる矩形の広場と、吹き抜ける風と、腹を減らした鳩の群だけが残った。足元から底冷えのするヴェネツィアの晩秋、そんな淋しい風景をガラス越しに眺めながら、狭い椅子の上で肩と肩を触れ合わせ、すすった熱いチョコラーテ……

「――ところで、これからどうします」

ぶっきらぼうな京介の声が、神代を一瞬の白昼夢から引き戻す。

「結局ここであと何日か、日本側の代理人からの連絡を待つしかないということですか」

「そうだな。それと、ヴィラに招待してくれるっていう夫人のことばの方は、一応信じて待っててもいいんじゃねえか」

「そうですね――」

「しかし、すまねえな。京介。おかしなうさんくせえ話で、こんなところまで連れてきちまって」

神代が頭を下げると、京介は驚いたように軽く目を見張り、顔にかぶさる前髪を掻き上げながらいいえ、とかぶりを振った。

「神代さんがお気になさることはありません。どうせ暇な身ですし、おかげで久しぶりにイタリアに来られたわけですし、それに――」

京介はいいかけて止めた。だが彼がなんと続けるつもりでいたか、わかっていると神代は思う。

（――それにいまは少しの間でも、日本にいない方がいいと思っていましたから――）

それは実のところ、神代も同じ思いだった。しかしふたりはこれまでその話題を避けてきた。口にしたところでどうなるものでもない。これもまた待つしかないことだ。神代と京介がこの十年浅からぬ関わりを持ってきたひとりの少年、――いや、彼もすでに二十歳を迎えたのだから少年と呼ぶのは当たるまい――蒼《あお》の決断を。

誰から示唆《しさ》されたのでも、誰を気遣ってのものでもなく、蒼自身が決めなくてはならない。彼がこの先どの姓を帯びて生きていくか。神代からの養子縁組みの申し出を、受けるか受けないか。

2

神代がイタリア行きの話を持ち込んできたのは、十月も半ばになってからだった。

ヴェネツィア本島からモーターボートで一時間ばかりのところに浮かぶ小島に、ルネッサンス期に建造されたヴィラが建っていて、持ち主が土地ぐるみ買い手を探している。所有者は三十年近く前にイタリア人に嫁いだ日本人女性だが、一昨年夫を失い、遺産としてその島を相続したもので、買い手にも日本人を希望している。

その情報を入手した日本の某社は、双方の代理人を通じて話を進めてきたが、やはり現物を確認しなくては提示された売値が妥当かどうか不安が残る。ついては建築と美術の専門家に、調査というほどのおおげさなことではなく、そのヴィラを検分してきてもらえないだろうか――という話だった。

「俺のゼミを出て商社に入った野郎がいてな、そいつ経由の話なんだが、ビジネス・クラスの往復航空券と滞在中の四つ星ホテル、食事代とか必要経費も前渡しで支給するそうだ。帰ってから報告書を提出するってことで、報酬の方は大したこたあねえが、どうだ、京介。おめえ行ってこねえか？」

彼は首をかしげてつぶやいた。

「どことなく釈然としない話ですね。相当の金額が動くだろう不動産取引としては……」

「まあな。ただ、この話はまだあんまりおおっぴらにしたくねえようなんだ。ちょいとばかりトラブルが起こってるとかで。機材持ち込んで調査、とまでいかないのはそのへんらしい」

「つまり、彼女の所有権に問題があるということですか？　相続とか、そういった類のことででも」

「いや、そうじゃなくてテロ対策だ」

「テロ――」

「我が国の貴重な文化遺産を極東の金の亡者に売り渡すな、ってな脅迫状が舞い込んだとかで、日本側じゃ悪質ないたずらの類と判断したが、所有者の方はかなり神経をとがらせているんだそうだ」

「ネオ・ナチ紛《まが》いの極右テロリストですか。イタリアにもそんな連中がいたんですね」

「確かに人種差別意識が乏《とぼ》しいってのは、イタリアの長所のひとつじゃああるからな。だがテロに関しちゃあ、いっときの極左テロ・ラッシュは終息したが、去年はまたアナキストの小包爆弾がどっかに送りつけられた、なんてニュースもあったよ。その辺が気になるなら、無理に勧めやしねえが」

京介は軽くかぶりを振って、

「購入する日本の会社というのは、なんのためにその島を買うつもりなんです？」

「俺の聞いた話だと、小規模な『日光江戸村』みたいなもんを狙っているらしいな。十六世紀のヴェネツィア貴族の生活を丸ごと再現して、スタッフにもそれらしいかっこをさせて、ついでにレエスやらガラスやら工芸品の製造販売と、昔風に復元したゴンドラのクルージングと、伝統料理と、まあそんなもんだ。本島は丸ごと歴史地区で、住民が家の修理するのでさえ役所の許可を取るのに大騒ぎだが、島ならそういうこともできるってわけさ。

「いま円がリラに対してどんどん価値を上げてるし、日本の不景気もそろそろ底打ちなら、よそが手を引いてるいまこそ海外投資ってことらしい」

そうして、なおも考え込んでいる京介に、

「観光業者に手を貸すのは気が進まねえかい」

「いえ、そういうわけではないんです。少なくともそうした企画なら、トランクを置くなりブランド・ショップに直行する女性たちよりは僕の理解の範囲内ですから。ただ——」

「ただ?」

「そのイタリア人に嫁いだ日本人女性に関する記事を、以前週刊誌で見た気がします。そのときの印象と今回の話に、なにか齟齬《そご》を感ずるんです。彼女はインタビューに答えて、夫との思い出のあるヴェネツィアの島に永住するといっていたような記憶があるんですが」

「それは未亡人になった直後ってことか?」

「たぶん——」


「それにしたって人間の気持ちってのは変わるもんだぜ。二年もひとりで暮らしていりゃあ、やっぱり日本が恋しくなっても不思議はねえだろう」

「——そうですね」

京介は、なにかを無理に思い切ったようにひとつうなずいて顔を上げた。

「その話、乗らせてもらいます。出発はいつですか。僕はすぐでもかまいませんが」

「まあちょっと待てや。W大祭で十一月の頭の一週間は講義が休めるからな。月末なら、二コマばかり学生どもを喜ばしてやりゃあ俺も出かけられる」

京介は目を見張った。

「神代さんも行かれるんですか」

「実をいうとな、その未亡人は俺の先輩らしいんだ。芸大出てヴェネツィア大学に留学して、ほんの半年ばっかりでイタリア人の亭主と結婚しちまったようだから、俺とは入れ違いで、向こうは俺の顔も名前も知りゃあすまいが」

そこで神代は一旦ことばを切ったが、京介は黙って話の続きを待っている。

「でな、その未亡人の許《もと》に、ヴァザーリの『列伝』の記述で昔っからタイトルだけ知られてたジョルジョーネがあるらしいんだ。長らく婚家に秘蔵されていたその一枚が、遺言状によって彼女に遺贈されたわけだな」

「なるほど……」

京介はつぶやいた。ジョルジョーネはルネッサンス期のヴェネツィア派に属する画家だが、三十代の初めに病死しているために、ティツィアーノやヴェロネーゼ、ティントレットなど、他のヴェネツィア派と較べて作品数が非常に少ない。

しかし主題について定説がない謎めいた『嵐《ラ・テンペスタ》』や、独特の詩情と風格を漂わせた『眠れるヴィーナス』などの傑作を残している。神代もかねてから関心を寄せていて、特に『ラ・テンペスタ』については一冊著書もあるほどだ。

「新しい著作の計画でもあるんですか?」

「いくらなんでもそこまで考えちゃいないさ。だが、まさかその絵まで売り物の中にゃ入ってないんだろうが、彼女が島のヴィラに住み着いてるなら、そこに保管されてる可能性が高いだろう。この機会を逃したらもう一生お目にかかれそうにない。となりゃあ講義の二コマくらいほってくさ」

「だったら別に僕は」

「まあそういうなよ。実のところ建築の方の検分は、俺にゃあちっと荷が重いやな——」

というわけで彼らは一昨日、アリタリア航空でミラノ経由ヴェネツィアにやって来たのだった。

国際空港というより地方のバスターミナルのようにこぢんまりしたマルコ・ポーロ空港では、迎えの水上タクシーが待ち受けていて、夜のラグーナを横切ってふたりを日本人団体も多い四つ星ホテル、スプレンディッド・スイスまで送り届けてくれた。

ホテルのフロントには翌日の午後、ホテル・ダニエリのロビーで島の持ち主である女性との会見がセットされている、という日本側代理人のFAXメッセージが入っていて、汗ばむほどの気温の高さのほかは意外なこともなかったのだが。

翌日の会見はふたりにとって、意外というも愚かな展開をたどることとなった。問題の物件サンタ・マッダレーナ島の所有者、羚子《れいこ》・希和《きわ》・レニエールは、島を売る意志はまったくないし、日本の企業とそのような話が進行しているということも自分は知らないと断言したのである。

3

サン・マルコ広場を後に、サン・マルコ大寺院と並び建つ、ヴェネツィア共和国時代の政治の中心、パラッツォ・ドゥカーレの前を過ぎれば、目の前には大小の船が行き交うラグーナの海が開ける。晴れた日なら陽光が海面にきらきらしく反射し、寺院のモザイクの黄金色や、ドゥカーレ宮の外壁の薔薇《ばら》色が重なって、旅人の視覚を眩惑する。あたりかまわぬ嘆声を放とうと、カメラを片手に口を開けて立ち尽くそうと、恥じ入ることはない。行き交うのはいずれも同じ思いのツーリストだ。

鴎《かもめ》が舞い、繋がれたゴンドラのへさきが揺れ、土産物屋の屋台が並び、その彼方にはルネッサンス末期の建築家パッラーディオの設計になるサン・ジョルジョ・マッジョーレ教会が、舞台装置のようにぽっかりと、白いファサードを見せて浮かんでいる。

その教会と水を隔てて向かい合う位置にあるのが、ヴェネツィアの高級ホテルといえば真っ先に名が上がるホテル・ダニエリ。ホテルとしての創業は、ナポレオン率いるフランス軍の前にヴェネツィア共和国が崩壊した以後の一八二二年だが、本館の建物が建てられたのは十五世紀末。第四次十字軍を牛耳《ぎゅうじ》ったことで名高い傑物エンリコ・ダンドロを始め、幾人もの共和国元首を輩出した名門貴族ダンドロ家のために建てられたパラッツォだという。

外見は到底それほどの高級ホテルとも、由緒ある建造物とも見えない。前もって聞かされていなければ、十中八九見過ごしてしまうだろう。スキアヴォーニ河岸に向いた正面にも特に目立った装飾はなく、外壁は周囲に溶け込むくすんだ煉瓦《れんが》色に塗られ、ホテル名は極《ご》控えめに主階の窓の上に記されているだけ。そして出入り口は、小さな回転ドアがひとつあるきりだ。

しかしひどく重い、古風な回転ドアを押して一歩内部に足を踏み入れれば、そこには思わず声を呑むほどの豪奢《ごうしゃ》な空間が広がっている。アーチを支える高い円柱、紅色の絨毯《じゅうたん》を敷いた大階段、色大理石の壁に照り映える壁灯の輝き。地味な外見は実は、この驚きを人に与えるための周到な準備だったのかと思わずにはおれない。

ホテルのロビーとしては、さして広大なわけではない。だが、高い。吹き抜けの空間を舞台装置のようにゆったりとした階段が壁に沿って上り、各階からは劇場の桟敷のように手すりが張り出し、目を上げれば四階の上にはステンドグラスの天井が張られて昼の光を落としている。ヴェネツィアの伝統建築ではコルテと呼ばれる中庭が、このようなかたちで転用されているのだ。

午後のロビーはチェック・インの客で混み合っていた。会見の場所として指定されたのは、ロビーを入って左、半円アーチの円柱で区分されたラウンジだが、こちらも陽気なツーリストたちが椅子を埋め、ときおりストロボがひらめいている。

柱頭も天井のレリーフも黄金色、シャンデリアは花をかたどった色ガラスという派手々々しさも、ほの暗い影の中に沈められているから、小型カメラのストロボでは、どの程度の写真が撮れるかおぼつかないが、そんなことは元より、誰もかまってはいないようだ。

ヴェネツィア屈指の伝統的高級ホテルとはいえ、そこに流れる空気はどちらかといえばリゾート地めいた気楽でがさつなもので、格の高さとか気品とかいった雰囲気は、少なくともいまは感じられない。それもまた大衆の時代である現代のもたらした、人によっては耐え難く苦々しい変化であるのかもしれなかったが。

神代が給仕に声をかけると、相手は軽くうなずいてふたりを左手壁際のテーブルへと導く。そこはラウンジ全体より天井も低く、柱で仕切られて奥まった印象を与える一画だ。外壁のガラス窓も二重で、外側は円形ガラスを鉛で繋いだ中世風のこしらえだから、いまも外を行き交っているだろう人波の存在もほとんど感じられない。さすがに彼らの放つ喧噪《けんそう》ばかりは完全に断ち切れぬものの、壁越しに聞くそれは遠い潮騒《しおさい》の響きと変わらなかった。

その窓を背にしたソファに、ふたりの女性が座っていた。身につけているものがいずれもモノトーンという以外、ことごとくが対照的なふたりだと神代は思った。

向かって右に座っているのが、島の持ち主である羚子・希和・レニエールであろうとは、問うまでもない。彼女の隣に座っているのは、一目で北欧の血を感じさせる大柄な金髪女性だったからだ。その大柄な女性と並んでいるせいもあるだろうが、レニエール夫人はガラス細工のように華奢《きゃしゃ》に見えた。

歳はあらかじめ聞いたところでは五十三、神代よりは一歳下だが、うなじにやわらかく纏《まと》めた髪にはかなり白いものが混じっているようだ。飾り気の少ない白いブラウスの上に白いレエス編みのストールを重ねた肩が、痛々しいほどに細く薄い。そうしてじっと座っているところは、実際の年齢よりはるかに上の老女のようで、夫を亡くした彼女が祖国に戻ることを望むのも当然だ、と思えた。

しかし近づく神代らに気づいて彼女が顔を上げたとき、最初の印象はにわかに揺らいだ。白い小さな顔に皺《しわ》はなかった。黒目の大きな、つぶらなふたつの瞳が明るい光を浮かべて神代を見つめていた。その目が現れただけで、小柄な夫人の全身に輝きと生気がみなぎるようだった。繊細なガラスの火屋《ほや》の中に、黄金の火を点《とも》したかのように。

ソファから立ち上がる。やや長めの黒いフレア・スカートが、か細い腰の回りで優雅な襞《ひだ》をひらめかせた。しかし簡単な自己紹介を済ませた神代と京介に向かい、夫人はその美しい目に当惑の色を浮かべて首をかしげたのだった。

「――わざわざ日本からいらしたという神代様には申し訳ないのですけれど、私どもは大変驚いて、戸惑っておりますの。今日のことは確かに手紙でいただきましたが、私はサンタ・マッダレーナ島を売却するつもりはまったくございません。

あの島とヴィラは、私が夫から相続したほとんど唯一のものです。日本に帰ることなど、考えたこともありません。私は現在の生活に満足しておりますし、これからも長く島で暮らしていきたいと思っております。ですから今日は、なにかお間違えなのではないかと申し上げるためにこうして出てまいりましたの」

当然ながら、そんな馬鹿なといいたいのは神代の方だった。しかし夫人は、神代にゼミの卒業生経由で話を持ち込んできた日本側の代理人の名も、買い手だという日本企業の名前も聞いた覚えはないという。実のところ問い合わせ程度なら、過去に幾度かイタリアの企業から打診を受けた覚えはある。しかしそのたびにきっぱり断ってきたので、それ以上話が進んだことはない――

「では、その売却話に反対して、脅迫状が舞い込んだというようなこともないのですか?」

神代が思いきってそう訊《き》いたのは、さらに強烈な脅しがきたために、彼女がすべてをなかったことにしようと考えているのかもしれない、と思ったからだ。

だが当の夫人はそれを聞いて、ますます当惑の表情になった。

「とんでもない。そんなもの、受け取ったことはこれまで一度もありません――」

いいかけて、ふっとなにか思いついたように口をつぐむ。

「あ、でも、会社の方になにか、ということはあるかもしれませんわね。けれどそれは私には、わからないことです」

「会社の方に、とは?」

「夫の父が興したファッション・メーカーですわ。ジャンマリオ・レニエール。本社はミラノにあって、いまは夫の長男が後を継いでいます」

確かこの夫人は後妻だったのだな、と神代は口には出さずに思い出す。

「しかし、島と不動産の所有者は、間違いなくあなたでいらっしゃるわけですね? その、会社のものではなくて」

「ええ、それは。でも、外では誤解している人がいるかもしれませんから」

どうも話が見えない。確かに見当違いの脅迫状がレニエール社に舞い込むことはあり得るかもしれないが、現在の所有者が夫人である以上、売却の話が夫人抜きで進められるはずがない。

すると突然、それまで黙っていた金髪女性が口を開いた。夫人の肘を摑《つか》んで、なにごとか物凄い早口でまくし立てている。よく聞けばそれは英語なのだが、あまり早口なので最初はわからなかった。

夫人はちょっと困ったように笑って、相手をなだめようとしているらしい。これまでの会話は当然のように日本語だったが、今度は夫人もなめらかな英語で答えている。だが金髪女は相当に激しているようで、夫人のことばにも一向収まる様子はない。青い瞳をきらめかせ、紅を塗った唇から怒りを吐き出している。上擦《うわず》って金属的な声の響きが耳に突き刺さるようだ。

「やっぱりそうなのよ、レイコ。全部あの男の仕業だわ。あなたを島から追い出すつもりよ。これであなたもいい加減わかったでしょう？　私の偏見なぞじゃないわ。彼はあなたの敵なのよ！」

「スフィンジェ。ねえ、スフィンジェ。お願いだから、ここでは止めて」

夫人は英語で繰り返しながら、相手の肩から腕をなでるようにさすっている。そうして向かい合っていると、上背も肩幅も黒革のベストを突き上げている胸の大きさも、なにもかもが大きなスフィンジェと呼ばれた女性と較べて、夫人はほとんど子供のようだ。だがその夫人が、むしろ母親のように相手の怒りをなだめている。

「その話はまた、私たちだけでしましょう。ちゃんとあなたの話も聞くわ。だからいまは止めておきましょう？　その方がいいわ。ね？」

金髪女性はようやく口をつぐんだ。しかし納得してのことではないといいたげに、きつく眉を寄せ、下唇を噛んでかぶりを振る。指のしっかりと太いふたつのこぶしが、革のタイト・スカートに包まれた腿の上で握りしめられている。ほとんど白に近い色合いの金髪が、波打ちながら肩で揺れた。

「——あの男というのは誰か、うかがってもいいでしょうか」

英語でそう尋ねたのは、それまで沈黙を守ってきた桜井京介だった。

「ええ、それは——」

ためらいがちに口を開きかけた夫人を制するように、波打つ金髪の頭がふたたびもたげられた。髪と同じ色のまつげの間から、極北の空を思わせる冴えたブルーが見返した。

「アルヴィゼ・レニエール。レイコの夫だった男が、落魄《らくはく》したヴェネツィア貴族の先妻に生ませた長男、いまはレニエール社の社長。そしてレイコの敵よ。レイコはどうしても認めようとしないけれど、私は知っているわ」

「スフィンジェ――」

夫人の声にも彼女は振り向こうともしない。

「彼は父親の生きていたときから、ずっとレイコを憎んでいる。そしていまは彼女が夫から受け継いだわずかの財産さえ取り上げて、彼女をこの国から追い出そうとしているの。

レイコのところに脅迫状なんてものが来るとしたら、それを書くのはあの男に決まっているわ。起こってもいない取引の話をでっち上げたのも、彼の悪《わる》巧《だく》みのひとつに違いないわ。それともあなたがたも彼の共犯？　だったら私が許さない。生きてこの国を出たいなら、いますぐ空港へ行くことね！」

刃物で斬りつけるに変わらぬ口調で吐き捨てると、神代と京介を代わる代わる睨《ね》めつける。どう見てもこの女はまともではないな、と内心神代は思う。相当な被害妄想だ。夫人の方は極《ご》常識的な、穏やかな人格と見えるのに、なんだってこんな女を連れてきたのだろう。

「スフィンジェ」

夫人がふたたびそっと声をかけた。やわらかな、耳をくすぐるような声音《こわね》だった。

「ね、あなた、お願いしていい？　マリーニの店で頼んだ靴の修理、今日ならできているはずなの。それから、ネリッサができたらティモを一束欲しいっていっていたわ。あなたが戻ったらいつものお店でマロン・グラッセを買って、島に帰ってお茶にしましょう。ね？」

女の肩先からふっと強《こわ》ばりが抜けた。首を垂れて小さな子供のようにうなずくと、だがまた不安になったとでもいいたげに夫人の方を見返る。

「私が戻るまでここにいる？　どこにも行かないで待っていてくれる？」

「ええ、もちろん」

夫人はふわりと微笑んだ。

「そんなに心配しないで、スフィンジェ。あなたを置いてどこにも行きやしないわ」

スフィンジェが神代たちを無視して立ち去ると、夫人は同じやわらかな笑みをこちらに向けた。

「――ごめん下さいませ。驚かせてしまいましたわね」

会話は自然日本語に戻る。

「あの人ってとっても心配屋さんなんです。でも決して悪気はないんですわ。私がこんな頼りない人間なもので、周りにいる人はきっと大変なのでしょうね。生前の夫もときどきは、冗談半分にそんなことを申しましたもの。おまえひとりで街なぞ歩かせられないって」

「失礼ですが、あの方はどういう?」

神代の問いにうなずいた夫人は、

「私の大切なお友達。ビエンナーレにも出展したことのある彫刻家で、大理石を主に素材にしています。いまは私の島にアトリエを構えていただいて、それだけでなく話し相手にもなってくれますわ」

「北欧の方のようですね」

「ええ、スウェーデン人です。本名はセルマ――、あら、私っていつも忘れてしまうんですのよ。北欧の方の名前って、覚えにくいんですもの」

短くほがらかな笑い声を上げて、

「でも私はスフィンジェって呼びますの。美しくて、たくましくて、誇らかで、あの人にはぴったりだとお思いになりません?」

スフィンジェとはイタリア語でスフィンクスのことだ。無論この場合はエジプトに建つ王の顔をしたライオンの像ではなく、ギリシア神話に現れる女面獅子身の怪物の方だろう。それもあの女性の形容ならば、幻想画家ギュスターブ・モローが繰り返し描いた『勝利のスフィンクス』、血まみれの骸《むくろ》の山に君臨する美しくも残忍な女怪こそふさわしい。

自分の住む島にアトリエを作って、ということはふたりの関係は芸術家とそのパトロンなのだろう。そして同時に彫刻家は、孤独な未亡人の話し相手と生活の伴侶《はんりょ》を兼ねているのだろうか。

「──もうひとつ、質問させていただいてかまわないでしょうか」

京介のことばに夫人は目を上げ、やわらかに微笑んでみせた。

「どうぞ。せっかくこうしてお会いしたのですから、ひとつとおっしゃらずにいくらでも」

「島の売却話にはまったく覚えがおありでないというのに、一方的に通告された会見の場所にわざわざ出てきて下さった。そしてこうして会って下さっている。そのことになにか、特別な理由でもおありなのでしょうか？」

夫人は、丸く見開いた目の表情だけで、

（まあ）

という笑いを含んだ驚きを表現してみせた。

「島と申しましても、モーターボートに乗ればほんの一時間でサン・マルコまで着きますのよ。私のことをそんなにも、世捨て人か隠者のようにでも考えておいでになったのかしら」

「島の名前からの連想、かもしれませんが」

「確かに聖女マッダレーナといえば、女隠者のはしりだそうですわね。けれど私は本当に、隠遁《いんとん》しているつもりはありませんのよ。気が向けばこうして街に来て、買い物も自分でいたします。運転手付きの車でなければどこにも行けなかったミラノよりは、ずっと便利で自由な毎日ですわ」

小さな肩を軽くすくめた夫人は、でも、とことばを続けた。

「あの手紙だけでは止めるスフィンジェを説得しきれなかったかもしれませんわ。その点では、桜井さんとおっしゃいました？　あなたのご慧眼《けいがん》と申せますでしょう。実を申しますと私が今日ここにまいりましたのは、その手紙にあなたのお名前があったからですの。プロフェソール・ソウ・カミシロ」

いきなり名前を呼ばれて神代は目を剝《む》く。はて、これまでに自分はこの女性と接触したことがあっただろうか。

「いいえ、先生とお目にかかるのはこれが初めてです。私がこの国に来たのはヴェネツィア大学に留学するためでしたけれど、ほんの半年でそれも止めてしまいましたし、夫の存命中はずっとミラノに住んでおりましたから。ただ昨年の初めからこちらに移って、ヴェネツィア大学の日本学科の方たちとお知り合いになって、そこで先生のお名前をうかがっておりましたの。シニョリーナ・アントネッラ・コルシから。

ずいぶん歳の離れた友人ですけれど、親しくさせていただいておりますのよ。あの方がまだお小さいときに、先生とご一緒に撮られた写真なども見せていただいて。だから他のことはおいても、ぜひ先生にはお目にかかってみたかったんです。明るくて、生き生きとしていて、ほんとうにとてもすてきなお嬢様ですわね」

4

結局この日のレニエール未亡人との会見は、多くの発見や驚きに彩《いろど》られていたとはいえ、結論保留の曖昧《あいまい》さの内に終わった。

神代としてもまさか子供の使いでもあるまいし、わざわざヴェネツィアくんだりまでやって来てしまったものを、売買の話など知らないといわれたからといって、そのままあっさり頭を掻いて引き下がるわけにはいかない。とはいえなんの権限があるわけでもないので、取り敢えず日本側の代理人に連絡を取って、早急に今後の行動を決め、夫人にも連絡が行くようにする、というしかなかった。

夫人はしかし、自分の知らないところで島の売却契約が進行していたらしいということを、本当にわかっているのかいないのか、そのことにはまったく危機意識も関心も示そうとしない。

すべて先生におまかせいたしますわ、とあっさりいわれて、スフィンジェの危惧《きぐ》もまんざら根拠のないことでもないかもしれないと、逆に心配になった。この女性を騙《だま》して夫の遺産を身ぐるみ剝《は》いで、イタリアから放り出すなどその気になれば誰でもできるのではあるまいか。

父親の後を継いだ先妻の息子が、異国人の後妻を冷酷に扱うというのもありそうな話だ。しかし神代の顔に浮かぶ懸念を、夫人は敏感に読み取ってたしなめるようにいうのだ。

「いけませんわ、先生までそんなことをお考えになられては。スフィンジェはあんなふうにいいますけれど、アルヴィゼは紳士です。それに私とも古くからの知り合いで、とても好意を持ってくれています。それがかえって困るくらい……」

「困る、とは？」

「あ、いいえ」

その先は笑みの中に紛《まぎ》らせられてしまった。

「では神代先生はしばらくヴェネツィアにご滞在でいらっしゃいますのね。それでしたらぜひ私の島へご招待させて下さいましな。あの、女だけの侘《わ》び住《ず》まいで、たいそう取り散らかしておりますから、いますぐにとは申せませんけれど、二、三日のうちには必ず。よろしゅうございますか？　桜井さんもごいっしょに、きっとおいで下さいましね」

「その島のヴィラがルネッサンス期の建築だ、というのは事実なのですか？」

京介が、例によって感情の表れぬ口調で尋ねる。馴れてしまえばなんとも思わないが、初対面の人間の耳にはやはり奇妙に響くかもしれない。しかし内心どう思っていたにせよ、夫人はそんなそぶりは少しも表さず、

「ええ。でも、この国ではその程度の古さの建物なんて珍しくもありませんわ。だいぶん後代に直しておりますし、期待してごらんになったらきっとがっかりなさいます。

けれど古いものに興味がおありなら、僧院の廃墟もございます。十三世紀の創建だそうで、残っているのは僧坊《そうぼう》の壁くらいですけれど、スフィンジェが彫刻のかけらを収集しておりますから、興味がおありでしたらどうぞ、そちらもご覧下さいまし」

ホテルに戻った神代はただちに日本の代理人に電話を入れたが、相手は出ない。まだサマータイムが終わっていないので時差は七時間。イタリアは午後三時でも、日本のオフィス・アワーはとっくに終わっている。

代理人の代理、神代ゼミの卒業生をようやく捕まえて夫人のことばを伝えてみれば、向こうは神代同様寝耳に水といった様子だ。さんざん待たされたあげく、イタリアの交渉相手に事実関係を問い合わせて連絡するから、それまではヴェネツィアで待機して欲しい、というだけの結論が出たときには翌朝になっていた。

すみませんすみませんとことばだけでも平謝りされて、それも謝っている男のせいでもないらしいとわかれば、いつまでも腹を立てているのは難しい。どうせ十一月の七日まで大学は休みなのだ。滞在を予定より早く切り上げても、別段日本でやることがあるわけでもない。

だが連絡待ちという中途半端な状況は、なんとも気持ちの落ち着かないものだ。これが初めて来た街なら、寸暇《すんか》を惜しんで見物ということもあるが、神代にとってヴェネツィアは、のべ十年近くも暮らした土地。路地を歩けば見る影もなくぶざまに修理されてしまった建物や、味わいある古色のついていたバールがけばけばしい安ぴかの店に変わってしまったのや、ろくでもないものばかりが目について、思わず『昔は良かったな』などといいたくなってしまう。かくて一夜明けた今日の昼下がり、ふたりはフローリアンのテラス席に沈没しているというわけなのだった。

「京介。おまえどっか見物に行きたいところはないのかよ？」

「神代さんが寝ておられる内に、新しく公開されたものだけは見てきました。パラッツォ・モチェニーゴと、コンタリーニの螺旋《らせん》階段と」

「ほう、そいつあ気がつかなかった。日本じゃ何日部屋にこもってても平気なやつが、旅先だけはやけに腰軽になりやがるなあ」

神代の皮肉は聞き流して、

「時間があったらアカデミアか、ペギー・グッゲンハイムにでも寄っていこうと思ったのですが、止めました。行列ができていたので」

「まあったく、どこもかしこも人が多いやな――」

神代もため息をつく。だがさすがにカフェのテーブルに座る人間はそう多くはなかった。いくら気温が高いといっても、しばらくじっとしていればうそ寒くなってくる。天候にしてからがどうしようもなく中途半端だ。

「いつまでこんなとこで人混み眺めててもしょうがねえし、どうせ島に招待してくれるならさっさとしてもらえねえか、っていってもこっちから催促《さいそく》するわけにもなあ」

あの夫人、人柄という点ではともかく、あまりてきぱき物事を進められるタイプには見えなかった、と神代は口には出さぬまま考える。

「神代さんがいってたジョルジョーネ、見せてもらえるでしょうか」

「こうなりゃ意地でもおがんで帰らにゃあな。とはいっても京介、当面そいつの話は羚子夫人の前では出さないでくれ」

「それはかまいませんが、なにかわけが？」

「そうなんだ。実はこの話を引き受けてから、確かレニエール家所蔵のジョルジョーネについてなにか論文があったんじゃないかって思って検索していたら、論文は見つからなかったがイタリアの美術雑誌にちょっとした記事があってな――」

「贋作《がんさく》だった、とでも?」

眼鏡の脇から視線を流してきた京介を、神代は顔を振り向けて睨んだ。

「いちいち人のいうこと先回りするんじゃねえよ。サトルの化け物の真似は止めろって、前っからいってるだろうッ」

しかし京介は相変わらず涼しい顔で、

「ジョルジョーネほどの大物で、『列伝』にタイトルが上がっていて、現在の所有者もわかっているのに公開はおろかほとんど話題にさえされていない名画、ということになれば、一番ありそうなのが贋作の疑惑ですよね。そして持ち主は鑑定に晒《さら》して黒白をつけるより、研究者の目を避けて秘蔵することを選んだ。ということは贋作の可能性の方が強いのかもしれない。別に読心術や妖怪変化を担ぎ出さねばならないような推測でもないと思いますけど?」

「それだけわかってるなら口はつぐんでおけ。いいな?」

「ええ。僕も雌ライオンに頭からかじられるのは、御免蒙《ごめんこうむ》りたいですから」

「確かにな。ありゃあ話し相手というより、どっちかってえと番犬だ」

そのとき頭上の鐘楼《しょうろう》が鳴り出した。時計を見るとようやく一時。

「飯でも喰いにいくか」

「遠慮します。イタリア式のフルコースは一日一度でも僕には重すぎる」

「そうだな。夜になったらどっかの居酒屋に、一杯やりに出るか」

「そうですね——」

そこでまた話が途絶えた。

神代の目の前で三、四歳くらいの、青いブルゾンに毛糸の帽子をかぶった男の子が、歓声を上げながら鳩を追いかけている。後ろから大股に、ゆっくりと歩いていく大きな男が父親だろう。母親らしい姿は見えない。

褐色の顎髭《あごひげ》を生やしたいかつい顔が、笑いながらなにかいっている。子供の名前を呼んで、ころぶなよ、とでも声をかけているのかもしれない。

だが、その声を合図にしたように男の子は前のめりにころんだ。周囲の鳩がわっとばかりに飛び立つ。思わず神代は腰を浮かしそうになる。父親は急ぐふうもなく、ころんだ息子の方へ歩いていく。

男の子はしかし泣き出さなかった。口をへの字に結んでしかめた顔を持ち上げたその子は、両手を石畳についたまま猫のような仕草で空を見上げた。薔薇色の唇がぽかんと丸く開く。その頭の上、むら雲に覆われた上空を、無数の鳩が輪を描いて舞っている。

近づいた父親の手に摑《つか》まって、上を見上げたまま子供は立ち上がる。父親はその肩の上にひょいと息子を乗せた。小さな両手で父親の頭を摑んで、なおも空を見上げる男の子。大きく開いたままだった口が、にこりと笑いのかたちになる。そうしてふたりはゆっくりと、神代の前を通り過ぎていった。

「――やっぱりあいつも、連れてきてやりゃあよかったかな……」

口からことばがもれた。なんとなくいい出しづらいままいわないでいて、出発の数日前になっていきなり話のついでのように、京介と十日ばかりヴェネツィアに行ってくるよ、といった。それを聞いたときの蒼の驚いた顔が、かすかな痛みとともに神代の記憶によみがえる。

四年前、一年の学外研究から戻ったとき、今度イタリアへ行くときは必ずいっしょに行こうな、と約束した。その後も海外に出る機会は幾度かあったが、蒼は蒼で高校生活や受験に忙しく、そのまま時が経ち、今回もまた約束を無視してしまった。そんなことまで思い出されてしまう。この痛みはつまり神代の、蒼に対する後ろめたさだ。

神代はこの九月になってようやく、蒼に自分の養子にならないかという話を、本人に向かって持ち出したのだった。神代の姓を名乗れば、少なくとも蒼は過去からひとつ遠ざかれる。彼自身の責任ではないまま負わされてしまった、重すぎる記憶。それを示す名前という絆《きずな》。起きてしまったことをいまから無にすることはかなわなくとも、少しでも背にのしかかる重さから彼を自由にしてやりたい——

大喜びで即答されるとも思ってはいなかったが、蒼の顔に浮かんだ表情はいっそう複雑だった。少なくとも不快や、迷惑といった様子はなかったと思いたいが、自分の願望も入っているとすれば断言するほどの自信もない。

『ごめんなさい。少し、考えさせてもらっていいですか?』

視線を伏せたままそう答えた蒼に、神代はあわてて、もちろんだと答えた。

『少しなんていうこたあない。おまえの一生の問題なんだ。いくらでも、納得の行くだけ考えてくれ。ああそれと、いい出しちまってからなんだが、俺の気持ちとかそんなもなあ斟酌《しんしゃく》しなくていい。おまえ自身のことを一番に考えて、一番いいと思った答えを出してくれ。わかるな?』

蒼はうなずいたが、最後まで目を上げようとはしなかった。

それから二月近くが経っている。大学にいる間も時間が空けば研究室の掃除をしたり、京介たちと連れ立って夕飯を食べに来たり、神代と蒼の関係はそれまでと少しも変わらなかった。神代にしても極力そのことは意識せぬように、答えを急《せ》き立てるそぶりなどせぬようにと、気を使ってきたつもりだ。だが保留されている決断が多少なりとも、蒼に緊張を強《し》いていることを感じぬわけにはいかなかった。

「そんなに迷うくらいなら、こっちからさっさと取り下げてやりゃあよかったんだよな。可哀想なことしちまった——」

「なにをいっているんですか、神代さんは」

彼の独り言めいたつぶやきを、脇から京介が苦笑まじりにさえぎる。

「神代さんにしても、熟慮《じゅくりょ》の末にいい出されたことじゃありませんか。蒼はきちんと自分で考えて、自分で結論を出す義務があります。それは彼も理解しているはずだ。確かに悩んでいるでしょうが、悩むのは悪いことじゃない。

とはいっても僕たちが目の前にいては、彼も決断しづらいかもしれない。そういう理由があったから今回はいい機会だと思ったんです。それに、別に連れてきてやらなくとも、世界中のどこだってもうじき彼は自分の力で歩き回れますよ」

一旦ことばを切った京介はそれでも晴れない神代の表情に、握りこぶしを唇に当ててくすっと笑いをもらした。

「子供の親離れより、親の子離れの方が難しいというのは、ここでも真実なようですね」

「――けっ、吐《ぬ》かしやがれッ！」

神代はわめいた。広場をそぞろ歩いていた人間がなにごとかという顔で振り向いていたが、そんなのは知ったことではない。

京介のことばが正しいことくらい、いわれるまでもなくわかっている。そのいわれるまでもない、だが納得するのはいささかしんどい正解を、いけしゃあしゃあと並べてみせるのに腹が立つのだ。こちらがいえということは、なかなか口を開かぬくせに。このへそまがりめ。

「親ってならおまえの方がよっぽど蒼の親だったろうが。あいつが自立しても平気の平左《へいざ》だ、これっぱかしも痛くねえ、なんていいやがっても俺あ信じねえぞ！」

「ええ、それはおっしゃる通りです。でも僕は神代さんよりシャイなので、こっそりひとりで膝を抱えて泣くんですよ」

けろりとした口調でいわれて、神代は憮然《ぶぜん》と口をつぐまざるを得ない。だが、ふと気がつくと京介がなかった。

あっけに取られた顔で前方を凝視《ぎょうし》している。その視線をたどって神代も、京介の驚きの理由がわかった気がした。

広場の向こう側で、まるでこちらに合図しているように腕を振り回している大男。さっきの子供連れの父親と体つきは同じくらいだが、東洋人らしく髪も髭も黒い。

そのそばには彼よりずっと小柄で、ほっそりした若者が立っている。これも髪の色からして東洋人のようだ。

「ははっ。あのふたり、ああして並んでいるとまるで深春《みはる》と蒼だな。世間には三人同じ顔の人間がいる、たあよくいったもんだ」

「おーい、きょーすけ、かみしろさーん」

「声まで似てらあ——って、そんなわけが……」

「ええ、本物のようですね」

神代も遅ればせに、ぽかんと目と口を開いた。確かにそれは日本にいるはずの、栗山《くりやま》深春と蒼に相違

再会のピアッツァ

1

ほんの少し前までは、大人になればなにかが変わると思いこんでいた。

なにか——

それはつまり、たとえ話にすれば、暗い林の中のくねくね折れ曲がる山道を、自分の足元だけを見ながらひたすら登り続けて、いきなりぱっと視界が開ける。頂上ではないにしても、それまでよりずっと明るい尾根道に出て、それからは自分のたどるべき道がずっと先まで見通せるようになる。まあ、そんなふうにだ。

(だけど現実は、全然違うんだなあ……)

ため息混じりに蒼は思う。

人より二年遅れで大学に入って、年齢の上でも今年で二十歳、文字通りの成人。選挙権もあれば、合法的にお酒も飲める。だがそんなこと以外、どんな変化が自分に起こったろう。考えれば考えるほどわからなくなってしまう。確かにひとつ山は越したかもしれないが、その先はこれまでよりもっと深い森の中。そんな感じなのだ。

十年前から蒼の親代理のひとり、というよりは気の置けない兄貴分である栗山深春から聞いたところだと、彼の場合大学に入った当初は、そのシステム自体になじめなくて、それがかなりのストレスだったという。

所属のクラスが固定している高校までと違って、自分の居場所がどこにあるのかわからない。うっかりしていると知り合いのひとりもできないまま日が経ってしまう、その疎外感、孤絶感。

だが蒼には初めから、そうした問題はなかった。拘束の強い枠組みがない大学の方が、高校時代より気持ちはずっと楽だった。京介たちの後について何年も出入りしてきたW大だから、どこになにがあるのかもよくわかっているキャンパスだから、ということもあったかもしれないが、高校のクラスメートと再会して、おまえ明るくなったなあといわれたほどだ。

クラブ活動も始めて、夏休みにはそこでできた友人たちとバイトも経験したし、いまのところ蒼の学生生活は文句のつけようもないくらい順調だ。表面的には。

ただ、なにか肝心なことを忘れたまま過ごしているような漠然たる不安は、いつも胸の中に漂《ただよ》っていたかもしれない。ことばにもできないから、誰に相談のしようもない、そんなもやもや。その正体に蒼が気づかされたのはこの九月、神代教授から養子縁組の話を持ち出されたときだった。

これもまた決して、とんでもなく唐突《とうとつ》な提案だったわけではない。蒼がもっと子供のとき、よく神代は冗談半分の顔で、

「うちの子になるか？」

などといったものだ。その頃は西片町《にしかたまち》の神代家に京介もいっしょに住んでいたし、深春もほとんど毎日入り浸っていた。それが蒼の世界の全部だった。だから気持ちの上では自分はとっくに『ここのうち』の子で、それを改めて――なるか？　などと聞かれると、かえって落ち着かなくなった。

おまえはまだここのうちの子じゃないといわれたようで、悲しくなっていきなり泣き出して、神代を途方に暮れさせたこともあった。彼がそのことばをどういう意味で使ったのか、わかったのはずっと後のことだ。

いま改めて神代は、蒼にその提案を示している。もちろん小さな子供にするようにではなく、ちゃんとものを考えられる大人に対してのことばで。

「別に養子縁組したからって、それでおまえにどんな義務を負わせるつもりもない。ひとり暮らしの方がいいなら、これまで通り向丘《むこうがおか》のマンションに住めばいいし、先行き俺の面倒を見てくれとか、そんなこたあ考えてもいない。

ま、それで俺がおまえになにをやれるかっていやあ、見ての通り財産といえるほどのもんがあるでもなし、ぶっちゃけた話が神代の姓、それだけなんだな。だが家名の存続がどうだ、なんてのでもないぜ。俺にしたってもともと、姉貴の嫁ぎ先へ養子で入った家だ。しかし、どうだい。そう悪い姓でもないだろう？」

照れ臭げに頭を掻いた神代が言外になにをいいたいのか、無論わかりすぎるほどわかっている。いま蒼が負っている本名、というか戸籍上の氏名、それが抜き難く引きずっている蒼の『過去』。そこから自由になれと、彼はいっているのだ。

だがそんなふうにいわれたことで、蒼は逆に最近はあまり思い出さずに済んでいたその『過去』を、もう一度見てしまった。ありありと、映画の一場面のように。消えたわけじゃない。忘れてもいない。それはいつもそこにある。蒼自身の記憶の中に。そして蒼の戸籍名は、その『過去』へ通ずるインデックスだ。

フラッシュバックに直面しても昔のように悲鳴を上げずに済んだのは、成長の証《あか》しだったかもしれない。けれどすぐには声が出なかった。うつむいて、少し考えさせて下さい、とそれだけいった。神代はあわてたように、もちろんいくらでも考えてくれと答えた。けれどそれからあっという間に時間が過ぎて、季節は秋から冬に変わろうとしているのに、蒼はまだ答えることができないでいる。

自分は自由になりたいのだろうか。あの『過去』から、そこで起こったさまざまのこと、自分がこの手でしたこと、そして死んだ従弟《いとこ》の記憶から。いうまでもなくそれは、思い出したいものではない。昔のように泣きわめきはしないでいられるけれど、それでもその映像が脳裏《のうり》に甦《よみがえ》るたび、全身の血が凍る気がする。

でも、だからといってそれを自分は、履きつぶした古靴かなにかのように捨てて、ないものにして、平然と新しい名前を名乗っていいのだろうか。そんなことをしてなにが変わるだろう。自分は自分でしかないのに。そこにただ、自分は逃げた、という事実がもうひとつ重なるだけではないだろうか。

そう思うそばから、それでも少しでもその記憶から遠ざかれるなら、という相反する思いも湧いてくる。馴れてしまえばきっと、その方が生きやすいはずだ。未来を、これからの自分を大切にするためには。でも——。蒼の思いはいつまでも、振り子のようにふたつの極の間を振れ続ける。

誰にも、京介にもなにもいわないまま、門野《もんの》老人と連絡を取った。会って神代からの提案を打ち明けた。最近急速に頭髪が減って、ただし肌は相変わらずつやつやとした赤ら顔だから、いっそう朱漆塗《しゅうるしぬ》りの仁王《におう》のように見える門野は、黙って蒼の話すのを聞いていた。

「——それで、君はどうしたいんだ？」

心の底まで見透かすような大きな目玉で見つめられて、思わずうつむいてしまう。それがわからないからこそ悩んでいるのだ。しかし、自分の行きたい道が自分でわからないからどうすればいいか教えてくれ、ではまるで子供の言いぐさだ。恥ずかしさに顔が赤らむ。目の縁に涙が滲《にじ》みそうになる。

門野はそんな蒼をじっと眺めているようだった。目は伏せていても額のあたりに視線を感じた。テーブルの上に門野の手が置かれている。エメラルドらしい緑の石の指輪をはめた、甲にも指にも白い毛が生えた太くて寸詰まりの手だ。けれどその手のひらが、意外なほどやわらかくて暖かいのを蒼は知っている。昔膝に載せられて、その手で頭をなでられたことがあったから。

「君がそんな心配をしているとは思わないが、念のためにいっておけば、君が相続することになるだろうふたつの家の財産は、たとえ君が神代と養子縁組をしても、変わることなく君のものになるだろう。その点については私が全部、法律方面税金関係ふくめてきちんと処理してあげられる」

「そんな、ぼくは——」

「だから念のため、だよ。それから、君の気遣っているのがかおるさんの気持ちだったら、それも心配ないといっておこう。むしろあの人は喜ぶだろう。君が過去を忘れてくれることを、誰より望んでいるのは彼女だろうからね」

蒼の心臓がどきんと鳴る。思い切って尋ねた。

「かおる母さんは、元気ですか？」

門野はうなずいた。

「君の送ってくれる写真と手紙は、いつも楽しみに見ているよ。そのときが、いまあの人の一番幸せな時間だろう。だが、君と会うことはしないといっている。その方が誰にとってもいいだろう、とね。そこはわかってあげてくれないか？」

「…………」

「あの人のことは私にまかせて、君は自分の将来のことだけ考えなさい。大学を終えて世間に出ていけば、なにか不都合があってもおいそれと改名するわけにはいかない。そのときになって後悔することのないよう、な」

「——はい……」

「まあ、正直に私の気持ちをいってしまえば、少々癪《しゃく》ではあるがね」

がらりと響きを変えた門野の口調に、蒼は、え？とまばたきした。老人は口をへの字に曲げ、憤懣《ふんまん》やるかたないといった調子で続ける。

「どうしてもっと早く気づかなかったのかと思うのさ。君を養子に迎えるというなら、なにも神代である必要はない。独り身だというならお互い様だし、私にだって名乗りを上げる資格はあったわけだ。

いや、まだ返事をしていないならそう諦めたものでもないな。どうだ、私の養子にならんか。好きな娘でもいるなら、ふたりまとめてでも一向にかまわんぞ。隠居したといっても、まだまだ利くコネもあるんだ。少なくとも私大の痩せ教授よりはな」

真面目くさった顔でいわれて、それが本気なのか冗談なのかわからないまま、つい吹き出してしまった蒼だったが——

(結局自分のことは、自分で決断するしかないってこと。あーあ、そんなの最初っからわかりきってるわけだもんなあ)

これじゃ子供のときより、かえって優柔不断《ゆうじゅうふだん》の馬鹿になっちゃったみたいだと、蒼はひとりでため息をついた。昔は京介がため息をついたりしていると、年寄り臭いー、とか思ったものだけど、ここんとこひとりになると出るのはため息ばかりだ。かっこ悪いったらありゃあしない。

(それにしても、どうしてぼくの周りって、こんなにいい人ばっかりなんだろう……)

贅沢《ぜいたく》いうなと蹴飛ばされそうだが、本当にみんな茫然とするくらいいい人だ。誰も彼もが心から蒼を気遣ってくれて、蒼にとって一番いいと思うことをしなさいといってくれている。自分でちゃんと考えて、選びなさい。待っていてあげるから。そして蒼はその好意を花束のように両手いっぱいに抱えて、ふらふらしながら立ちすくんでいる。

それもこれも自分がどんな大人になって、この先どんな生き方をしていくつもりか、なにひとつまともなヴィジョンを持てていないからだ。人に混じっていっぱしの大学生をやりながら、なんとなく心の底で感じていた不安の原因は、つまりそのへんにあったんだ。神代先生のせいとか、そんなのじゃ全然なくて——

教授が京介とイタリアに行ってくるといったときも、蒼はその口調と表情でぴんと感じてしまった。

心を決めかねているらしい蒼の前から、ほんの十日余りでも自分たちがいなくなる方がいいだろうという、その気遣いに。ふたりが留守になるのは十月の二十五日から十一月六日。その間にはなんとしても結論を出さなくては。だけど。

大学から地下鉄に揺られる間にもそれが胸にずーんとするほど重くなってきて、押しつぶされそうな気がして、蒼はそのまま深春のマンションにころげこんでしまった。

大学時代から江古田《えこだ》のアパートに住み続けていた深春は、今年の春に台東《たいとう》区谷中《やなか》の中層マンションに引っ越した。結婚寸前まで行って彼女に振られたバイト先の先輩が、新居として購入してあった新築のマンションを格安で借り受けたのだという。傷心の先輩は極端にも、それまでしていた仕事も新居も家財道具も全部放り出してネパールに行ってしまい、いまはNGOで井戸掘りや植林をしているのだそうだ。

ひとりで暮らすには広すぎるそのマンションには、いつの間にか京介も同居するようになっていたが、早稲田の下宿も引き払ったわけではないようで、両方の部屋を行ったり来たりしているらしい。そしてその晩マンションに京介の姿はなかった。

玄関に現れた深春は呆れ顔で、開口一番、

「暗いなー、おまえ。なに煮詰まってるんだよ」

いわれて蒼はちょっとふてくされた。そんなふうに、一目でわかるくらいひどい顔してるのかな。でも本当のことだから仕方ない。

「そう、暗いの。どっか切れちゃいそうなくらい、めちゃめちゃ煮詰まってるの」

「そーか。ワインでも飲むか？」

「飲むけど、それよりしゃべらせて」

「俺でいいのか？」

「うん、深春がいい」

別に人によって態度を変えるとか、そんなつもりはないけれど、京介にこんなぐちはいいたくない。

彼はいわなくても全部承知していて、黙って蒼を見守っているのだろうから。彼の信頼にはちゃんと応《こた》えたいけれど、でも、そのためにもいまは一度ガス抜きしなけりゃ。

ふたりしてキッチンに立って、二、三品のつまみを整える間から、蒼は神代に養子の件を持ち出されて以来、ここしばらくの悩みを包み隠さず深春に話して聞かせた。フラッシュバックに襲われたことも、門野に会いに行っていわれたことも、そして数日後に神代と京介がイタリアへ出かけるのも、蒼を気遣ってのことらしいというのも。手は休まず動かしながら、深春はよけいな口ははさまず、黙って蒼の話に耳を傾けていた。

レーズン入りのカボチャサラダに、赤ピーマンのツナ詰め焼きに、明太子のスパゲッティという料理がテーブルに並ぶと、深春はクローゼットから出してきたワインのコルクに、ソムリエ・ナイフのスクリューを手際よくねじ込みながら、

「たいていの悩み事ってのは、どこに問題があるのか本人がわからない状態になるほどもつれてるからまずいんだ。人にその悩みの内容を、わかりやすく整理して説明しただけで、意外とすっきり解決策が見えてきたりするもんなんだが、どうだ、少しは頭の中の整理がついたか？」

「全然」

蒼はかぶりを振った。いろんな自己嫌悪をいっとき棚上げにして、思い切りぐちをこぼしたおかげで少しはほっとしたけれど、こんなのは一時しのぎに過ぎない。それくらいわかっている。

「おまえ自身はどうしたいんだ、なんて聞かないでよね。それがはっきりしないから、こんなに悩んでるんだからさ」

「イエスとノー、それぞれを選んだ場合の得るものと失うものを表にしてみる、とか」

「やったよ。でもそんなの数字で出るものじゃないしね」

現在の戸籍名から離れて神代の姓を帯びることで、自分が『過去』からどこまで自由になれるか、なれないか。そんなのはいくら考えてみても、あやふやな予測以上のものにはなり得ないだろう。

「断ったら神代さんが気を悪くするかもしれない、なんてことは考えてないんだな？」

　改めて反問されるとちょっとためらう。そういう気持ちが全然ないといったら嘘かもしれない。しかしそれだけで逡巡しているのでないことも確かだ。教授に悪いということなら、回答を引き延ばしている方がずっと悪いだろう。

「だけどなあ、蒼。俺の目から見たらいまのおまえ、すごく大人だと思うぞ。おまえの年齢に俺なんか、自分が将来どんな人間になるかなんて、ぜーんぜん決まってなかった。っていうか、いまだってモラトリアムみたいなもんだしなあ」

　いいながら深春は馴れた仕草で二客のワイン・グラスに赤ワインを注ぎ、そのひとつをほい、と手渡す。蒼はちょっと唇をとがらせて、

「だって、ぼくは深春じゃないもの。そんなふうに較べてみたって意味ないよ。平均的な大学生がどこまで自分の将来考えてるかなんていったら、また話が違うだろうし。あせってじたばたするのもガキの証拠かもしれないけど、早いとこ先生に返事しなくちゃならないのは事実なんだし。――あ、このワイン美味《おい》しい……」

「うん、やっぱり高いのはそれなりだな」

「高いの？」

「京介がどっからかもらってきたやつだ。イタリア物だけどピエモンテのバルバレスコだから、五、六千円はするんじゃないか」

「えー、そんなに高いの勝手に飲んじゃって、後で文句いわれるよ」

「なーに、かまうもんか。あいつら顎足付きでヴェネツィアなんだろう？」

「そう、だね……」

ワインのおかげで一瞬離れていたそのことに、またたちまち引き戻されてしまった。あーもう、考えすぎて頭が痛い。

「――蒼」

「なに？」

「イタリア行くか、俺たちも」

「えッ？」

顔を上げるとテーブルの向こうで、深春の目が楽しそうに躍っている。

「おまえこの前パスポート取ったっていったろ？」

「う、うん」

どこへ行く宛てもなかったけれど、友達につきあってなんとなく取ってみたのだ。

「格安航空券扱ってる会社にダチがいるんだ。俺にはいろいろ借りのあるやつだからな、仕入れ値ぎりぎりで吐き出させてやるよ。この季節ならヨーロッパ往復ったって大した値段じゃない。おまえも夏はバイトしてたから、少しはあるだろう、金」

「あ、でも――」

「ヴェネツィアに行くなら一番早いのはアリタリアのミラノ乗り換えだな。ウィーンあたりから鉄道で南下するって手もあるし、さもなきゃ大韓でチューリヒ、あとは鉄道か。時間はかかるが予算次第だ。どうする？」

「どうするっていったって、深春――」

「俺はおまえをヴェネツィアまで送ったら、ちっとよそに行かしてもらう。帰りはまた落ち合うとして一週間やそこら、どんなことしたって野垂《のた》れ死《じ》にすることたあないだろう。孤独に思い悩むなら悩むで、旅の空ほど孤独なものもないしな。どうせ大学は学祭で休みなんだ。一方的に置いて行かれてうじうじ考え込んでるよりよほど気分が変わるぜ。どうだ、青少年」

グラス一杯で酔っぱらったのかといいたくなるような立て板に水の深春に、蒼はようやく割って入った。

「だってまずいよ、やっぱり。京介と先生は仕事で出かけるんだもの。それをぼくが追いかけてってうろうろしたら、すごい迷惑じゃないか——」

「それをいうならな、蒼。神代さんの提案だっておまえにゃあ一種の迷惑だったろ？　おかげで思い出したくもないことまで思い出さされて」

「えっ。違うよ、迷惑だなんて。先生はちゃんと、ぼくのことを考えて」

大きくかぶりを振った蒼に、深春は押し被せるように、

「考えて、は確かにそうだろうが、よけいなお節介《せっかい》ってことだってある。おまえの頭を引っかき回して、難しすぎる選択を押しつけて、ゆっくり考えろなんていっておきながら、早く答えを出せとばかりにふたりして日本を離れるなんてな。それにおまえが気がついて落ち込んでりゃあ、なんのためだかわかりゃあしねえ。気を遣ってるにしてもへたくそな気の遣い方だし、おまえを一人前の大人として扱うんだとしたら、ずいぶんてめえ勝手で迷惑なやり方だと俺は思うぞ」

「…………」

「相手の心遣いを受け止めるのは当然だがな、あんまりなにもかも引き受けて、自分ばかり責めることはないんだ。こんなことというといい気持ちはしないかもしれないが、俺はときどきおまえが痛々しいよ。大人になるならないは別にして、もっと好き勝手していいんだぜ。なにも遠慮するこたあない。神代さんだって京介だって、それくらいでおまえを悪く思ったりするもんか」

その深春のことばは、蒼にとってかなりの衝撃だった。そんなつもりは少しもなかったけど、自分は無理にいい子になっていただろうか。自分を好いて大切にしてくれるいい人たちに嫌われたくないと、本音を隠して振る舞っていただろうか。そのせいでよけい、答えが出せないのだろうか——

「また悩みの種を増やしちまったかな」

深春が苦笑している。

「そういう見方もできるってことさ。おまえが違うと思うなら別に気にしなくていい。そんな顔されるとおっかなくて、この先なにもいえなくなっちまうだろ」

「——ごめん」

「まあいいさ。そんだけまっすぐに、全面的に、手放しで悩めるのも若い内だけだからな。ほれ、もっと飲めよ。で、俺といっしょにイタリア行こうぜ。行くだろう?」

どうしよう、本当に。

「いきなりあいつらのホテルに現れて、びっくりさせてやりゃあいいんだ。そうそうそちらの考えたようには行きませんってな。で、飯のいっぺんもおごらせて、ご心配なく、これ以上お邪魔はしませんからってさっさと立ち去ってみせりゃあいい。どうだ、かっこいいだろう」

「うふッ」

そのときの京介たちの表情を想像して、蒼はちょっと笑ってしまう。もしかしたら、それもおもしろいかな?

「だいたい京介や神代さんは、おまえのことになると変にナーバスになりすぎるんだよ。そのせいでおまえもかえってしんどいんだ。人間なんてなあ案外丈夫なもんさ。傷はついてもそうそう簡単にぶっ壊れるもんじゃない。俺は最初から思ってたぜ。こいつは結構タフなガキだ。辛いことにも潰されないで、それを肥やしにでかくなれるやつだってな」

「ほんと?」

「ああ。で、この通りおまえは立派に育ったろ? なのに神代さんや京介だけは、昔に引っ張られてそれがわかってないのさ。ここらでそろそろあいつらの目ェ覚まさせてやらなくちゃな。ガツン、と」

「ガツン、か——」

行っちゃおうか。

2

かくして蒼は深春に連れられて、ヴェネツィアまでやってきたのだった。成田《なりた》を出たのは京介たちの翌日だが、大韓航空のソウル乗り換えチューリヒ、そこから鉄道でミラノ、さらに乗り継いでヴェネツィアというコースをたどったので、到着は次の日の昼前。駅近くで、値段のわりに快適そうなホテルを決めて荷物を下ろした。

深春は午後の列車で南下して、ローマに住んでいる友人を訪ねるという。それまで少し時間があるので、サン・マルコ広場くらいは行っておくかという話になった。駅前から水上バスに揺られ、本や写真だけで知っていた大運河《カナル・グランデ》沿いの風景に目を奪われながら——

それでもまさかそう簡単に、京介たちと出くわすことになるとは思っていなかった。小さいとはいってもひとつの都市なのだ。彼らはいまさら観光名所など行きはしないだろうし、よほどのことがなければ顔を合わせることもないままだろう。

ふたりの泊まっているホテルの名前と住所は控えてあったが、訪ねていくかどうかはまだ決めていない。いきなり現れてびっくりさせるという深春のアイディアは話としてはおもしろかったが、いざとなるとなんだか子供じみているような気がしてきた。

それでもないしょのまま同じときに、同じ街にいるというのは結構スリルがある。日本に帰ってしばらくしてから、さりげなく日付入りのキップでも見せたら、ふたりともどんな顔をするだろう。それくらいで止めておくのが無難《ぶなん》かもしれない。

サン・マルコの桟橋を上がって細い道を進み、右に折れるといきなり視界が開ける。白いロッジアに囲まれた広場、その向こうに建っているサン・マルコ大寺院の威容《いよう》に、思わず声がもれた。

「ねえ深春、あの中に入る？」

「そうだな。ちゃんと見物するのは、おまえひとりになってからまた行けよ。しかしあれはこの街の守護聖人、つまり氏神様みたいなもんだからな、挨拶《あいさつ》代わりに軽くお参りだけはしておこう。後はぶらぶら路地を歩いて、リアルト渡って、途中でなんか喰って駅に戻ればちょうどいい時間だろう。こういう観光地で入っていい店と悪い店、見分けるコツくらいは教えていってやるからな」

「コツがあるの?」

「まかせなさいって」

そんな話をしながらショーウィンドーも色あざやかな土産物屋の並ぶロッジア沿いに歩いていたが、その深春がいきなり立ち止まった。

「——おっと。なんだい、やつらあんなとこにいるじゃねえか」

そういわれても一瞬、蒼にはなんのことやらわからない。しかしぎょっとしたことに、深春は高く上げた右腕を振り回しながら大声を上げた。

「おーい。京介ー、神代さーん!」

ようやく蒼も気づく。鳩が舞う広場の向こう側、整然と並べられたカフェの外テーブル。そこに座ってこちらを見ているのは、確かに桜井京介と神代教授だった。

(だからって深春、なにもいきなり大声張り上げなくたって……)

「いやあ、神代先生、おや、桜井さんも。まさかこんなところでお目にかかれるとは思いもよりませんでしたなあ」

相手の表情などおかまいなし、深春は大声でしゃべりながら向かいの椅子にどかりと腰を下ろす。

「タイミングもばっちり、ちょうど飯時だ。俺、前から一度はフローリアンのクラブ・サンドって喰ってみたかったんですよね。なにせ毎度予算ぎりぎりの旅だから、なかなかこういう場所に腰を落ち着ける機会がなくて。蒼、おまえも喰うだろ?」

「う、うん……」

「飲み物はなんにする？　いちおうメニューくらい見るか。再会を祝してってことで、先生がたもなんか頼むでしょう。——シニョーレ」

　腕を上げて給仕を呼ぶと、

「リスタ・ペルファボーレ」

「シィ。プレーゴ」

「グラーチェ。おお、さすが一流店の値段だぜ。エスプレッソが立ち飲みの六倍もしやがる。どうせこれにミュージック・チャージかなんかつくんだよな。頼んでねえったって、つくんだから仕方ない。しかしまあこれも一度くらいは経験ってやつさ。さて、なんにします。ワインでも？」

　勝手に場を仕切っている。

「こら熊、こんなとこへなにしにきやがったんだよ。それも蒼まで引っぱり出して」

　神代が腕を組んで睨んでも、深春は平然たるもので、

「え、だから偶然っすよ、偶然。サン・マルコ様のお導き。俺はローマにいるダチに前から遊びに来いって誘われてたし、蒼は初めての外国だから、それじゃまあ途中までつきあってやるかってわけで。そういやあ神代さんたちもヴェネツィアにいたんですねえ。いやあ驚いた。縁ですなあ」

「なにいってやがる——」

　頭を抱えた神代は、蒼の視線に気づくとはっと表情を改め、なにかいおうとした。だが教授が口を開くより早く、蒼は頭を下げてしまった。

「びっくりさせてごめんなさい。でも別にぼく先生たちの邪魔をしに来たわけじゃないんです。宿は決めてあるし、地図もあるし、お金も持ってます。ひとりでちゃんと全部できます。

　それと、深春のせいでもないんで、ぼくが来たいって思って決めたんで、大学も休みになるし、少しサボっちゃったけど、だけど帰ったらまた真面目に勉強しますから。

あの、それと、あのお話も、きっと帰るまでに結論出してお返事します。だけど、いつまでもお待たせしちゃって、すみません、申し訳ないと思ってます。ほんとにッ——」

話せば話すほどしゃべり方もめちゃくちゃだと、意識すればなおのこと顔に血が昇ってかっかしてきてしまう。なんだかもう、このまま走ってどこかへ行ってしまいたくなってきた。

だがそんな蒼の思いを見越したように、神代の手がぽんと下げたままの頭に置かれた。

「謝ったりするんじゃねえよ、蒼」

「先生……」

「たったいまもこの馬鹿と、おまえも連れてきてやりゃあ良かったって話してたところさ。それにこっちも連絡待ちで暇持て余してるんだ。いまさら見に行く場所もないし、どうしようかってな。だけどおまえがつきあってくれるなら、お決まりの名所見物も悪くないやな。なあ、京介？」

蒼は思わず息を詰める。京介はさっきから、ただのひとことも口をきいていない。例によって長すぎる前髪のおかげで、いまどんな表情をしているのかもわからない。

（やっぱり、怒ってるのかな？……）

京介の答えはこうだった。

「蒼がひとりで大丈夫だというなら、ひとりで歩いた方がいいだろう。僕たちに連れられてより、その方がずっと蒼の勉強になる」

冷ややかな、あるいは突き放すような響きがそこにあったわけではない。ただいつもの通り淡々とした、彼が正しいと判断したことをそのまま告げる、いわば科学者のことばだ。

神代は、ここまで来てそりゃあねえだろうと気色ばみ、深春は肩をすくめてやれやれとつぶやき、蒼は短く息を吸ってうなずいた。

「ぼくもそう思う。もともとそのつもりだったんだし、ひとりでやってみます」

自分でいい出したことだもの、当然だ。

「——ご馳走《ちそう》さんでした。さあて、それじゃ俺はそろそろ」

深春が伸びをして立ち上がった。話の間に彼の胃袋には皿いっぱいのクラブ・サンドイッチが、蒼が残した分もふくめて収まっている。

「帰りはまたヴェネツィアに来て、こいつ拾って帰りますからそのへんはご心配なく」

「歩くの？　それならぼくも駅まで行くよ。早く道覚えたいし」

神代はふうとため息をついて、

「俺も行くか。いい加減ここに座ってるのも飽きた。それっくらいはいいだろう、蒼？」

「やだなあ、先生。もちろんですよ」

神代の気の遣いようが、少しおかしくて少し悲しい。子供のときはそうでもなかった気がするのに、確かに最近の教授は蒼に対してどこかナーバスだ。養子になって戸籍上で親子になれば、深春たちに対してと同じような接し方をしてくれるようになるだろうか。

「京介、おまえは？」

「そうですね、行きますか——」

ぞろぞろと立ち上がった四人だったが、そのとき突然聞き覚えのない声の日本語が聞こえた。

「——お話し中相すみません、W大の神代宗教授でいらっしゃいますね？」

チェーンスモーカーによくあるザラザラしたかすれ声。それも奇妙にせっぱ詰まった、思い詰めたような口調だ。いつそんなところまで来たのか、テーブルの前に男がひとり直立している。コーデュロイのジャケットにハイネックのセーター。片腕に畳んだコートをかけ、少し髪の長い四十がらみだ。服装や髪型のせいもあるだろうが、いわゆるサラリーマンには見えない。といって大学関係者という感じでもない。

眉の濃い、鼻筋の通った、結構ハンサムといえる顔だ。しかしその髪は乱れて、いかつい顎は黒く無精髭《ぶしょうひげ》に覆われ、病気でもあるのか顔色もひどく悪い。目は血走っているし、荒れた肌を汗が筋になって流れ落ちている。

「私は神代だが、失礼だがあなたは？」

口調をよそゆきモードに切り替えて教授が聞き返す。

「藤枝精二《ふじえだせいじ》と申します。二年ほど前に、M社の雑誌のイタリア特集で取材させていただきました」

「ああ、あのときの——」

神代はそれだけで思い出したらしい。もともとマスコミとはあまり縁のない教授だ。以前独身男性のための生活マガジンと称する月刊誌で、『イタリア人的日常術』とかいうわけのわからない特集があり、本郷の家までインタビュアーが来たという話は蒼も聞いた覚えがある。

「偶然ですね。取材ですか？」

「いえ、それが偶然ではないんです。あ、もちろんここでお会いできたのは偶然なのですが、実は一昨日大学の方へお訪ねして、先生がヴェネツィアに来ておられるというのは承知しておりました」

「まさか、私を追いかけて来られたのですか？」

神代はいよいよ怪訝《けげん》な表情になる。

「失礼しました、そうではないのです。あの取材のおりに私が同行した女性のライター、小宮《こみや》ヒロミという者ですが、ご記憶でいらっしゃいますか？」

「そういえばそういう人がいましたな」

あっさりした相槌《あいづち》の打ち方からして、あまり教授の関心を引く人間ではなかったらしい。

「彼女が先月ひとりでヴェネツィアに参りまして、突然行方不明になってしまったのです」

3

「行方不明——」

「はい。途中何度か連絡が入っていたのが、急に音信不通になってしまいまして、ホテルは自分で引き払ったようですが、予約してあった帰国便にもキャンセルの電話も入らないまま、すでに一月以上経ってしまいました。

旅行会社を通していないので、問い合わせる先もなく、通訳を頼んで警察に電話をかけても埒《らち》が明かないまま日が過ぎて、先生ならヴェネツィアの事情にはお詳しいかと、大学の方へもうかがってみたようなわけで……」

「それは大変だ。今日こちらに？　警察にはもう行かれたんですか？」

神代の問いに藤枝はますます情けなそうな顔で、

「昨日ローマに着きまして、知人に通訳を頼もうと思ったのですが、彼がすぐには体が空かないというので、仕方なく私だけ今朝こちらに来ました。ですがイタリアの警察というのは、なんでもひとつではないとかで、英語の通じる人間もあまりいないし、まったくもう、どうしていいのかわからない有様です——」

「イタリアの警察ってひとつじゃないの？」

蒼は邪魔にならないよう、小さな声でそばの深春に聞いた。

「そうらしいな。俺もよく知らないけど」

「大ざっぱにいっても地方自治体に属する自治体警察と、内務省に属する公安警察と、国防省に属する憲兵隊がある。あと、主として密輸や脱税を取り締まる財務警察とか。これは日本の大蔵省にあたる財務省の所属だ」

京介が脇からぼそぼそと説明を加える。

「それが全部別々の組織なの？　自治体警察と公安警察って、仕事の内容が違うわけ？」

「自治体警察の方は交通整理が主業務だけど、盗難とか暴行とか日常犯罪の取り締まりもする。公安警察はそれ以外の凶悪犯罪と、各県の本署では外国人登録の業務もするな」

「へえ、さすがおまえ詳しいな」

なにがさすがだかわからないが、深春が呆《あき》れたようにつぶやく。

「じゃ、憲兵隊ってのはなんなんだ？　カラビニエーリってやつだろう。脇に赤いラインが入った紺色の制服の。ローマじゃデモ隊の監視みたいなことしてたし、田舎に行くと警察の駐在所はなくても憲兵はいるし、前から不思議だったんだよな。あれっていったいなにやってるんだろうって」

「僕にもよくわからないんだが、軍の一部であり、かつ公安警察同様、刑事訴訟法に定められた警察の一部でもあるんだそうだ。そしてその駐屯所《ちゅうとんじょ》は、いま深春がいった通り、公安警察よりはるかに密に全国に分布している。市民に身近な存在で、特に地方に行けば『村の駐在さん』的なニュアンスがあるのはカラビニエーリの方だろう」

「じゃあ、職務としてはダブってるのに、別々の組織になってるわけ？」

なんだか開いた口がふさがらない。とんでもなく不合理な話みたいな気がする。

「そんなんで混乱したりしないのかなあ。一般の人も、それから警察で働いてる人もさ？」

「するかもしれないな。犯罪捜査で主導権争いをしたり、メンツの張り合いがあったり、というのは聞いたことがある」

「日本だって警視庁と所轄署とか、キャリアと叩き上げとか、いろいろあるじゃねえの。っても、全部ミステリで読んだ話だけどさ」

「でも、組織そのものが別ッコってもっと変だよ。なにか起こったときどこへ電話すればいいわけ？」

三人が小さな声でそんな話をしている間も、藤枝は神代の腕を取るようにして、ぐちともつかぬものを垂れ流しているらしい。ローマからイタリア語のできる知人がくれば、警察でももう少し相手になってくれるだろうが、それが明日になるか明後日になるかはっきりしないのだという。

先生大変だ――と蒼は思う。藤枝にしてみれば地獄で仏というか、イタリア語のできる教授に頼りたくてたまらないに違いない。しかしうっかり、お手伝いしましょうかなどといってしまうと、全面的にすがりつかれる羽目になってしまいそうだ。

日本にいるときは第一線の編集者、それも遣り手といわれるタイプだろうという雰囲気が、藤枝にはある。しかしことばの通じない異国の警察で、すげなくあしらわれたことがよほど応《こた》えたのか。それ以前からの心労が募《つの》っているのか。目の下に黒く隈《くま》を作った彼の横顔は、いまにも泣き出してしまいそうなほど情けなく哀れっぽかった。

「――少しノイローゼって感じだな」

という深春のささやきに、蒼は黙ってうなずいてしまう。神代もいささか閉口した顔で、

「いまなら観光シーズンでもないし、日本語のできるガイドなら雇えるでしょう。そこのツーリスト・インフォメーションで聞いてみたらどうです？」


しかし藤枝は、とんでもないというようにかぶりを振る。

「いやそれはまずいです。こういう話ですと、やはり信頼できる人間でなくては」

「お気の毒だとは思いますが――」

「それより先生、羚子・レニエールという日本人女性をご存じじゃありませんか？　彼女はこのヴェネツィアに住んでおりまして、実は小宮は失踪前にこの女性の住まいに招待されてしばらく滞在していたようなんです。そこまでは連絡があったんですが、急になにもいってこなくなって、それきり予定が過ぎても戻りません。私もなんとか事情を聞かせてもらおうとしたところが、ガードが堅くてまったく話ができないのです――」

蒼の脇で京介が軽く身じろぎした。蒼でなくては気づかないくらい、わずかな体の動き。目だけで彼の前髪の中の顔をうかがう。その目に京介の、眼鏡の中の目が答える。

蒼にわかったのは京介が、たぶん神代も、その女性を知っているのだということ。しかしそれを藤枝に、少なくともいまは知られたくないのだ、ということ。蒼も目だけで了解の意志を伝える。藤枝の取り乱しようはいかにも気の毒だけれど、先生たちにもそれなりの理由があるのだろう。

「——あ、俺そろそろ行かないとやばい」

腕時計を見て深春がつぶやいた。

「神代さん、置いてくか」

「うん、そうだね」

だがそのとき、サン・マルコ広場の一隅に立って話していた彼らの前に、また新しい人物が出現した。ほとんど飛んできたように、突然に。

「——ソウ？　パーパ、パーパ・ソウ！」

気が着いたときにはかん高く叫ぶような声が聞こえ、どんよりした曇り空の下でさえ、まばゆくきらめくような明るい黄金色の波打ちが神代めがけて殺到し、

「アントネッラ、大きくなったなあ！」

「パーパ・ソウ、パピィ、会いたかったワ！」

神代と、彼より額ひとつ高い若い娘はしっかりと抱擁《ほうよう》し合っていた。

「ねえ深春、いまあの人パパっていってたよね」

「いったな」

「京介、パパっていったらイタリア語でも」

「父親を意味する幼児語だ」

「じゃあ、もしかしてあの人、先生の」

W大伝説でささやかれ続けてきた、イタリアの隠し子……

「それにしても美人だなあ。胸もめちゃめちゃデカいし——」

あんぐりと口をあけた深春に、京介が冷静に同意した。

「美人だな」

元首《ドージェ》の末裔

1

その午後は、孤独と静寂を酸素同様必要とする桜井京介にとっては、頭痛ものの狂騒《きょうそう》とドタバタの内に過ぎた。こちらの思惑を平然と台無しにしてくれた、深春の遣り口にはなにより腹が立つ。だがこう次々と意外な人物に登場されては、ゆっくり腹を立てているだけの暇もない。

藤枝精二の方はアントネッラの出現に唖然《あぜん》としているのを幸い、なにかありましたら——といった程度の曖昧《あいまい》なことばだけで取り敢えず振り切ることができたので、もう駅まで歩いている時間がないという栗山深春を送るために、大運河をタクシーでさかのぼることになった。

タクシーといっても当然ながらヴェネツィアでは舟、モトスカーフィと呼ばれる白塗りのモーターボートだ。運転席と分かれた船室には向かい合わせにシートがあって、詰めればかなりの人数乗ることができるが、景色を楽しむなら寒くても後部の甲板に立つことになる。

「ほんとにいろんな舟がいるね。POLIZIAって書いてあるのは警察の舟？　あれえ。あのゴンドラ、お客がみんな立って乗ってる——」

目に入るものすべてが珍しくてならないらしい蒼の隣で、

「あれはトラゲット、渡し舟ヨ。カナル・グランデを渡るだけ。七〇〇リラで乗れる。でも馴れてないと、立って乗るの少し恐いネ」

巻き舌の日本語をしゃべるというよりさえずっているる金髪のアントネッラ。スリムのブルージンの上に着たベビー・ピンクのニットを、深春の目を釘付けにしたバストのヴォリュームが突き上げているが、ノーメイクの笑顔はいたって無邪気で、年齢は蒼と大して違わないかも知れない。

彼女の正体についてはタクシーに乗り込むより前に、深春が単刀直入《たんとうちょくにゅう》に質《ただ》していた。

「あの、シニョリーナ。あなたは神代教授の娘さんですか？」

「ソウヨ！」

「違う！」

同時に相反する答えが飛んできた。否定された美少女は傷ついた顔で神代を見やったが、彼の方はいささかむっつりと片手で髪を掻き回しながら、

「アントネッラは俺の友人の娘なんだ。留学時代、同じヴェネツィア大学の女子学生と恋愛して、しかし彼女の親に反対されたものだから、一時はふたりしてイタリアを離れていた。ところがその友人が、まだアントネッラが腹にいる内に交通事故で急死しちまってな」

「そしてパピィは病院のマンマにずっと付き添ってくれて、私が生まれたときも最初に抱いてくれたんでショ」

アントネッラが話を引き取って続けた。

「あのときはひとりで心細くて、ソウが来てくれてホントに嬉しかったって、マンマもいってたワ。だからソウはやっぱり私のパピィよ」

そういわれても神代は、どことなく浮かない顔でいる。アントネッラの方はいまも蒼の隣で、屈託なげにガイドを務めているのだが。

「わあ、あの建物すごい。レエス編みみたいなロッジア！」

「カ・ドーロ。ヴェネツィア・ゴシックの邸宅ヨ。いまは博物館だから中も見学できる」

「あれは、市場？」

「魚の市場。朝はとっても賑《にぎ》やかネ」

「見物にいってても平気？」

「平気ヨ。でも、スリには注意してネ」

「――あの、日本語とっても上手だね」

蒼に感心されて、

「アリガト。でも小さい頃から習ってたからネ。小学校入る前から」

「そんなに早くから？」

「パピィの国のことば、早く覚えたかったからヨ。大学出たら日本に行きます。日本で働きます。昔からそう決めてたの。ネ、パーパ・ソウ？」

しかし船室に座った神代は苦笑ぎみに、

「アドリアーナたちは反対だと聞いたが？」

「もう、マンマも伯母様も考え方が古いのヨ。私は大人です。自分のことは自分で決めるワ！」

「アントネッラ――」

「No, no, ascolta! ――」

それから先はふたりとも早口のイタリア語の応酬《おうしゅう》になってしまい、京介にも全部は聞き取れない。だが彼女の将来について、親とかなり深刻に意見が対立しているらしい、ということはわかった。神代の表情が冴えないのも、そちらの問題が気がかりなせいかもしれない。

貴族なんて憲法ではとっくに無くなっているのに、馬鹿みたいだわ、とアントネッラが声を荒らげている。彼女の母親の家は相当に名のある家系らしい。とすれば日本人留学生との結婚に反対されたのも、そのあたりの理由からなのだろう。

「やあ皆さん、ごていねいなお見送りいたみいります！」

ショルダーバッグひとつという軽装の深春は、駅の階段でまた大声を張り上げる。

「シニョリーナ・アントネッラ、ぜひまたお会いしたいもので。蒼、俺は四日に戻ってくるからな。先程はご馳走様でした、教授。今度はひとつハリーズ・バーでディナーでも」

「うるせえ、さっさと消えちまえ」

そのまま行きかけて、忘れていたとでもいうように足を止める。振り返ってこちらに向かい、ちょいちょいと指で招く。従ってやるのも業腹《ごうはら》だと思いながら近づいた京介に、わざとらしく声をひそめ、

「よけいな真似して悪かったな」

全然悪いなどと思っていないのだろう歯を剝いた笑顔が、一発殴ってやりたいくらい憎らしい。それに重ねてこちらの不機嫌を、読まれていることにさらに腹が立つ。

「だがよ、あんまり痩せ我慢ばっかりしてると長生きできねえぞ」

「——それこそよけいなお世話だ」

「ハハッ、じゃあな」

肩越しに片手を一振り。小走りに階段を上がって駅の人混みの中に消えていった深春を見送ったまま、アントネッラが小首を傾げてつぶやいた。

「彼もパパの学生さん？　日本の大学生、いろいろ違うのですネ」

「ありゃあちょっと別だよ」

しかし彼女は今度は京介の方に向き直った。赤みがかった金髪が顔の両側でくるくると渦を巻き、明るい褐色の目がじっとこちらを見上げる。目の高さはちょうど京介の顎くらいだ。

「あなた、なにか痩せ我慢していますか？」

「彼の主観的感想ですよ」

しかしアントネッラは生真面目な口調で、

「でも、ホントにもう少し食べた方がいいです。あなた痩せすぎ。これは客観的な事実ヨ」

蒼が脇でぷっと吹き出しかけて、それをあわてて手で押し殺した。

神代が、日本から連絡が入っているかどうか確認しにホテルへ戻るというので、四人は駅前で別れることになった。特に予定は決めてないという蒼を、それなら途中まででもいっしょに歩かないかとアントネッラが誘う。

「大学の近く、私の好きな散歩道教えてあげる。そのあとでアカデミア行ったら？」

「うん、それじゃお願いします。ぼくまだ全然道がわからないから」

「ヴェネツィアで道に迷ったときはね、できるだけたくさんの人が歩く方についていくことヨ。パパ、夜ホテルに電話していい？」

「そうだな。まあ、今夜か明日あたりどこか食事に行こう」

「ア、まだパパに教えてなかったネ、私の電話の番号」

ショルダーバッグから取り出したカードに、すばやくペンを走らせて手渡す。

「ハイ、これ」

「なんだ、おまえも携帯持ってるのか？」

「日本では高校生も持ってるんでショ。パパは日本で使ってないの？」

「嫌いなんだよ、そういうもんは」

「嫌いってよくわからない。イタリアはまだ料金高いから、子供は持ってないけど、でも持つ人すごく増えてる。とっても便利だし。だから予定が決まったらパパから電話してネ。――チャオ、パパ。チャオ、サクライさん」

蒼がこちらを見たので、京介はことばをかける代わりにひとつうなずいてやる。それだけで安心したのか、ようやく見せた笑顔に少し胸が痛んだ。誤解させてしまったかもしれない。彼に対して怒っていたわけではないのに。なににかと問われれば、たぶん自分自身に対してだ。

（痩せ我慢か……）

深春の言いぐさを、まったくの見当違いと一蹴《いっしゅう》するつもりもない。だが、たとえ蒼が求めているのがそれだとしても、抱きかかえて頭をなでてやるのは少なくとも京介の任ではないだろう。

手を振って歩いていくふたりを見送って、神代はやれやれとつぶやく。

「親はなくとも子は育つ、か」

神代が思っているのは無論、彼をパパと呼ぶ友人の忘れ形見なのだろうが、京介は蒼のことを考えながら相槌を打った。

「そうですね——」

「にしても、ちいっとばかり厄介《やっかい》なことになってきやがったな」

それはすでに、彼女の将来といったことではないらしい。

「藤枝氏の件ですか?」

「ああ。さっきのやつのせりふ、おまえも聞いただろう? あいつに俺らが鈴子・レニエールと会いにきたというのを、知られるのは絶対にまずい」

「ですが、失踪前にその女性が夫人と会っているとしたら、話を聞きたいと思うのは当然ではありませんか。他に手がかりもないようですし」

「それだけならな」

「それ以外になにがあるんです?」

「あるとしか思えねえのさ」

駅を背に、徒歩でリアルトからサン・マルコ方面へ向かうリスタ・ディ・スパーナ通り。中小のホテルに土産物屋《みやげものや》、あまり高級でないレストランなどが並ぶ賑やかな道を、観光客に混じって歩き出しながら、吐き捨てた神代の表情は苦々しい。

「俺のところに取材に来たとき、あいつが編集長をしていた雑誌な、去年いきなり廃刊になったんだ。おまえ覚えてないか。ナチスの特集を組んで、そのせいで海外から強烈なクレームがついて」

その事件は京介も記憶していた。問題の特集号を書店の店頭で手に取ったときのことも覚えている。咆哮《ほうこう》するヒットラーのモノクロ写真に、赤い活字で『ナチズムの美学』云々のコピーを重ねた、派手な表紙に目を惹《ひ》かれた。二十世紀の歴史にいわば原罪的な忌《い》まわしさで刻印されているナチズムに、敢えて『美学』ということばで切り込むのはいかにも無謀だと、危惧《きぐ》と同時に興味を覚えたのだ。

しかし中を開いてみれば、白人男性モデルに復刻したSSの制服や武器を身につけさせての派手なカラー・グラビアは、ヴィスコンティの映画を通俗的に模倣《もほう》したようなしろもので、その上無論正確には覚えていないが、『やっぱりナチスってかっこいいよね』的な軽薄な文章が並んでいる。なんら政治的な意図があるわけでもない、といって歴史の検証も思想的な分析もない、『美学』どころか見てくれだけをなぞった無内容さにうんざりして、そのまま棚に戻した。

だがその文章にヒットラーの選民思想を賛美していると取れる一節があったとかで、アメリカの団体から強硬な抗議を受けた結果、当の特集号は回収、雑誌は廃刊という措置がそれこそあっという間に決まったのだ。ナチズムを賛美するのは論外にしても、臭いものに蓋《ふた》をすればなにかが解決するわけではない。危険なテーマを危険だという認識もなく、商業主義だけで表層的に扱い、海外から批判を受ければ今度は論議もなく大急ぎで無かったことにしてしまう。それもまた京介から見れば、別の意味で不快な話だった。

「あの特集号は彼が作ったわけですか」

「編集長なんだから無関係なわけはないさ。いいと思ったからああいう誌面が作られたんだろう。それだけであの男の出版人としての、見識っていうかセンスのほどは知れるだろうよ。俺のところに取材に来たときは、若手ながら敏腕の編集長ってんでブイブイいってたが、あんときの特集だってイタリア・ブームに乗っかっただけのしょうもねえもんだったしな」

「ええ」

「やつは廃刊以来その出版社も退社して、フリーといえば聞こえはいいが、昔とは打って変わった冷や飯を喰っているわけだ。そんな人間が以前使っていたライターひとり、行方不明になったからって血相変えて飛んでくると思うか？」

「僕はその女性が、彼の恋人であったからかと思いましたが」

「ま、そういう可能性もひとつはあるが」

神代は軽くうなずいて、

「しかしああいう野郎は色と欲の両天秤《りょうてんびん》、ていうよりどちらかを選ぶとなりゃあ欲の方、そのためには色だって道具に使う、そういう手合いさ。惚《ほ》れた腫《は》れたで熱くなる歳でもなし、第一とっくに結婚もしてたはずだぜ」

いつにも増して歯《は》に衣着《きぬき》せぬせりふの連続に、つい合いの手を入れたくなってしまう。

「ずいぶん手厳しいんですね」

「ああ。さっき耳元でぐちぐちやられただけで、うんざりしちまったよ。俺ァな、ああいう口先だけのトレンド野郎がこの世で一番大嫌ェなんだ。取材で会った時も気にくわなかったが、人間落ち目になるほどぼろが出る。てめえの卑しい魂胆《こんたん》がことばの端から見え見えなのに、ばれてもいねえつもりなんだからとんだ利口馬鹿さ。さっきの話じゃぼかしてたが、小宮ってライターは羚子・レニエールのインタビューを取りに来たんだ。それもたぶんアポなしでな。あいつが心配してるのは、そのテープがどうったかってことなのさ」

「あの女性とのインタビューに、それほどの価値があるのですか？」

「あるんだとよ。さっき藤枝が自分から、俺にくどくどいって聞かせたことだから間違いねえや」

「説明して下さい」

神代はいかにも嫌そうに口元をゆがめながら、

「俺もそういう方面にゃとんとうといんだが、夫人の死んだ亭主が社長をしてたジャンマリオ・レニエール社ってのは、最近日本でも結構知名度の高いファッション・メーカーなんだそうだ。夫人は後妻で、留学生としてひとり日本からやってきて、えらく歳の離れた亭主と大恋愛して結婚、いわゆる玉《たま》の輿《こし》ってやつだ。

以来三十年近く社長夫人、といっても事業の方に口を入れることはあんまりなくて、女房というよりは娘のように慈《いつく》しまれて暮らしていたのが、二年前に夫に先立たれて、すわ遺産争いかとこっちの人間も面白半分注目したんだそうだ。相続人は彼女のほかに、亡くなった先妻との息子や娘、それ以外にも愛人に生ませて認知したのが、ぞろぞろというくらいいたくさんいたそうだしな。

そうしたところが夫人は、夫が遺言状で贈ったヴェネツィアの島以外なにもいらないと宣言して、さっさとミラノの邸宅を引き払い、こっちに越してきちまった。といっても生前贈与とかで、生活に困らないだけのものはあったらしいが」

「なるほど……」

そこまで聞いて京介にも、話の筋書きが見えたように思う。大衆ジャーナリズムの好物はなにより大時代な筋書きだ。シンデレラ物語から時を経て、富と虚飾《きょしょく》の都会を離れ、いまは愛の記憶とともに生きることだけを望む未亡人の哀話。逃れの地がヴェネツィアの島というのも、日本人好みの感傷趣味にはまるで絵に描いたようにぴたりとはまる。

「ドラマのようにロマンティックな一女性の半生、というわけですか」

「それさ。しかも夫人は、ヴェネツィアに来た当初は受け入れていたマスコミの取材を、中途からきっぱり断るようになっちまった。ガードの堅さはひととおりじゃないそうだ。インタビューどころか写真一枚、手紙の質問状もいっさい受け付けない。住まいの島に訪問なんぞとんでもない。だからマスコミの人間は、彼女が昨日みたいに平気でこっちに姿を見せてるなんては、夢にも思ってないんじゃねえかな」

「すると、行方不明になった女性ライターが本当に夫人と接触できていたのだとすれば」

「藤枝にしてみれば、金と時間を使ってもわざわざ来るだけの価値はあるということさ。小宮ヒロミの消息が知れなくとも、それを口実に夫人とのパイプが繋《つな》げれば、あいつにとっちゃ大きなネタになる。取材じゃない、人ひとりの命にかかわることだとでもいえば、夫人にしても拒絶しにくいだろうからな。逆にこいつを逃がしちまうと、せっかくまとまりかけていた再就職の口もぶっ飛ぶ。というのはすでにそのネタを、ちらつかせて条件とかの交渉をしているからだ」

「彼はそんなことまで、神代さんに打ち明けたんですか？」

「いや、そのへんは俺の推測だがな、そう大きく外れちゃあいまいよ」

「なるほど、結構面倒な話ですね——」

京介はつぶやいた。教授の推察通り、あの男が己れの再起を賭けてレニエール夫人を摑まえようと躍《やっ》起《き》になっているのだとしたら。

「なんにせよシニョリーナ・アントネッラには、早急に口止めした方がいいです」

「——そうか、そっちもあったか」

神代は歩きながら文字通り頭を抱えた。

「しかしまいったな。アントネッラがあの夫人と面識があるなんては全然思ってなかったんだ」

「しかし神代さんがジョルジョーネのことを聞いたのは、彼女からではないのですか？」

「ああそうだよ。といっても最近の手紙の中に、ほんのついでみたいに一行書いてあっただけだったからな。大学あたりで耳にはさんだんだろうって、軽く考えてた。まさか当人の口から聞いたとは思ってもみなかったのさ。だが京介、藤枝のやつがアントネッラにまで手を出すと思うか？」

「彼女が日本語ができなければ、まだ良かったんですが」

「ああ。話が通じなけりゃそれまでだからな」

「ですが神代さんの人物評価が正しいとしたら、あまり楽観的にはなれませんね」

「ううん、それもそうだなあ——」

ヴェネツィア大学には百年以上も前、その前身である王立高等商業学校の時代から日本語講座が開設され、日本人の語学教師が雇用されていた。

現在も日本人の客員教授や講師がいる。レニエール夫人がマスコミには門を閉ざしていても、ヴェネツィア在住の日本人とは関わりを持っているかもしれないとでも嗅覚を働かせれば、神代との関係は別にしても、ヴェネツィア大学の日本学科から日本語のできる学生、そして夫人と面識のあるアントネッラへ、ラインが繋がる可能性は十分にある。

「そしてイタリア語の話せない彼が、どこまでこの街で動き回れるかわかりませんが、少なくとも僕らが泊まっているホテルは知っているわけです」

「しょうがねえだろう。それくらい教えなくちゃ、さっき別れることもできなかったよ」

「ええ。ですがおそらくは遠からず、夫人からご招待の連絡が入る。それを立ち聞きでもされたら、僕らと夫人の繋がりはいっぺんにばれますね」

「くそったれ！」

神代は紳士にあるまじき口調で吐き捨てた。

「来てみりゃ夫人は売買契約なんて知らんという
し、おかしなやつは飛び込んできやがるし、俺あ取引の仲介まで引き受けた覚えはねえぞ。もう、日本からの連絡なんか待ってねえで帰っちまおうか」

「幻のジョルジョーネは諦《あきら》めますか？」

神代は沈黙した。

2

ホテルに戻るとフロントでメッセージのFAXを渡されたが、それは待っていた日本からの連絡でも、羚子夫人からの招待でもなかった。英語とイタリア語が併記された文面は、いとも簡潔に今夜自邸への招待の意を告げ、八時にホテルのロビーへ迎えをやる旨《むね》を記している。こちらが断る、という選択肢は最初から問題にもされていないようだ。

招待主の名前はアルヴィゼ・レニエール。

「あの男だ、京介」

京介は黙ってうなずいた。

「どうする」

「神代さんのお考えは？」

「行くさ、もちろん。なんのつもりだか知らねえが、面白れェじゃねえか」

「そうですね——」

「なんだ、京介。恐いのか？」

「事態があまりにも不分明なので、なんとなく落ち着かないだけです」

「つまらねえこと考えるない。相手が何様だろうと俺は俺でおまえはおまえさ」

喧嘩《けんか》に出かけるガキ大将のような顔で、神代はニカッと笑った。

そしてその夜。

ホテル・スプレンディッド・スイス前の小運河に横付けされたモーターボートは、一見普通の水上タクシーのようだがそうではなかった。アイボリーの船体はなめらかで傷ひとつなく、舟名のペイントの代わりにごく小さく金色の紋章らしきものが飾られているし、船室のシートは総革張りで、床は分厚い金茶色の絨毯で覆われている。太った運転手は制服めいた紺のブレザーをきっちり着込んでいた。

ふたりをロビーに迎えに来たのはダーク・スーツに身を固めた大柄な男で、歳のわりには老《ふ》けた二十代というところか。眉も太いし、髭の剃り跡の黒い顎も大きく張っているが、口元はやけに小さくて、妙にバランスの悪い顔だ。そして神代たちに対する態度も、礼儀正しい慇懃《いんぎん》さと尊大な無愛想、どちらを選ぶとも決めかねているような煮え切らなさが感じられた。

お迎えに上がりました、と英語でいったきり、向かいの座席で胸前に腕を組んだまま黙り込んでいる男に、神代がイタリア語で、

「今年の秋は暖かいですね」

話しかけると太い眉がひくっと上がった。彼がイタリア語を話すとは思っていなかったのかもしれない。

「失礼ですが、あなたは？」

「マッシモ・ヴィスカルディ。——秘書だ」

いい捨てた口調は招待者の秘書にしては、やはり相当に礼を失したものだったろう。

「レニエール社長の下では、長く務めておられるのですか？」

「ああ。私は、社長の——」

なにかいいかけて、急に思い直したように口をつぐんでしまった。

モーターボートの船室に座っていると、窓は背もたれの上に位置するため、外の景色をながめるのは難しい。二隻のボートがすれ違うのもやっとだろう細い運河の、両側をふさぐ家々の窓は閉ざされて明かりも見えず、といって街灯のようなものもなく、この時間でもほとんど真っ暗だ。

ホテル脇の水路から小さな橋の下をいくつとなくくぐり抜け、大運河のリアルト橋の上流に出、しばらく上っているらしいとだけはわかった。ヴェネツィアを鉄道駅からサン・マルコまで、逆S字に貫く大運河は、歴史あるパラッツォが両岸に並ぶこの都市のメインストリートだが、特にライティングがされているわけでもなく、東京の明るさに馴染んだ目には異様に思えるほど暗い。闇に沈む壁の連なりの中に、レストランやホテルの窓明かりがときおり浮かんでいる程度だ。

ボートはふたたび右手の運河に入り、もう一度折れたところで停まった。水の都の伝統どおり、水路からのアクセスを正規の玄関として用いているらしい。しかし灯火は頭の上にひとつ、黄色い電灯がぽつんと点《つ》いているばかり。ゴシック風の尖頭アーチの戸口回りは、彫刻のある白大理石もすっかり黒ずんで、まるで廃墟のように見える。

ヴェネツィア共和国が東方貿易によって栄えていた時代、支配階級である貴族は同時に貿易商人であり、運河に面したパラッツォは、住居である以上にビジネスのためのオフィスだった。出入りに便利な一階は商品を艀《はしけ》から荷揚げして分類記帳するための場所と倉庫で、中二階が事務所、二階以上が住まいに当てられていた。

しかしいま多くの歴史的建造物の、一階は湿気に侵され、冬の大潮時には必ず来る高潮に浸されて、使用に耐えない状態に置かれている。やってきたこのパラッツォにしても同様で、ろくに明かりのない暗さの中でも、カビでまだらになった壁や埃《ほこり》だらけの床石が見て取れた。

だが、秘書が先に立って左手のドアを開けると、目に入るものは一気に変貌した。金と緑で連続する植物文様を打ち出した壁紙の壁には、花束のかたちをした壁灯がまばゆいばかりの光を投げ、天井は金彩をほどこしたアラベスクのレリーフに覆われて、上階に通ずる階段は緑の分厚い絨毯に包まれている。それまでの荒廃が嘘のようだ。二階の広間も装飾はさらに華麗で、低く下がったシャンデリアは巨大な黄金の花。壁には等身を越す大きさの肖像画とヴェネツィア鏡が交互にかけられ、天井では半裸の神々がなにやら荘重な身のこなしをしていた。

しかし神代はそのすべてに気のない一瞥《いちべつ》を投げて、ひとことで切り捨てる。

「俗悪だな」

「バロックはお嫌いですか？」

「好き嫌いでいってるわけじゃない」

「本当かな」

京介の切り返しに教授はへっと肩をすくめた。

「いまの時代にバロックなんざ、どう作っても似非《えせ》もんにしかならねえが、ここの主《あるじ》が狙ってるのは歴史の復元よりも見てくれの派手さだろう。どれもこれもけばけばしい色で塗り立てただけのやっつけ仕事だ。お里が知れるってやつだよ」

神代の口調は相変わらず辛辣《しんらつ》だが、彼の眼力はたぶん正当だと京介も思う。費用だけは惜しまずかけているようでも、コストや採算といった概念が異なる前近代のスタイルを現代になぞったところで、それはどこまでもなぞり以外のものではなく、手技の衰退が際立つばかりだ。このパラッツォのインテリアも、歴史様式を掻き集めてこね上げたフェイクの印象は拭《ぬぐ》えない。むしろここまで手入れされる以前の、廃墟の状態を見てみたかった。

小声の会話は日本語だったから意味がわかったはずはないが、秘書は奥の扉をノックしながらこちらをちらりと振り返る。声がした。

「――Avanti.《おはいり》」

アルヴィゼ・レニエール。たったいま神代が、顔も見ることなくかなり否定的な評価を下した男は、しかし一見したところなかなかに風采の良い、堂々たる押し出しをしていた。

短く刈った半白の髪の額は大きく上がって、それを補うようにたくましい顎と上唇を刈り込んだ黒い髭が包んでいる。強い眼光を浮かべた暗色の瞳。眉の濃い、道具立ての大きな顔。スーツの上からも見て取れる広い肩幅と分厚い胸板。衣装もいっそそうした現代風などより、共和国の元首が纏《まと》った金襴《きんらん》のマントにエルメリーノの毛皮が似合うだろう。もっともそれが現代になぞったバロック様式の内装同様、カルナヴァレの仮装めいて見えぬ保証もまたなかったが。

「ドットーレ・カミシロ、いきなりお呼び立てしたのによく来て下さった」

闊達《かったつ》な口調でそういいながらふたりの手を握った彼は、まずそれが今夜の本題だとでもいうように晩餐《ばんさん》を共にしてくれるように誘ったが、神代は辞退した。これは前もって京介と決めていたことだった。相手がなにを目的に人を招いたのかはっきりしない内は、できるだけ饗応の類《たぐい》には応じない方がいい。

一瞬太い眉を寄せて彼を見返したアルヴィゼ・レニエールは、仕方ないと肩をすくめると、

「では、せめてワインならおつき合いいただけるでしょうな。そちらの、お弟子さんも？」

「シニョーレ・レニエール、できたら英語かフランス語でお話しねがえませんでしょうか。イタリア語の聞き取りは苦手なもので」

ことさらにたどたどしい、発音も怪しげなイタリア語で京介はいった。無論これは嘘で、ヴェネツィア方言まで完璧に聞き取れるとはいわないが、通常の会話で不自由はない。

神代からは、——またなにか企んでやがるな？という視線が来たが、素知らぬ顔をしておく。別に企むというほどの考えがあるわけでもなかったが、これは一種の保険だ。ことばもわからぬ若僧、ただのおまけ。そんなふうにでも見られれば、それだけ京介は自由でいられる。わけのわからぬ状況に置かれた身の、せめてもの抵抗だ。


「よろしい。私も英語はあまり得意ではないが、そのあたりはお許し願うとして。——マッシモ！」

命じられたあの秘書がワインのデカンタとグラスを運んできたが、あまりそうした仕事に慣れているようではない。レエスのように薄いグラスを武骨な手でテーブルに並べ終えると、ドア脇の椅子に引き下がった。

主《あるじ》自ら注いだ辛口の白ワインは確かになかなかの美酒だったが、自家の葡萄園で収穫する葡萄だけを使って作った新酒だとか、そんな話をするばかりで彼はいっかな本題に入ろうとしない。こちらがじれてなにかいい出すのを待つつもりなのか。だが神代にしても、それほどうぶではなかった。

口元には如才《じょさい》ない微笑みを浮かべ、黄金色の繻子《しゅす》を張った十七世紀風の肘掛け椅子の上でゆったりくつろいだ風を見せている。腹芸《はらげい》を必要とすることでは、大学教授も経営者や政治家に引けを取らぬということなのだろう。

「レニエール社はミラノにあるとうかがったように思うのですが、社長はこちらに住んでおられるのですか？」

深春相手に減らず口を叩いているときとは別人のような、澄まし顔でさりげない問いを向けると、相手も微笑んで、

「いやいや、ここは私のいわば隠れ家です。ヴェネツィアに滞在するときのための。手に入れたのはほんの数ヵ月前でしたが、そのときはひどい荒れようでした。長らく空き家になっていただけでなく、それ以前も壁で仕切って、あまり暮らし向きのよくない人間に住まわれていたようで」

「ほう、たった数ヵ月でここまでになさった」

ことばだけ聞けば感嘆しているようだが、彼が腹の中で、——なるほどやっつけ仕事なわけだ、と続けたのはまず間違いない。

「そうです。そしてこのパラッツォは、元はといえばヴェンドラミン家のために十五世紀に建てられたものでした。ガブリエーレ・ヴェンドラミンもここに住んでいたらしい、といえばドットーレには聞き覚えがおありの名前ではありませんか？」

英語で話していても、イタリア語で先生を意味するドットーレはそのままだ。

「ジョルジョーネの『嵐《ラ・テンペスタ》』の注文主、ですな」

「その通りです。ドットーレは日本におけるジョルジョーネ研究の草分けでいらっしゃるとか。ご著書はぜひイタリア語に翻訳していただきたいものです」

「これはこれは、私のことまでいろいろとお調べのようだ」

眉を上げてみせた神代に、アルヴィゼ・レニエールは愛想良く、

「お誉《ほ》めのことばと受け取らせていただきましょう。お近づきになる上では当然の礼儀ですから」

「しかし残念ながら、こちらはあなたのことをほとんど知りませんが」

「それは追々《おいおい》お話し申し上げます。例えば、私は単にヴェンドラミン家のパラッツォを現在所有しているというだけではなく、その血筋を引いております。私の母は十二世紀にさかのぼるヴェネツィア貴族の血統で、その実家は多くの共和国元首や海軍司令官を輩出してきました。しかしジョルジョーネにあの傑作を描かせたガブリエーレの末裔《まつえい》であるというのも、それに勝るとも劣らぬ誇るべき血統だと自負しております。

考えてもみて下さい、ドットーレ。往時の内装はもはや知るすべもないとはいえ、この部屋の壁にあの玄妙な精気をたたえ、魅惑的な謎に満ちた『ラ・テンペスタ』がかけられていたのかもしれないのですよ。主と客は描かれたばかりの画面に見入り、画匠の技を讃《たた》え、また主題を巡って多くの対話を繰り広げたことでしょう。

その同じ空間でガブリエーレの血を引く私と、はるか極東から来られた研究者たるあなたがこうして時を共にしているというのは、なかなかに意味深いとはお考えになられませんか？」

彼の武器のひとつはこのなめらかな弁舌と、それを音とする声の美しさかもしれないと京介は思う。抑揚に富んだ艶《つや》のあるバリトンの響きは、大げさに過ぎぬ程度に雄弁な手の動き、体の動きや表情と相まって、アルヴィゼ・レニエールに沈黙しているときとは較べものにならぬほど魅力的な輝きを与えている。古代ローマの時代から地中海世界の人間たちは、こうした弁論術によって他者を圧倒し、意のままにする技巧を磨いてきたに違いない。

「確かにここで、ガブリエーレ・ヴェンドラミンのご子孫と出会うとは思いませんでしたが、そろそろ本題に入っていただくわけにはまいりませんか」

愛想笑いも返さずにいった神代に、相手はおやおやというように両腕を広げた。

「ドットーレはせっかちでいらっしゃる」

「駆け引きは性に合いませんのでね」

それもまた京介の目から見れば正直にはほど遠いせりふだったが、神代を見た男の笑みには、会話の妙を理解せぬ東洋人に対する軽侮《けいぶ》の色が滲《にじ》んでいたようだ。

「よろしい。では率直に申しましょう。私はドットーレに私の味方になっていただきたいのです。レニエール未亡人、いや、レイコのことで」

3

その名前がいずれ出ることは予想していた。というか、それ以外の用があるとは思えない。だが、味方とはどういう意味なのか。神代は不審の色を隠そうともせず聞き返す。

「それは私に、あなたの利益を擁護《ようご》する立場に立てという意味ですか？」

「いいや、いいや、そうではありません。私が擁護したいと望んでいるのはレイコの利益です。レイコの幸せです。それ以外私はなにも望んではおりません。我々の間に対立点などないのです」

アルヴィゼ・レニエールは椅子から大きく身を乗り出す。

「父の死の直後には、確かに混乱もありました。そして好奇心丸出しのイエロー・ジャーナリズムが、それを面白おかしく書き立てた。ですがそれはすべて終わったことです。レニエール社は私が社長を継ぎ、兄弟姉妹たちが株主となって、父の生前と変わることなく業務を継続しております。

しかしレイコがヴェネツィアの島に隠棲《いんせい》したことは、私には非常に不本意なことでした。先に申し上げたような捏造《ねつぞう》された醜聞報道のせいで、父の遺産を巡る争いの結果、我々が彼女を迫害して追放した、あるいは彼女が争いに嫌気が差して逃げ出した、そんな誤解を世間に与えてしまったということもありますが、だから不本意だというのではありません。私は——」

そこで彼は一度ことばを切った。続けるのを逡《しゅん》巡《じゅん》しているように間を置いたが、

「私は彼女に求婚いたしました。いや、いまでもその意志は変わっておりません」

それには神代もさすがに驚いたようだった。

「意外にお思いですか？」

「――失礼ながら、そうです」

「いえ。血が繋がっていないとはいえ、亡き父親の妻に求婚するというのは、いささか不道徳な印象を与えるとは承知しています。ですが、私の気持ちを正しく理解していただくためには、もう少しお聞かせせねばならぬことがあります。

どうか、ここからはイタリア語で語ることを許していただきたい。英語ではうまく私の気持ちを表現できそうにないので。お弟子さんにはひとつお許しを願うとして」

付け足しのようにいって、彼はいよいよ声に力を込め、熱っぽく語り出す。

「まずなによりも、私のレイコに対する気持ちは父が逝《い》ってから生まれたわけではありません。実のところ私は父より前にレイコと出会ったのですし、そのときから彼女に心を寄せていました。しかし私より先に父に求婚されてしまった。そして信じられぬことに、レイコはそれを受け入れたのです。そのとき私は三十一歳、レイコは二十四歳、そして父は六十歳でした。つまり、いまの私の歳です」

「確かに、二十四の女性が六十の男性との結婚を受け入れるというのは意外ではありますね」

神代の相槌に彼もうなずいて、

「普通であれば財産目当ての結婚、そう考えたくなるところです。私はレイコを知っていますから、そんなことは当時もいまも考えておりませんが。しかし彼女が大学を離れて父との結婚という道を選んだ、動機はまた別にあるのです」

呼吸を整えるように短い休止を置いて、彼は続けた。

「それがドットーレ、レニエール家に秘蔵されてきたジョルジョーネ、『恋人たち』にまつわる事件なのです」

「その絵が?――」

さすがの神代もそこまでは予測していなかったのだろう。目の中に驚きの表情が広がった。

「そうです。レニエール家は現在ミラノにありますが、元を正せばやはりヴェネツィア人です。母の生家の名声には遠く及びませんが、やはり共和国議会に議席を持つ貴族でした。ナポレオンの侵攻による共和国の崩壊後、ミラノに居を移したのです。『恋人たち』がいつからレニエール家に蔵されるようになったか、その来歴は残念ながらわかりません。ミラノ移住時に運んできたのは確かにしても、それ以前の記録がないのです。しかし祖父の代に画面を洗った結果、これがヴァザーリの『列伝』で名のみ知られていたジョルジョーネの作品ではないか、という暫定的《ざんていてき》な鑑定が下されたそうです。

それをもう一度きちんと調べてもらおう、ということをいい出したのは他ならぬ私でした。当時の私は父の下についてすでに五年以上レニエール社で働いていましたが、家業に興味が持てず、学生時代からなりたかったのはドットーレのような美術史学者でした。だが父がそれを許さなかった。不甲斐《ふがい》ない話ですが、その父に逆らい抜くほどの気力もなく、私は病気で実家に戻っていた母を訪ねてヴェネツィアにくるたび、大学に顔を出し教授たちと語り合うことで、わずかに渇《かつ》を癒《い》やしていました。

そこで私はレイコと出会ったのです。遠い東の国からやってきた、妖精のように可憐《かれん》な少女。彼女はすでに二十歳は過ぎていたはずですが、私の目にはいつも愛らしい少女としか映りませんでした。私はたちまち若者のような恋に落ち、しかし正直に打ち明けてしまいますと、彼女は学問の方により強く心を奪われていたのでしょう。どんな約束も私に与えてはくれませんでした。

私は彼女の歓心を買いたいがために『恋人たち』の鑑定の話を持ち出したのです。なんと人間というのは愚かで、先の見えぬものですね。その結果私は彼女を得るどころか、我が父に奪われる結果となったのですから。

絵はミラノにあったので、レイコとレイコの指導教授がやってきました。私はこの教授が嫌いでした。政府の高官である親のコネで教授の地位を手に入れた無能な人間の上、レイコに性的な興味を持っているのが露骨《ろこつ》なほどわかったからです。私は遠回しに彼女に忠告しましたが、人を疑うことを知らぬレイコには私の懸念は伝わりませんでした。

『恋人たち』を一目見てレイコは魅せられたようでした。その絵を研究することを、自分の今後の課題としたいといいました。それは無論文字通りの意味しかなかったのでしょうが、私は幸せでした。その絵がレニエール家のものである限り、レイコとはひとつの絆で結ばれたと思ったからです。

しかし教授はそれをヴェネツィアに持ち帰ってしばらく時間を置いた上、これは十七世紀の贋作《がんさく》であるとの結論を下しました。理由はわかっています。教授はレイコを我がものにしようとし、拒まれたことの復讐をそのようなかたちで果たしたのです。その上学内で、明らかな贋作を彼女が本物といい張るのは、レニエール家から多額の謝礼を受け取ったからだといいふらしました。

レイコは教授の中傷とそれを許した大学に絶望し、学問への道を断たれ、ヴェネツィアを去りました。そして私が彼女の名誉を汚した教授に対する報復を考えたりしている間に、母が病死し、父は彼女に求婚し、彼女はそれを受け入れた。

ドットーレ・カミシロ、これが二十九年前我々の間に起こったことのすべてです。私はその後誰とも結婚することなく、今日まで過ごしてきました。何年経とうと私にとってレイコはレイコであり、父の妻などではありませんでした。

だから独り身になったレイコに求婚することは、少なくとも私にとっては一点の恥ずるところもない行為でした。そしてすぐにではなくとも、時間をかけて私の心を理解してもらえれば、必ずレイコも応えてくれると信じていました。しかし――」

名優のひとり芝居のように、表情もそのときどきに合わせて変え、ときに高く口早に、ときにゆっくりと感情を抑えて語り続けた彼は、最後に沈痛そのものの表情になってことばをとぎらせた。

「しかし彼女はミラノを離れて、ヴェネツィアの島に引きこもってしまわれた、というわけですね」

後を引き取って続けた神代に、

「そうです。だがドットーレ、それは実のところレイコ自身の意志とはいえないのです」

「ほう?――」

「彼女はあの女に魅入られている。支配され、従属させられている。そのためなのですよ。レイコが突然ミラノを離れて、あの島にこもってしまったのは。私には疾《と》うにわかっていた。そしてふたりにお会いになられたあなたなら、私の申し上げていることを理解していただけますね?」

「――あの女、だとよ」

アルヴィゼ・レニエールの視線から目をそらさぬまま、神代はかたわらの京介に、ぼそっと日本語でつぶやいた。

「元首の末裔とやらが、また上品な口をきいてくれるじゃねえか」

「そうですね」

「それにしてもあの未亡人、よっぽど三角関係に縁がある。ああいうお嬢お嬢した女は俺の趣味じゃあねえが、いくら魅力的な女でも度を越してもてるのは考えもんだな」

「昨日の会見も監視されていたかもしれません」

「姫君がおいくつになられようと、殿はたいそうなご執心てえわけだ。島の売買の話も承知していると思うか?」

「ええ、おそらく」

「だったらそいつはこっちから持ち出してもかまわねえな」

神代はこほんとひとつ空咳《からせき》をして、

「失礼。これまでのお話の内容を、彼にざっと説明しておりました。やはり聞き取れていなかったようで」

「それはもちろん、こちらこそ失礼」

「確かにおっしゃる通り、私たちは昨日夫人とお会いしました。夫人がいま住んでいる島を日本企業が買い取る、そのいわば下見役としてです。

ところがレイコ夫人に会ってみると、そんな話はまったく知らないといわれる。日本に連絡を取ってみると向こうも驚いていて、そんなはずはないという。どこでそんな行き違いが起こったのか、いまだに皆目《かいもく》見当がつかぬ始末です。

夫人のそばには同じ島で暮らしているという女性がいて、確かに少々変わった方だとは思いましたが、私としてはそんなことよりも、せめてもう少し事情をはっきりさせて帰りたい。そのことが一番の関心事です。味方になって欲しいなどといわれるが、味方が欲しいのはむしろこちらの方ですよ」

「それなら私どもは協力し合えると思いますよ、ドットーレ」

男の髭に囲まれた口元に、これまでで一番大きな笑みが浮かんでいる。いまや獲物を仕留めんとする猟師の笑顔だ、と京介は思う。

「その行き違いの原因を、私はあなたに教えてさしあげられる」

「それがつまりあの女、だと？」

「そうです。レイコはひとたびは理性の声に耳を傾けて、あの島を出ようと考えた。取引の相手が日本企業だというのも、それがレイコ自身の意志であったひとつの証拠でしょう。買い手はせめて同胞にと考えるのは当然のことです。しかしあの女が口を出して、無理やり彼女を翻意《ほんい》させてしまった」

「ですが、夫人ははっきりとおっしゃったのですよ。自分はそんな取引の話は知らない、と」

しかし男は神代の目を見つめてかぶりを振る。

「ですからそれがドットーレ、レイコの精神状態があまり健全でないなによりの証拠なのです。彼女はいまも時折少女のように見えますが、判断能力が子供並みだなどということはありません。いや、彼女は非常に知的な人間だ。意志もあれば良識もある。強い精神力を持っている。

父の代でレニエール社が大きく業績を伸ばし、日本にも名が知られるようになったのは、表に立つことはしなかったがレイコの力添えがあったからです。彼女は日本市場に好まれるデザインの開発に関わり、経営の面でも父に多くの助言をした。それは我が社で知らぬ者もないことなのです。レイコがミラノを去ったとき、それを誰より嘆き惜しんだのは社内のスタッフでした。

それだけのことのできる人間が、自分の不動産に関知せぬ売買の話が進行していたなどと聞けば、驚くだけでなく不安を覚えて弁護士を依頼するなり、ドットーレをヴェネツィアに派遣した企業に問い合わせるなりすると思われませんか。彼女が本当にこの先も、あの島に住み続けるつもりなら当然そうするはずだ。しかし実際はどうでした？」

神代は口をつぐむ。相手のいうことはその点では当たっている、そう考えているらしい。確かにあのときの夫人の反応は納得しにくいものだったが、京介はそれよりも、あのロビーの席に盗聴器でもしかけられていたのかもしれないと、そちらの方が気にかかった。

「レイコがそうしたことをいっさいしようとしなかったのは、ドットーレ、それが一度は自分が了承した話だとわかっていたからです。しかし彼女はいまは、知らぬ存ぜぬで通そうとしている。いや、そうすることを強いられているのです」

自分のことばをすべて有無をいわせず呑み込ませ

ようとするかのような、ほとんど強圧的なアルヴィゼ・レニエールの口調だった。

「それもすべてあの、夫人がスフィンジェと呼ぶ女性のそそのかしで起こっている、とあなたはいわれるわけだ」

「それが事実ですから」

「つまりあなたは島の売却に賛成なさる、ということですか？」

「いや、それは無論レイコが決めることです。あれは彼女の資産なのですから」

男はふたたび大きくかぶりを振った。

「私としてはやはり彼女を妻に迎えたい。ミラノに戻るのが嫌ならこのパラッツォにでも、彼女の望む他のどこにでも住めばよい。だがそれは受け入れられない、日本に帰るというのなら、悲しいことではありますがそれも致し方ないでしょう。そうすることが彼女の真実の意志であり、幸せだというなら私は耐えるでしょう。

しかしドットーレ、いまの状態はいけません。あのスウェーデン女はレイコを利用し、レイコの財産を食いつぶし、骨までしゃぶり尽くそうとしているのです。しかし魅入られてしまったレイコは、いくら声を高くしても、私に耳を貸そうとはしてくれません」

神代は眉を寄せた。

「どうも納得できませんね。強いられているとあなたはいわれたが、夫人にはなにか他人の脅迫を受けねばならぬような弱みでもあるのですか。それとも他の理由でも？」

相手は大きく腕を広げ、肩をすくめてみせる。

「残念ながら私にはわかりません、ドットーレ」

「それでは――」

「しかしこれだけはいえるでしょう。あの女は父が与えることのできなかった種類の満足を、レイコに与えたのかもしれない、と。父は強い男でしたが、決して若くはありませんでしたからね」

どこか淫靡《いんび》なほのめかしに、神代は不快げに眉をしかめる。

「いったいあの女性は何者なのです？　彫刻家だと聞きましたが」

「見せかけです、そんなものは」

アルヴィゼ・レニエールは言下に断定した。口調が冷ややかさを増した。

「女の顔をした怪物という意味ならスフィンジェも満更外《まんざら》れではありますまいが、私が神話から名前を取るならいっそアマゾンの女王ペンテシレイアとでも呼びますな。

なにが彫刻家なものですか。あれは前歴をいえばスウェーデンの、映画女優だったのだそうです。とはいってもほんの駆け出しで主演は一本きり。その監督と体の関係ができた。というよりはおおかた体で主役を取ったのでしょう。ところが怒った監督の妻に襲われ、女優にしては致命的な傷を負わされて、そのまま国を出て、流れ着いたのがヴェネツィアというわけです。

レイコは人を疑うことを知らぬ女性です。それが彼女の魅力であると同時に弱点であり、彼女の優れた知性もしばしば情に押し流されてしまう。あの女の不幸に同情して庇護《ひご》を与えたのが始めで、父の生前からアトリエを借りさせたり、金銭の援助もずいぶんと与えていたようです。しかしその頃には、あの女がどんな怪物かまだ私は知りませんでしたから。それさえわかっていれば、どんな手段を取ってもレイコに近づけなどしなかった――」

「怪物、ですか」

「そうです、ドットーレ」

「たとえ彼女がレイコ夫人から援助を引き出すだけの似非《えせ》芸術家だとしても、あるいはそれ以外の関わり方をしているのだとしても、怪物呼ばわりはひどすぎやしませんか」

眉をしかめたまま彼のことばをさえぎった神代に、男は感情を害したふうもなく、

「おっしゃることはわかります、ドットーレ。しかしこれまで申し上げたことで、私がかなり綿密にあの女の前歴を洗わせたことはおわかりですね？　そして、残念ながら確たる証拠は見つけることができなかったのですが、私はあの女がなぜはるばるヴェネツィアまでやってきて、あの島に閉じこもる暮らしを自ら選んでいるのか、そのわけを摑んでいると信じています。

あの女は祖国で罪を犯した。そして官憲の手から逃れるためにここまでやって来たのです。ほとぼりが冷めるまで何年でも、潜伏しているつもりなのでしょう。そのためにレイコの好意を利用しているというわけだ。犯罪者の隠れ家としては格好の場所ですよ。いくつもの不吉な伝説に包まれた島ですが、サンタ・マッダレーナ島、罪ある女の島とは、妙にはまる名前ではありませんか」

アルヴィゼ・レニエールは思わせぶりにことばを切る。

「いったいあの女性がどんな罪を犯したというんです？　それに証拠はなくとも、それほどの疑いを持たれる理由があるといわれるなら、やはり夫人に告げておくべきなのでは？」

彼は神代を見つめたまま、ゆっくりとかぶりを振った。

「それは考えました。しかしいまの状態では、危険が多すぎるのです。自分の秘密が露見したとなれば、あの女はレイコを殺すかもしれません」

「殺す――」

「あの女は殺人者です。それも通常の動機などなく自らの快楽のために人間の命を奪う、そういうタイプの犯罪者だ。あの、『切り裂きジャック』のようなね。怪物と呼んだところで、微塵《みじん》も誇張はないと思いますが」

神代は無言のまま目を剝《む》いた。ずいぶんと思い切った告発だ、と京介も思う。唐突な、といってもいい。

「あの女の唯一の主演作である映画が製作されたのが一九八九年から九〇年。監督夫人の傷害事件が起こったのが九三年。そしてヴェネツィアに現れたのが九五年です。私がストックホルムに派遣した調査員は、当時の新聞を当たっていて偶然そのことに気づきました。

八九年から九三年の間にストックホルムとその周辺で、十数人のよく似たタイプの少女が行方不明になっていた。いずれも明るい金髪と青い眼の少女で、警察はそれを一連の事件とは見なしていなかったようです。しかしひとりだけ遺体が発見された。額を鋭利な刃物で一撃されていました」

「それが？」

「最後の行方不明事件は九三年一月七日、あの女が傷を負わされたのは八日の深夜。そしてその後は、同種の事件は一件も起きていません」

なるほど、状況証拠というにも足らぬ、疑うつもりなら疑えぬこともないという程度の話だ。しかし薄く口元に冷酷な笑みを浮かべたまま、男は語り続けた。

「唯一遺体の発見された少女の、検屍《けんし》記録を私は入手しました。それによると傷口から推定される凶器は、鋭利な鑿《のみ》のようなものだったそうですよ。彫刻家が用いるような」

浮かれ女《コロンビーナ》の仮面――女・II

あれは私が何歳のときのことだったろう。正確にはわからないが、たぶんまだほんの子供の頃。夜中に喉の渇きに目覚めて、キッチンへ水を飲みに降りた。すると、そこに母がいた。シンクの上のライトだけをつけて、かがみこんでいる。小さく水音がする。こんな時間になにをしているのだろうと思い、お母さん、と声をかけた。

母はゆっくりと振り向いた。化粧を落とさぬ顔の回りに髪が乱れている。私は息を呑み込んだ。母の手元が頭上のライトを受けて、ぎらりと青くひかったのだ。母は、刃物を研《と》いでいた。

それからどうしたか、記憶はない。たぶん二言、三言ことばを交わしてから、私は水を飲んで眠ってしまい、翌朝にはもうそのことを忘れていたのだろう。そして翌日も、その次の日も、夜中に見たことに結びつけねばならないような、特別なことはなにも起こらなかったのだろう。

その当時、父には愛人がいたということを、私が知ったのはずっと後のことだ。知ってからは幾度も、やはり夜中に目覚めては思い出した。母の、奇妙に白ぱけた無表情な顔。少し開いて濡れていた唇。なにも見ていない目。そしていまは父も母も、死んでいてくれて良かったと思った。なぜならそのときの私は、妻のある男に恋していたから。

あの母がそれを知ることになったら、父の愛人の代わりに私を刺したかもしれない。母は極めて厳格な、清教徒的な道徳観の持ち主だった。少なくとも私の知っていた母は。そして私が恋した男の妻も、やはりそうした人間だった。

夫に裏切られた妻は大抵過度に道徳的になる。そうなることでしか、自分を守れないというように。でも、彼女たちも本当は知っていたのではないだろうか。道徳で守れるものなど、なにもありはしないのだということは。

だが、私も刃物を研ぐのは好きだ。夜中にひとり指先を冷たくして、鋼《はがね》の青さを見つめているのが好きだ。紛《まぎ》れもない鉱物でありながら、鉄というのはしばしば生き物じみて感じられる。水に溶ける鉄の匂いは、血の匂いとよく似ているから。

私は刃物を研ぐ手であり、同時に研がれる刃物だ。鋼の刃は美しい。それはどんな仮面もまとわず、それ自体で世界と対峙《たいじ》している。なろうことなら私も、そんなふうに生きたかったのだけれど。

彼と出会うまで、私はいつも陽気な浮かれ女《め》だった。街で獲物をあさり、笑いながら人を傷つけ、食い散らしては捨てた。恋は一夜の遊戯でしかなく、かといって他にしたいことなどなにもなかった。

彼と出会って私は、浮かれ女の仮面を捨てた。彼が教えてくれたのは新しい私。私の才能を信じるといった、そのことばが私を夢中にさせた。彼と仕事を共にするために、彼の眼に叶《かな》う人間でありたいと思った。彼の好むように装い、彼の指し示す方向へ目を向けた。けれど遊戯でない恋は苦しく、私はときおり無性に残酷な気持ちになって、ひたすら刃物を研いだ。血が見たいと思った――

いまこの遠い異国であの頃のことを考えると、すべては夢としか思えない。私は遊びでない恋をしている自分に酔っていただけ。彼はそんな私を都合良い欲望のはけ口にしていただけ。

君はすばらしい。君こそ私の求めていたひとだ。君とずっといっしょに仕事をしたい。そしてふたりで栄光の階段を駆け上ろう……

耳元で繰り返されたスイート・トーク。彼は自分の口にすることばを、少しは信じていたのだろうか。まったくの嘘だったとは思いたくない。

でもいま思えば正直な話、ことばは彼が無尽蔵《むじんぞう》にいつでも産み出すことのできる紙幣だった。私を酔わせながら自分も酔いしれる酒だった。そして彼にとって私は、その程度の代価で買うことのできる手軽な娼婦でしかなかった。仮面というならば私の恋もまた、一夜で捨てられる祭の仮面でしかなかったのだ。

そう思えるようになったのはたぶん、私が仮面ではない本当の愛を垣間見《かいまみ》たから。でもそれは私のものではない。

ならばいっそ私は、もう一度浮かれ女の仮面をかぶりたい。コメディア・デラルテの舞台に登場して、好色な男たちを手玉に取る火遊び好きのコロンビーナ。あんなふうに笑いながら人を傷つけ、命を奪い、罪の意識などほんの少しも覚えない陽気な殺人者になりたい。

そしていつか彼を、数え切れないほど抱きしめたこの手で殺してやりたい。あの澄ました顔に、世間に向けた見栄えよい仮面の真ん中に、青いほど研ぎ上げた凶器を思い切り突っ立てて。

水の街の蒼

1

　蒼は結局その午後を、アントネッラとふたりで過ごすことになった。彼女が訪ねることになっていた大学教授が急用で外出してしまい、

「それなら私に案内させて」

　というわけだった。

　初めにアカデミア美術館でヴェロネーゼやカルパッチョを見、出てからはアントネッラご推奨《すいしょう》の散歩道を歩く。車のいない街だから、どこを歩いても散歩に向かないということはないのだが、やはり気に入りのルートというのはあるらしい。


　深春から本の形をした地図は借りてあったので、彼に聞いた通り現在地を赤ペンでチェックしながら歩いてみる。だがその道はどこまで行っても細く、しかもカクカクと折れ曲がっていたり、微妙にカーブしていたりして、およそ見通しが利かない。いくら地図を見ていても、ひとりだったらたちまちどこにいるかわからなくなっていただろう。

　絶えず行く手に現れる橋まで階段で昇り降りせねばならない上、斜めだったり二股に分かれていたり。なんだかわざと複雑に、わかりにくくしているみたいだ。蒼は尋ねずにはいられない。

「どうしてこんなにまっすぐじゃないの？　土地が少ないんだから道が細いのは仕方ないけど、向こうの道とこっちの道、直線で通せば橋だってこんなに斜めにしなくてもいいのに。運河もやたらくねくねしてて、舟も通りにくそうだ」

　アントネッラは最初、蒼がなにを聞きたいのかわからないらしかったが、

「――ア、それは違うのヨ。運河というのはもともと、ラグーナを流れる自然の水流なの。その水流に囲まれた島に人が住み着いて、少しずつ埋め立てして土地を広げて、家を建てたり畑を作ったりして、でも水の流れるところはそのまま生かしておかないと、潮が淀《よど》んで流れなくなるでショ。

ヴェネツィアというのはたくさんの島の集まりなのヨ。昔は広場と教会を中心にした島のひとつひとつが独立した村みたいなものだったの。道路もそれぞれの島で作られて、島同士を橋で結ぶようになったのはそれよりずっと後。結ぶつもりのない道を無理やり結びつけてる橋だから、こんなふうに曲がったりしちゃうのヨ」

へえ、とうなずいてしまってから、よく考えてみると――

「そうか。それじゃヴェネツィアの運河って、陸を掘って水を通したわけじゃない。普通にあるのとはまるで逆なんだ」

「エエ。この街は初めに水ありき、なのネ」

陸地と運河。なにも考えずに陸が先と思いこんでいたけれど、図と地が反転する『ルービンの壺』みたいだ。ヴェネツィアを知っている人には常識なのかもしれないが、初めてそこを歩いている蒼にはすごく新鮮な発見だった。

「でも、新しい時代になると技術が進んで、運河も自然のままのかたちから、だんだんまっすぐに整備されるようになったんですって」

「新しいっていうと、今世紀あたり？」

「ううん。十五世紀くらいから」

(うわ、ルネッサンス時代が新しい方なのか……)

東京なんか江戸時代の建物ひとつ残ってやしないのに、と蒼は改めて感覚の違いに驚く。

アントネッラはさすがに街には詳しくて、蒼ひとりで歩いたら絶対見逃してしまうだろう壁の小さな彫刻や、聖母マリアのほこらといったものを、ひとつひとつ指さして教えてくれる。

靴職人がたくさん住んでいた地区の建物には、いつの頃のものなのだろう、かわいいハイヒールの浮き彫りがあったし、外壁のぼろぼろに剝げた建築を見上げると、繊細《せんさい》なゴシックのアーチ窓が並んでいたりした。行き止まりかと思うような袋小路にもたびたび出会ったが、建物の中に入るとしか見えない真っ暗な戸口が、実は向こう側へ抜けるトンネルであったりする。

「トンネルはソットポルテゴ、普通の道はカッレ、もっと細い小道はラーモ、広い道はサリッザーダ、運河沿いの道はフォンダメンタ、運河を埋め立てた道はリオ・テッラ」

アントネッラの弾む口調に乗ると、なんだか歌を歌っているようだ。

「広場はカンポで、小さい広場はカンピエッロで、でも元は建物の中庭《コルテ》として作られた空き地は、広場みたいに通り抜けられるようになっても、やっぱり呼び名はコルテなの」

アントネッラはなんでもないようにすいすいと歩いていくが、気がつくと壁にはさまれた狭い路地を他に歩いている人は誰もいない。まだ明るいからいいようなものの、夜になったらたぶん真っ暗の恐いような道だ。

昼でもろくに陽の射さない、地下室のような路地ばかりというのは少し息苦しい、と思っていると急に目の前が開けて広場に出た。それまでずっと視界がさえぎられていたから、曇り空の下でも晴れ晴れと明るく感じられる。

面積はかなり広いが、モニュメンタルな装飾はない。長方形を弓なりにたわませたような、不思議な形をしている。サン・マルコ広場の華やかさはない代わり、小さなバールにタバコ屋、食料品屋が軒《のき》を連ね、中央には八百屋や魚屋の屋台も店を広げている。子供たちがサッカーボールを追って走り、ベンチには猫と老人がゆったりくつろぐ、いかにも普段着の広場だ。

「ここはなんて広場?」

「サンタ・マルゲリータ。私の借りてる部屋もこの近くヨ」

真冬でも天気の良い日なら、ちょっと家から出てきて顔見知りと挨拶を交わし、コーヒーを飲むのが楽しいだろうような、アット・ホームな空間。少しの間でもヴェネツィアに住むとしたら、蒼だってこんな場所を選ぶだろう。

「いいなあ——」

つぶやいた声に、アントネッラが意外そうな顔をした。

「そう? 東京の方がずっといいと思うケド」

「え、どうして?」

蒼にはその方が意外だったが、

「どうしてって、新しいものがどんどん入ってきて、いつもエキサイティング。すごくうらやましい。私嫌いヨ。こんな古いものばかりのヴェネツィアも、イタリアも全部」

ぷんと頬をふくらませると、せっかくの美人が急に子供っぽい顔になる。

「ほんとは高校出たら日本に行って、W大に入りたかったの。でもマンマが承知してくれなくて、ヴェネツィア大学ならいいって」

「君のお母さんはヴェネツィアの人なんだよね。親戚とかもいるんでしょう?」

「そう。でも私は一度もマンマの家の人と会ったことないの」

そうか。神代先生の友達と、アントネッラのお母さんの結婚は反対されたんだっけ。

「だからマンマはもうここには戻らないなんていってるけど、本当の気持ちは違うのヨ。ええっと」

使うことばを探していたらしい。

「あ、そうだ。ミレンがあるのヨ」

未練、なんていまどき日本でも死語になりかけたような単語が、彼女の口から出るのはちょっと不思議な感じだ。

「パパ・ソウは私の気持ちわかってくれると思ってたのに、前は日本に行くっていったら、いいよっていってくれてたのに、最近は違うの。いつもごまかすの。マンマや伯母様が反対だってわかったから。そんなのずるいと思わない？」

そうはいわれても、先生だって実の親を差し置いて、彼女の味方をするというわけにはいかないだろうもんなあ、と蒼は思う。

「アントネッラはどうしてそんなにヴェネツィアが嫌いなの？　君はこの街で生まれたんでしょ？」

「生まれたのはネ。でもそのときはすぐ伯母様のところへ行っちゃったから。ローマの近くの、ブラッチャーノって知ってる？」

「ううん」

「すごい田舎の町ヨ。伯母様は、マンマのお姉さんだけど、結婚した人はずいぶん前に死んでしまって、ブラッチャーノにある古いパラッツォにひとりで暮らしていたの。私たちそこへ行ったのヨ。マンマは日本人との結婚に反対されて、私の生まれる直前も伯父様たちとすごく争って、味方は伯母様ひとりだったから――」

アントネッラの母親は出産間際の身で、家に戻る戻らないで兄と大喧嘩をし、倒れて病院に担ぎこまれたのだそうだ。そこへ日本に一時帰国していた神代が、ヴェネツィアに戻るなり駆けつけて、父親代理として出産に立ち会うことになった。その後神代は母子につきそってブラッチャーノまで送り届け、ふたりはアントネッラが高校を卒業するまでそちらで過ごしたのだという。

「マンマはいまもそちらにいるワ。伯母様とふたり仲良く暮らしてる。でも私は別の人間なんだもの、価値観が違っても当然だと思わない？」

「それは、そうだよね」

「伯母様はネ、自分が子供を産めなかったから、いま住んでいるパラッツォと、そこにある美術品を管理して後世に伝える人間が欲しいのですって。

それはわかるけどでも、なんで私がそれをしなけりゃならないの？　マンマもずるいのヨ。自分は親に反抗したくせに、私には伯母様の希望をかなえてあげなさい、なんていうんだもの！」

「その、伯母さんのパラッツォって大きいの？」

「大きいだけは大きいわヨ。伯母様が嫁いだ家はローマの古くからの貴族で、パラッツォだって元は十五世紀に建てられた砦だけど、その後何代にも亘《わた》って改造したり増築したり。だからいまは半分以上が廃墟みたい。イタリアに攻め込んできたフランスのシャルル八世が滞在した部屋とか、天蓋《てんがい》付きのベッドごと埃に埋もれているワ」

「うわー、それってすごいじゃない」

しかしアントネッラは渋い顔だ。

「別に全然すごくない。邪魔なだけヨ、住み心地なんて最悪だし。どこになにがあるか、美術品のリストもないの。パパ・ソウが来るたびに、伯母様を手伝って少しずつ調べているけど——」

「そういうの、文化財として国が管理してくれるとかできないの？」

アントネッラはため息混じりに首を振る。

「無理ヨ。だってこの国全体で考えたら、きっとあの程度のパラッツォなんて何十もあるでショ。手が回らないワ、お金もかかるし」

「ああそうか、イタリアにはいっぱいありすぎるのかあ」

蒼もいっしょにため息になってしまった。

「だから私、イタリアは嫌いなの」

ちょっと論理に飛躍があった気がする。しかしアントネッラは、蒼の戸惑いの表情に苛立《いらだ》ったようだった。

「わからない？　日本の人、そういうふうに感じない？　私は私なの。アントネッラなの。生まれる前のものなんか知らないし、知りたくもないの。そんなもの欲しくないし、背負わせても欲しくないの。前だけ見て歩きたいの。

マンマは貴族の家柄なんて関係ないっていって、日本人好きになって私ができたのに、いまは伯母様の気持ちになってあげなさいなんていうワ。それは、伯母様はお気の毒だと思う。跡継《あとつ》ぎがいないのは伯母様のせいじゃないし、そのためにあのパラッツォが取り壊されたり、先祖代々の美術品が売られるのは嫌だと思うのもわかるし、自分がしてきたみたいに、そこを守ってくれる人間が欲しいのも。

でも、それはああいうものが好きで、心から大切に思える人でなくちゃならないでショ。いくら血が繋がっていても、私はそうじゃないもの。古いものなんか好きじゃない。重くて暗くて嫌だワ。そんなものばかりとっておいたら、新しいものの生まれる余地もなくなると思うワ。

貴族の称号だっていい加減なものヨ。イタリアが統一王国になる前は、別々の国がそれぞれ称号を与えていたし、その王国もとっくに共和国になったのに、いまだにえらそうにそんなもの使う人も、有り難がる人も大嫌い。伝統とか過去の芸術とかなかったら、現代のイタリア人はもっとずっと身軽で自由になれると思うワ！」

自分で自分のことばに高ぶったように、一息でそれだけしゃべったアントネッラは、ふっと肩から息を抜いて、

「ゴメンナサイ。あなたに怒ることないよネ」

蒼はかぶりを振った。彼女の気持ちはなんとなく理解できる気がしたから。

「だけどパパ・ソウまでいうのヨ。親がいなけりゃ子供は生まれないんだから、過去なしのいまの自分だけなんてのはあり得ないんだ、なんて」

「あは。でも、それはホントだよね——」

笑いかけてふと顔が強ばる。親なしに子供は生まれない。覚えていようと忘れようと、ぼくはあのひとの子供だ。そしてどこまでいっても、ぼくはぼくだ。ぼくの過去はぼくのものだ。

（名前なんか変えようと、変えまいと……）

2

蒼が急に黙ってしまったことを、アントネッラは自分のせいだと誤解したかもしれない。もうこの話は止めるわネと微笑んで、街のガイドに戻る。ヴェネツィアなんか嫌い、古いものなんかいやといったわりに、そうして路地を巡り歩き、蒼が問うままにカンポには必ずある井戸の構造や、通りの名の由来を説明する表情はほがらかだ。蒼がそういうと彼女は肩をすくめて、

「それはきっとパパのせいヨ」

という。

「五年前、パパ・ソウが一年またヴェネツィア大学に来ていたときがあったでショ。あのとき私学校のお休みごとにここに来て、パパと街中歩いたのネ。そのときの受け売り」

「楽しかった?」

「トッテモ。——ア、でもそれは、パパといっしょだったからヨ」

あわてたようにつけたした。

その夜はアントネッラがよく行くという、リアルト橋近くの大衆食堂《タラットリア》で食べた。彼女はメニューなど見ずに、でっぷり太った店の女主人にあれこれ尋ねて料理を注文する。かりっと揚がった小海老と小魚のフリットが、辛口の白ワインとよく合ってとても美味しい。トマト味の魚介のスープも、シンプルな野菜サラダも、骨付きのポークソテーも。

アントネッラは蒼に劣らぬ健啖家《けんたんか》ぶりを発揮しながら、ときどき思い出したように、

「——太っちゃう」

とぼやく。それだけは日本の女の子といっしょだと、おかしくなった。

食後のコーヒーとデザートまで食べて、割《わ》り勘《かん》で勘定を済ませ、外に出ると時刻は十時近く。

さすがに気温も下がってきて、アントネッラもピンクのニットの上に革コートを重ねた。それほど遅い時間でもないが、盛り場からはずれているためか、あたりは暗く人影も乏しい。

「さっきの広場の近くだったよね。送っていくよ」

蒼が申し出ると、

「平気なのに」

いいながらアントネッラは嬉しそうだ。

「ヴェネツィアは観光地なのに、ローマと較べてもとっても治安がいいのヨ」

「酔っぱらって運河に落ちたりしないの？」

「知らない。でも聞いた話だと、パパ・ソウが昔」

「神代先生が？」

「落ちたんじゃなくて、バイロンの真似をして泳いだんですって。大運河を、私のパパたちと」

「どうなったって？」

「警察のボートに引き上げられて、ものすごく怒られたって」

「だろうなあ――」

笑いながら並んで歩き出すと、肘《ひじ》のあたりに軽く手がからめられた。顔のすぐ脇で揺れる金色の巻き毛。コート越しに感じる腕のぬくもり。ヒールの分だけ彼女の方が背が高いけど、まあいいか、だ。

「帰り道、迷わない？」

「地図があるから平気だよ。さっき通った道も全部チェックしてあるし」

「用意がいいのネ」

「深春が貸してくれたんだ」

「あの人、あなたのお兄さん？」

「うん。そんなようなもの」

「いいわネ。私、兄弟いないから」

「でもアントネッラ、人間てみんな違うから、なにもかもってわけにはいかないよ」

何気なくいったことばだったが、

「――ゴメンナサイ」

いきなり謝られて驚いた。

「私今日、自分のことばかりしゃべっていたネ。あなたのことなにも知らないで、聞こうともしないで。もしかしたら、すごく嫌じゃなかった？」

こちらを覗き込む、茶色の瞳が真剣だ。

「ちっともそんなこと考えなかったよ」

「でも、さっき私がひとりで腹を立てて、ひとりでしゃべってたとき、少し嫌だったでショ？」

「あ、あれは違うんだ。たまたま自分のことを思い出しただけで」

それに、聞かれても答えられないことだってあるしね、と蒼は自分の胸の中だけで続けた。

「でも私、本当に子供っぽいの。それは自分でもわかっているし、マンマにもおまえは自分のことしか考えないっていわれる。小さな子供と同じだって。そんなつもりじゃないんだけど――」

「そんなにあせらなくても、きっと少しずつ変わっていけるんだと思うよ」

「そうかしら」

「うん、人間て成長の遅い動物だから。体だけでも成体になるのに十五、六年かかるし、心の方はもっとだもの」

「そうね……」

「だけど人間が他の動物と違うのは、その気になれば一生でも自分を成長させられるってことだよ。これってすごいと思わない？」

これはむしろ蒼が、自分自身にいい聞かせたことばだ。そしてアントネッラも、目を上げて蒼に微笑みを返した。

「エエ。あなたのいうこと、正しいと思うワ」

そのままふたりはしばらくの間、無言で道を歩き続けた。アントネッラのヒールの音だけが、敷石を鳴らして響いていた。

「ここでいいワ。ありがとう」

肘を張ればつかえそうなほど狭い路地の入り口で、アントネッラが足を止める。壁についた小さな戸口は、鍵穴が見つかるか心配になるほど暗い。

「ここなの?」

「このドアから階段を上がった四階なの。ネ、明日の夜パパ・ソウと食事するとしたら、あなたもいっしょでショ?」

「どうしようかな……」

ひとりでやれるといってしまった手前、少しためらいも覚えてしまう。今日だって結局全部彼女に、世話してもらったようなものだし。

「あら、どうして。予定が決まったらあなたのホテルに伝言しておくワ。あ、それとも私の電話にかけてくれる?」

携帯電話の番号を走り書きしたカードを、手の中に押し入れられた。

「約束ネ。そして今度は今日聞けなかった、あなたのことも話して」

「——うん」

「チャオ、ブォナ・ノッテ」

両頰にすばやく暖かなものが触れて、あ、と思ったときにはもう目の前でゆっくりとドアが閉じようとしている。

(いまのって、つまりキス……)

そう気づいたら収まりかけていたワインの火照《ほて》りが頰にいっぺんに復活し、あわてて自分にいい聞かせる。キスっていったってただのご挨拶じゃないか。イタリア人はみんなそこら中で、会ったり別れたりするたびに抱き合って、左右の頰に音立ててキスをしている。二十歳にもなってこんなことで赤くなってるなんて、誰が子供かわかりゃしない。

(だけど、女の子ってすごくやわらかくて、いい匂いがするんだな——)

ピンクのニットを突き上げていた胸のラインまで、ありありと目の前に浮かんできて、見ている人間がいたわけでもないのに、急に照れ臭くてたまらなくなった。わあっと声が出そうになって、大急ぎで地図も見ないで歩き出す。しかしそのせいで蒼は、たちまち道に迷ってしまった。

昼間でさえわかりにくい道が、暗いのだからなおさらだ。ついて行くほど人は歩いていないし、地図と照らし合わせようにも地名の表示が見つからない。街灯の類はところどころ、頭上の壁についていることはいるのだが、それも頼りないほどの明るさしかないのだ。

せめて少しでも明るい方へ、開けている方へと思うと、道は運河で行き止まりになってしまう。しかし何度目かで行き当たったのはカナル・グランデだったので、右手のそう遠くないところにアカデミア橋らしいものが見えた。大運河に橋は三ヵ所しかない。このアカデミア橋と、リアルト橋と、鉄道駅前のスカルツィ橋と。

アカデミア橋のたもとから水上バスに乗れば、蒼のホテルも近い鉄道駅前に出られる。しかしキップを持っていない。ヴェネツィアには自動券売機なぞないし、キップ売り場がいつでも開いているわけではないから注意しろ、とは深春にいわれてきたことだ。無賃乗船は可能だが、検札に見つかれば高い罰金を払わされる。そういうみっともない真似だけはするんじゃないぞ、と。

徒歩で駅に出るには、距離的にはもう一度北上した方が近いのだが、迷わずに出られる自信がない。遠回りでも橋を渡って、サン・マルコ広場方面に出てしまえば、なんといっても観光の中心地だ。歩いている人は多いだろうし、駅に出る道もわかりやすいだろう。

方針を決めて歩き出した蒼は、しかしふっと足を緩《ゆる》めた。蒼が履いているのは、凹凸のあるゴム底のウォーキング・シューズだ。敷石の道でもほとんど音を立てない。だが少し離れた背後を、歩調を合わせてついてくる足音がある。蒼が足取りを遅くするとそれも遅くなり、立ち止まると止まる。こだま、ではない。

歩き出す。するとまた同じように聞こえてくる。もしかして、と蒼は思う。

さっきアントネッラと歩いていたときも、あれは聞こえていなかったろうか。彼女の話し声や高い靴音に紛《まぎ》れて、あまり気に止めないでいたけれど。

(尾行《つ》けられている?……)

まさかね、と蒼は首を振った。たまたま同じ方向に向かって歩いている人がいるというだけのことだ。前のと同じ足音に聞こえるのは気のせいだろう。そう自分で自分にいい聞かせながらも、

(気のせいにしたってなんだか、背中のあたりがムズムズしてくる——)

冷たい手で背筋をなでられてるみたいな気分。知らず知らずのうちに足取りが速くなる。いっそ走り出してしまいたくなる。でも一方ではそんな馬鹿なという思いが消えなくて、妙に非現実的だ。酔っているんだろうか、とも思う。

前方からぱっと光が射した。電灯の明かりに昼間渡ったアカデミア橋の、木製の手すりが黒く浮かんでいる。蒼は小走りに美術館前の広場を抜けて、橋の階段を一段飛ばしに上がった。板を踏む自分の靴音だけが聞こえる。あたりには誰もいない。そのまま高くなった橋の中央で、背後を振り返った。そして、思わず出かけた声を呑み込んだ。

黒い表扉を閉ざした美術館の前、がらんとひらけた石の広場。たったいま蒼が出てきた暗い小路からそこへ、ひらりと影のようなものがひるがえったのだ。全身を包む黒いマント、頭には鍔《つば》を上へ折り返した形の黒い帽子、こちらを向いた顔はすっかり、白い仮面で覆われている。

(あいつだ——)

蒼がその人影を見たのは初めてではなかった。そろそろ黄昏《たそがれ》の近づく時刻、観光客で賑《にぎ》わうリアルト橋の西側、露店の土産物屋が立ち並ぶ通りで、カーニヴァルの仮装さながらマントに仮面をつけた姿を見た。すれ違うツーリストたちも足を止めて見返り、カメラを向けたりしている。なんだろうと蒼が尋ねるとアントネッラは、

「きっとコンサートのチケットかなにか、売っているんだと思うワ。昔風の衣装をつけて、教会で演奏するグループがあるの。それとも学生の演劇グループかもネ」

あっさりといったので、そのまま忘れていた。しかし考えてみれば、仮面の人物はなにか売ったりちらしを配ったりしているようには見えなかった。いかにも人目を惹《ひ》く扮装をして、しかしなにをするでもなく歩いていた気がする。蒼たちが歩いているのと同じ方向へ。

そしていままた現れた。いや、さっきからずっと蒼たちを尾行けていた。偶然だろうか。それとも。相手は橋の上から見つめる蒼に気づいたように、足を止めた。そのままじっと立っている。顔を上向けてこちらを見ているようだ。電灯に照らされて白くひかる、なんの表情も浮かべていない仮面。丸く切り抜かれた目の穴から、見つめる視線があるとしても蒼には見えない。

だが無表情な仮面を見ていると、その陰で相手が冷たく悪意のこもった笑いを浮かべているような気がしてくる。考えすぎかもしれないが、やっぱりいい気分はしない。

(どうしよう。いっそとって返して、なんのつもりだとでも聞き返してやろうか……)

だが蒼は思い切って踵《きびす》を返した。走り出したくなるのをこらえて橋を下り、深呼吸を繰り返しながら大股に歩き出す。落ち着け、落ち着け。よく考えてみれば、相手を詰問できる証拠なんてなにもない。さっき足音がついてきていると思ったのは、ただの思い違いかもしれないし、夕方見たのは同じような扮装をした人、というだけかも知れないし、第一イタリア語はしゃべれないのだ。問いただすなんて、できやしないじゃないか。

気のせいならすぐわかる。あの仮面マントがこのまま後についてこないなら、自分が勘違いをしただけの笑い話だ。

それになにがあっても、あと少し歩けばサン・マルコ広場に出られる。深春が貸してくれた地図を信用する限りは。

しかし蒼はまたしても道を間違えてしまった。夜だとつい暗い道よりは明るい道、狭い道よりは少しでも広い道を選びたくなる。たぶんそれがいけなかったのだ。気がついたときは片側に工事現場のある小さな広場に出ていて、看板の文字は『TEATRO LA FENICE』。ヴェネツィアの有名なフェニーチェ劇場が近年火災にあった、と神代がいっていた。道の数が地図と合わないのは劇場の工事のためらしいが、ここもゆがんだ多角形の広場で、方向がまったく摑めない。

壁についている街灯の下で地図を広げ、さらに道の名前を書いた表示板を探す。それがなかなか見つからなくて視線をさまよわせていた蒼は、

「あッ！」

今度こそ声を上げてしまった。トンネルのように真っ暗な路地のひとつから、姿を現した人影。黒いマントと黒い帽子、そして白い仮面。やはりまた現れた。

しかし相手は蒼がそこにいることに、ひどく驚いたようだった。少なくとも蒼の目にはそう映った。そして次の瞬間、マントの裾《すそ》をひるがえして来た道を走り出した。思わずその後を追ってしまったのは、犬と同じ本能としかいいようがない。

迷うもなにも地図など見ている暇はないし、今日歩いた覚えもない暗い路地だ。黒い後ろ姿はそのまま蒼を振り切るつもりなのか、ぶつかったT字路を左に曲がり、またすぐに左に曲がる。蒼も続いて飛び込んだ。その先はクランク状に折れていて、どう続いているのかもわからない。その路地がこれまでにも増して暗く、マント姿がそのまま呑まれて消えてしまいそうに思え、

「——ちょっと、待って下さい！」

声が出てしまった。

そんな日本語で相手が立ち止まるとも思わなかったが、叫んだ蒼にも意外なことに、マントの人物はたたらを踏むようにして止まった。そしてゆっくりと振り向いた。白い仮面の顔が。ほんの数メートルの距離を隔てて、蒼は相手と向かい合っていた。

「あなた、いったいなんなんです。夕方からぼくたちの後を尾行けていたでしょう。なにか用があるんですか？」

こうなった以上黙っていてもしょうがない。日本語が通じない相手でも、黙って身振り手振りとかするよりも声を出した方がましだ、というのも深春のアドヴァイスのひとつだった。ことばの響きだけで結構伝わったりするものだ、と。だからこそいまも相手は立ち止まったのだろう。

答えはなかった。しかし蒼は視線を感じた。目の形をした仮面の穴の中から、じっとこちらを凝視する眼差し。だがそれは一方的な視線だ。自分はなにも語らず見せず、他人を観察するだけの。

蒼はふいに——ずるい、と思った。そんなのは卑《ひ》怯《きょう》だ。自分を安全なところに隠しておいて、後を尾行け回して。だからそのまま一歩、前に出た。すると相手はたじろいだように後ずさる。

かさばったマントと大きな帽子のせいで、ずいぶん大きな相手のような気がしていたけれど、近づいてみるとそうでもないようだ。しかし身に覚えのないことなら、たじろぐ必要なんてないはず。自分の見かけが他人を威圧できるようなものでないことは、蒼自身が一番よく承知している。

「ぼくのいっていること、わかります？　もしかしてあなた、日本語ができるんですか？　逃げないで下さい。ただぼくは、あなたが後を尾行けていたというならその理由が知りたいだけなんだから」

マントに包まれた姿がふらふらと揺れている。蒼のことばに迷っているのか、それともどこか具合でも悪いのか。襞の中から手が現れていた。それも黒い手袋に包まれた手だ。

のろのろともたげられた両手が、妙にぎこちなく上がって仮面に触れる。外そうとしているのだろうか。

だがそのときどこからか、くぐもったベルのような音が聞こえた。マント姿がびくっと感電したように震え、次の瞬間身をひるがえす。路地の角を曲がる。マントの裾が大きく広がりながらなびき、蒼の視界から消える。

遅れたのはほんの数秒。しかもその路地は行き止まりだ。真っ直ぐに、運河に突き当たって終わっている。だが蒼が角を曲がって袋小路に飛び込んだとき、おぼろな街灯に照らされた路地には猫の子一匹いなかった。

左右には枝道もなく、石壁に戸口はあっても開いた気配はない。蒼はぽかんと口を開けて、運河に向かった路地の端に立ち尽くす。十メートルばかりの水を隔《へだ》てた対岸は建物の壁。跳び越せる幅ではないし、跳んだとしても降りる場所がない。左手には橋があるが運河沿いに道はない。まさか水に飛び込んだ？　いや、水音はまるで聞こえなかった。

いま左の橋をくぐって、喫水の高い大型ボートがゆっくりと蒼の目の前を通過していく。そのエンジン音はかなり大きい。さっきはそんな音も聞こえなかった。左右を見渡しても、水の上にそれ以外の舟は見えない。

他にどうしようもなくて、蒼はいま走ってきた路地を引き返す。依然暗く人気《ひとけ》のない道。その端々《はしばし》にたまる影の中から、またふいに黒いマント姿が湧き出てきそうだ。いったいあれはなんだったんだろう。ワインのおかげで目を開けたままおかしな夢を見たと、そう思ってしまった方がいっそふさわしいような気がする。

ふいにぞくっと体が震えた。それは急に意識された寒さのせいには決まっていたが。ホテルに帰ろう、と蒼は思う。これ以上ひとりで、暗い街をうろうろしていても仕方がない。

（とにかく、いまどこにいるのか確かめなくちゃ）

深春から借りた地図には地名の索引がついている。現在地があやふやなときは、地図の上で地名を探すよりずっと早い。

（えぇっと、いまここは——）

頭を上げて表示のプレートを読む。そしてその意味を理解したとき、蒼は顔の強ばるのを感じた。もちろんただの偶然に決まっているし、なにがあったわけでもないのだが。

（ちょっと、洒落《しゃれ》になんないなあ……）

その道の名は『RIO TERA DEI ASSASSINI』——暗殺者の小道。

3

案の定というべきか、その晩、蒼の夢見は悪かった。

深春が選んでくれたホテルは鉄道駅の近くだが、繁華《はんか》な通りから入った路地の突き当たりで、うるさいということはまったくない。四階の屋根裏のようなシングル・ルームでも、内装はニス塗りの木で暖かく、狭いのも天井が低いのもむしろ落ち着く。廊下を出ればすぐそばのシャワーで熱い湯をたっぷり浴びて、そのままベッドにもぐりこんだのだが。

気温のわりにヒーターが効きすぎていたのかもしれない。よく覚えていない夢を次々と見続け、それはやはり迷宮のようなヴェネツィアを、迷ったり、なにかに追いかけられたり、追いかけたりしてひたすら歩き回る夢のようなのだ。

夢の中のヴェネツィアはパソコン・ゲームの３Ｄ映像のように非現実的で、やたらめったら入り組んでいる。地図は手に持っているのだが、それはさっぱりわけのわからないシロモノで、なんの役にも立たない。夢の中の蒼はしきりと、

（そうだよな。こんなものに頼ってちゃ駄目なんだよな。ちゃんと自分で考えて進まなくちゃ）

そんなことを考えているのだが、まったく思うにまかせないのだ。そして夢ではよくあることだが、そうして迷っている自分を外から見ているもうひとりの自分がいて、

（あーあ、駄目じゃないか。もうッ）

などと腹を立てているのだが、だからどうすればいいのかということは、そのもうひとりの自分にもわかってはいない。

切れ切れに同じような夢を繰り返し、最後にはあのマントの人物が現れた。追われているのか追っているのかよくわからないまま、ぐるぐる迷路の中を走り回って、それからはっと気づくと行き止まりの路地の中で向かい合っている。こちらを向いている白い仮面。

夢の中の蒼、あるいは夢の中の蒼を見ているもうひとりの蒼は思う。これであの、行き止まりの路地からの消失の、真相がわかるかもしれない。

しかし夢はそうは進まなかった。黒い手袋の両手が、仮面の縁《ふち》を摑む。そのとき突然仮面は、白から真っ赤に変わった。額の中央から顔全体に血を浴びせたように。

蒼はあっと叫びそうになる。実際寝言で叫んだかもしれない。いやだ、見たくない。しかし顔をそむけることも目をそらすこともできない。

手がゆっくりと下から仮面を持ち上げる。剝ぎ取り、落とす。女だ。それも若い日本人。軽くウェーブさせたショートヘアに丸顔が、にこにこと愛想良く微笑んで、しかしその額は割られて、吹き出す血が顔全体を真っ赤に染めている。

彼女は自分の額から溢《あふ》れる血に、少しも気がついていないようだ。目は正面から蒼を見つめ、ピンクに塗られた唇が開いて声がする。

——失礼します。神代宗先生はおいでですか？

その瞬間ぱっと目が開いたのだろう。しかし目の上の斜めにかぶさる低い天井を見つめたまま、蒼はしばらく茫然としていた。

たったいま夢に現れた顔。すごい美人でもないしその逆でもない。どちらかといえば平凡な、しかし感じは悪くない若い女性の顔だ。

これだけはっきり見えたということは、前に会った人なのだろう。先生の研究室を訪ねてきて、蒼がドアを開けたのかもしれない。そういうことならこれまで何度もあった。けれど顔とあの声の他なにも思い出せないということは、彼女と顔をあわせたのはたぶんその一度きりで、それもかなり以前のことなのだろう。

そんな人の顔がいきなりヴェネツィア最初の夜の夢に出てくるなんて、人間の記憶ってほんとに変なものだと蒼は思う。仮面とマントは昨夜実際に出くわしたものだから当然として、その仮面と顔が血に染まったのはきっとアレだ。

この秋に読んでいたエドガー・アラン・ポーの短篇『赤き死の仮面』。友達からペーパーバックを借りて原文で読んだのだ。京介の大好きな『虚無への供物《くもつ》』などにも出てくるので、筋はなんとなく知っていたけれど、わからない単語を辞書を引き引き読むと、わずか数ページの短篇は翻訳を読み流すよりはるかに強烈だった。文章によって喚起されるイメージが、そのまま映像となって頭に焼きつくような感じなのだ。

特にラスト、疫病『赤き死』が仮装舞踏会のさなかに顕現し、人々はたちまちに死に絶え、宴の間の明かりも消え果て、後はただ『暗黒と荒廃と赤き死が跳梁《ちょうりょう》するばかり』というくだり。

Darkness-Decay-Red Deathと、繰り返されるD音が陰鬱《いんうつ》な響きとなって耳にこだまし、蒼は心底ぞっとした。楽の音も絶えた闇の中、疫病の瘴気《しょうき》垂れ込める城の舞踏室に、聞く者もない柱時計が殷々《いんいん》として時を打つ……

「うわあ、ヤだ――」

誰もいない気楽さで、声に出して独り言をいってしまう。

だって夢だけならともかく昨夜の出来事が『赤き死の仮面』のなぞりだとしたら、ヴェネツィアの街が疫病の蔓延《まんえん》するお城で、蒼は『賢明なる』プロスペロ公で、あの仮面マントが疫病の化身だということになってしまう。うう冗談。それくらいなら『暗殺者』につけ回される方がまだましだ。

蒼にとっては幸いというべきか、そのときギョッとするような大きさで教会の鐘が鳴り出した。小さな窓を開けてみると、霧に白く霞《かす》んだ街の甍《いらか》と、そしてすぐ目の前に教会の鐘楼《しょうろう》が見える。最上階の部屋だから、よけい鐘が近いのだ。時計で確かめると七時。少なくとも寝坊する心配はない。

おかげで頭が切り替わった。ホテルは朝食付の料金だったので、一階の食堂でミルク・コーヒーと温かいパンの食事を済ませ、ショルダー・バッグに地図と、イタリア語会話帳と、これも深春が貸してくれた小型カメラを入れてホテルを出た。おはよう《ブォン・ジョルノ》の挨拶だけでも、口にして返事をしてもらえると嬉しい。よし。それなら飛行機の中で暗記してきたことばを、今日は絶対あといくつか使ってやるぞ。

街は驚くほど濃い霧だった。水上バス乗り場でチケットを買い、地元民と観光客がごっちゃに乗っているらしい船に乗り込んで、ゆっくりと大運河を下る。もしかしてその人混みの中に、またあの黒いマントが見えはしないかと少し気になったが、やがてそれも蒼の頭から消えた。

深春が氏神様と呼んだサン・マルコ寺院にまず行く。黄金のモザイクで固められた天井を眺めながら一回り。なんだか自分が蟻《あり》になって、金の延べ棒の中にでももぐりこんでいるみたいな感じだ。見物人が多すぎるためもあるのだろうが、聖なる空間という雰囲気はあまり感じられない。

その後はヴェネツィア共和国の政治の中心だったパラッツォ・ドゥカーレに入った。京介に勧められて読んだ『海の都の物語』を思い出す。徹底した現実主義者で、商売をするように国家を経営したというヴェネツィア人たちの本拠地だ。

（あの本読んでおいて良かったなあ……）

日本人観光客の団体が次々とやってきて、ガイドの説明を聞いてはさっさと蒼を追い抜いていく。みんなやたらと早足だ。おまけにガイドのいうことに耳を傾けても、あんまり大したことはしゃべってない。簡単な解説なら売店で買った日本語のパンフレットに載っているし、歴史についてなら蒼の方がまだ詳しいくらいだ。

あんなに急ぐ必要があるとしたら、よっぽど予定が詰まっているのに違いない。自分のペースで歩けないのはやっぱり嫌だな、と蒼は思う。旅好きの深春がツアーには見向きもしないのも、費用の問題だけでなくそういうことなのだろう。

だがパラッツォ・ドゥカーレから続いて行ける牢獄は、蒼にはちょっと辛かった。剝き出しの石を積み上げ、鉄格子をつけた小さな窓に頑丈なかんぬきつきの扉のある、天井の低い狭い部屋が後から後から現れる。団体はこちらまで回ってこないのか、人もずっと少なくなっている。狭い廊下を歩いているだけで、妙に息苦しい感じだ。

牢獄はドゥカーレ宮内と、細い運河を挟んだ隣の建物と二ヵ所になっているのだが、その運河にかかった橋が有名な『ため息の橋』。壁も天井もある渡り廊下型の橋で、途中に格子つきの小さな窓があり、覗くと観光客で賑わう外の河岸が見える。法廷で判決を受けた囚人は、この橋を渡って牢獄に向かいながら、最後に外の自由な世界を一瞥してため息をついた……初めて知る話でもないのに、こうして現実に格子越しの景色を見ると、まるで自分が囚人になってしまったような気がしてくる。

（嫌だなー。もう、ぼくはッ）

蒼は舌打ちして早々に牢獄を脱出した。

ひとり旅には山ほど利点がある。なんといっても気楽だし自由だ。

予定は立てておいても、気が変わればいくらでも変更できる。気に入った場所にはそのまま座り込んでいていいし、食べたいときに食べて、疲れたら勝手にホテルに帰って寝られる。

だけどやっぱり物事には、利点と同じくらい欠点もある。きれいなものを見てもひとりだと、わあ、きれいだとことばに出していえない。全部自分の中にためこんでおくしかない。カメラを向けたって撮れるものはほんのわずかだし、日記をつけたって書ききれるわけもない。そう思うとなんだか淋しくなってきてしまう。なにを見てもただ黙々と歩いているしかないなんて。

(深春はいつもどこへ行くのもひとり旅で、淋しくないのかな?……)

今度会ったら聞いてみようか。でも、答えは聞かなくてもわかる気がする。深春はとても強くてたくましいから、心のドアを大きく開けて、外からやってくるものを全部受け止められる。いつもそうして全身で、貪欲《どんよく》にその国を味わっているんだろう。彼ならきれいだと思えば、ひとりでも大声で叫んでいるに違いない。それもちゃんとその国のことばで。だからきっと淋しいことなんてない。

(それなら、京介は?……)

たぶん京介は深春よりはずっと慎重に、でも意味があると思ったものはやはり全部、自分の中に取り込んでしまうだろう。彼はそれを知識と照らし合わせて、ひとつひとつラベルをつけて分類して、標本みたいに大切に心の中へしまい込む。他の人なら気がつかないような些細《ささい》なものも、小さなかけらも。それを見て自分が感じたこともカードにしてそえて。そんな作業をするためには、ひとりの方が集中できていいんだというだろう。

でも、ぼくはやっぱり誰かといっしょがいい、と蒼は思った。外から規制される団体ツアーはいくら楽でも敬遠したいけど、きれいだと思ったらきれいだね、とうなずき合える相手が欲しい。

別にいつも意見が同じである必要はない。ただある程度興味が共通していて、ちゃんと話ができて、お互いに見つけたものを教えたり教えられたりできる道連れ。そんな人がそばにいてくれたら、ひとりよりずっと楽しいだろう。

しかし蒼はかぶりを振った。贅沢というよりは自己中心的すぎる希望だ、これは。もしもいまここに深春や京介がいたら、蒼はきれいだと思えば歓声を上げ、牢獄で気持ちが悪くなれば隠さずそういい、あれはなに、これはなにとふたりに尋ねながら歩いていたに違いない。それを当然のことと思って、自分が彼らの邪魔をしているとも、一方的に寄りかかっているとも気がつかないまま。

それでは駄目なのだ。少なくとも、これからは。旅の空で孤独に悩んでこいといった深春、ひとりの方が蒼の勉強になるといった京介。それはどちらも正しかった。さもないとこの程度のことさえ、蒼は気づけないままだったろうから。

（大人になるってほんとに、すごく時間かかるんだなあ……）

霧は昼が近づくに連れて消え、曇り空ながら気温は上がってくる。昼食は地元の人間で混み合う立ち食いのピザ屋で買ったピザで済ませ、蒼は精力的に街を歩き回った。

昼間、地図と慎重に照らし合わせながら歩いていても、道がわからなくなることは何度でもある。だが歩くことそのものを楽しむつもりなら、迷ったといってそうあせる必要はない。一番遠い端と端を結んでも、中央線の東京から新宿よりずっと短い小さな都市だ。思いがけず出くわす広場や、路地の奥にひっそりとたたずむパラッツォは、ガイドブックで目星をつけていったものより魅力的に見える。崩れかけたような建物のショーウィンドーを覗き込むと、洒落《しゃれ》た手作りの文具や骨董《こっとう》めいた小物たちが蒼に微笑みかけてきた。

夕方近くなって、まだアントネッラに電話を入れていなかったことをようやく思い出した。もしも彼女が今夜神代先生とディナーを取るのだとしても、遠慮しようと決めて街角の公衆電話で携帯の番号を押したのだが、

『アー、良かった。やっと電話してくれたのネ！ ホテルに電話しても、あなた朝から出たままだっていうし、どうしようかと思っていたの。いまどこにいるの？ サンタ・マリア・デイ・ミラーコリ、あ、それなら近くて良かったワ。

地図は持っているのよネ。だったらそのままホテルに戻らずに、フォンダメンタ・ヌオヴォまで来てちょうだい。ブラーノ行きの船が出る河岸ヨ。ポンテ・ジェスイッティっていう橋の上に私いるから。そこに迎えのボートが着くの』

断る暇もなく一方的にまくしたてられて、

「あの、アントネッラ、迎えって？」

『あなたにはいってなかったかしら。私のお友達、といってもマンマより年上なのだけれど、日本人で鈴子サンというシニョーラなの。ラグーナの島に住んでいて、パパ・ソウを今夜招待したというから、私もいっしょに行かせてもらうことにしたの』

「先生たちもいっしょなの？」

『ソウヨ。私も前から鈴子サンの島には行ってみたかったのだけど、なかなかチャンスがなくて。だけどパパたちは、本当は鈴子サンと会うためにヴェネツィアに来たんですって。知っていた？』

「知らないけど、それじゃ少なくともぼくまで行ったらまずいよ。邪魔になっちゃうよ！」

『どうして？ そんなことないワ。鈴子サンもどうぞっていわれたし、なにかビジネスの話なら、そのときはいないようにすればいい』

「だけど――」

『それに私さっきあなたのホテルに電話して、今夜あなたは外泊しますっていっちゃったワ』

「泊めてもらうの？」

『モーターボートで一時間以上かかるんですもの。ディナーの後じゃ帰るにも遅くなるしって、鈴子サンにいわれたの。だから早く来てネ、待っていていただくから』

電話は切れてしまった。

あの子もずいぶん強引だなあとは思ったが、待っているといわれては、行かないとかえって迷惑をかけることになる。あわてて地図をめくって、

「フォンダメンタ・ヌオヴォのジェスイッティ。あ、きっとここだ――」

ラグーナという生《い》け簀《す》にいれた魚の形、と形容されるヴェネツィア本島だが、フォンダメンタ・ヌオヴォはその北側の背鰭《せびれ》部分に当たる。水辺に向かって真っ直ぐに河岸が続き、目の前には島がふたつ。近い方は墓地の島サン・ミケーレで、遠い方はガラス細工で知られるムラーノ島だ。墓地へのアクセスだからだろう、河岸に面して花屋や墓石屋が並び、観光客らしい姿はなく、サン・マルコの賑わいに馴れた目には寂れた裏口といいたくなる。

橋はここでも階段で高く持ち上げられているので、そこに立っているアントネッラの姿は遠くからも見えた。彼女ひとりらしい。あの豊かな金髪を海からの風になびかせて、じっと北を見ている。

蒼が声をかけようとしたとき、反対側から階段を上って人影が現れた。見覚えがある。あれは昨日サン・マルコ広場に現れた、藤枝という編集者ではないか。彼はアントネッラに駆け寄ってなにかいっているようだが、その様子があまり穏やかではない。血相を変えて――とでもいう表現が、当たるような顔だ。

彼がすぐそばまで来ても、アントネッラは振り向こうともしない。藤枝はなおもいい募《つの》る。腕を摑もうとし、それを彼女が振り払い――なんかやばそうだ。蒼は走り出した。

「知らんふりは止めてもらおう。あんた日本語ができるんじゃないか!」

そんな藤枝のうわずった声が聞こえた。摑まれた腕をアントネッラがもう一度振り払う。

「No! Vattene via!」

聞こえたのはイタリア語だったが、意味するところは明らかだろう。蒼も走りながら、止めろ、と叫ぼうとした。

だがそのとき背後から、すごい勢いで追い抜かれた。神代だった。同時にびんとした怒声が走る。

「俺の娘になにしゃあがる！」

そして蒼の肩は、背後から押さえられていた。

「京介——」

「ここは神代さんにまかせた方がいい」

ふたりして走ってきたのか、京介も少し息が切れている。そうだ。羚子という日本人女性の名前は、あのサン・マルコ広場ですでに藤枝の口から出ていたじゃないか。

「——いったいどうしたの？」

「彼には彼なりの理由はあるわけだけどね」

あまり答えになっていない京介の返答に、蒼は首をひねる。そこに階段を降りてきたアントネッラの声がかぶさった。

「あの男、サイテー！」

怒りに紅潮した顔から髪を払いのけながら、彼女は大声で罵《ののし》る。

「羚子サンに会わせろってすごく強引なの。なんだか理由を並べていたけど、結局インタビューが目的なんでショ。ああいうのが来るから羚子サンも、安心して暮らすことができないのヨ。ホントに失礼だワ。日本のジャーナリストって、みんなあんなふうなの、桜井サン？」

「最悪の例外といいきれないところが辛いですが、平均でもない、とは思います」

「ずいぶんアイマイないい方だわネ。日本の政治家のようョ」

「較べて欲しくないな」

「だったらもっと明快に答えてチョウダイ！」

馬鹿にされたように感じたのかもしれない。アントネッラは怒りが収まらない顔で京介を睨み付ける。一方橋の上では神代と藤枝が互いに声を荒らげ、いまにも摑み合いの喧嘩でも始めそうな様子だ。あんたの魂胆はわかってるんだ——とか、人ひとりの命がかかっているのに——とか、切れ切れの声が聞こえてくる。

「ねえ京介、止めなくていいの?」

「そうだな……」

だがそのとき、

「——どうかなすった?」

穏やかな女性の声が聞こえた。振り返った蒼の目に、風に揺らめく純白のケープが映る。ふわふわした白い毛皮で縁取りしたフード付きのケープだ。そしてそのケープを小柄な体にまとい、毛皮に包まれてこちらを見ている顔。なんだか不思議な顔だ、と蒼は感じる。だがどうしてそんなふうに感じたのか、わかるより前に、

「レイコ!」

「チャオ、アントネッラ!」

ふたりは抱擁し合っている。橋のたもとには海に向かってささやかな木製の桟橋が突き出ていて、ケープの女性はそこにつけられたモーターボートから上がって来たところなのだ。彼女の右手をうやうやしく支えて桟橋に上がるのを助けていた、運転手らしい初老の男が背後で帽子を脱いだ。

アントネッラは早口のイタリア語でまくし立てている。藤枝のことを話しているらしい。見つかると面倒だからここは離れた方が、とでもいっているのではないかと、手振りから蒼は推測した。

運転手が顔を上げた。赤銅色《しゃくどう》に日焼けした皺深い顔に白髪混じりの眉が険《けわ》しい。背は大して高くないが、首が太くがっしりと肩の盛り上がった体つきだ。その肩を振りながら前に進み出る。しかしレイコと呼ばれた女性は、運転手とアントネッラをそれぞれ手で制しながら歩き出した。

止めようとするふたりにかぶりを振った拍子《ひょうし》に、フードが肩に落ちて小さな頭が現れる。ゆるく波打つ黒髪、カメオのような白い横顔。やっぱりどこか不思議な顔だ。すごい美女というわけでもないのに、生身の人というより精巧な造り物か妖精のように見えるのは、そのケープのせいだろうか。京介には軽く目礼しただけで、彼女の目は橋の上のふたりにまっすぐ向かっている。

藤枝が彼女に気づいた。止めようとする神代の手を振りきって、橋の階段を駆け下りてくる。途中追いつかれてまた腕を取られたが、

「あ、あなたはレニエール未亡人ですね。そうなんでしょう?」

うわずった声はしゃべるというより、わめいているのに近い。そして夫人はゆっくりとうなずいた。ひとつに編んで背に垂らしたお下げ髪が、頭の動きにつれて揺れた。

「——ええ、私です。羚子・希和・レニエール」

ゆっくりとした口調だった。日没が近づいて冷え始めた潮風の中を、その声は暖かくやわらかな響きとなって流れた。

「お目にかかるのは初めてですわね。あなたはどなた?」

「私は、藤枝といいます。日本人のエディターです。これまで何度かご連絡しています。お返事はいただいたことはありませんが——」

「羚子サンはそういう方とは会いません。さっきからそういっているでショ!」

叫んだアントネッラは無視して、

「いや、どうか私の話を聞いていただきたい。私は人を探しにきたんです。あなたに会ったはずの人間を。それを、この人たちは頭ごなしに——」

「ノ! ノ! そんなの嘘だわ!」

「嘘じゃない!」

アントネッラの高い声と藤枝の怒声が交錯するのに、

「わかりました」

ふたたび夫人のやわらかな声が流れる。

「立ち話で済むことでもなさそうですわね。ではどうぞあなたも、私の住まいへおいで下さいな。そちらでお話をうかがうことにしましょう」

伝説の島

1

　レニエール夫人の住まい、サンタ・マッダレーナ島に向かう船内の空気は、到底居心地の良いといえるものではなかった。

　藤枝精二は手のひらを返したように、さっきまで食ってかかっていたアントネッラにさえ愛想笑いをしてみせ、しきりと夫人に話しかけようとする。しかし彼女はいともそっけなく、

「お話はあちらに着いてからにいたしましょう」

とだけいうと、座席に深くもたれ、フードを引き下ろして目を閉じてしまった。神代は仏頂面《ぶっちょうづら》で腕を組んだまま相手にはなってやらず、京介も素知らぬ顔でポケットから出した文庫本をめくっている。アントネッラは、あの男と同じ空気も吸いたくないという様子で吹《ふ》き晒《さら》しの後部甲板に立ち、景色が見たい蒼も彼女の隣に立っていた。

　ボートはいまガラスの島ムラーノの岸辺を、ゆっくり離れようとしているところだ。そこからは左右に大きく視野が開ける。地図で見れば長大な堤防のような砂州でアドリア海と隔てられたラグーナだが、こうして眺める限り、波の静かな海面がどこまでも広がっているとしか見えない。晴れた夏の日でもあれば、こんな海を白波蹴立てて走るのはすばらしく爽快な気分だろう。

　だが初冬のいまは空一面、落ちかけた陽のありかもわからぬほど分厚い鉛色の雲に覆われている。海も同じ暗い灰色に塗りつぶされ、さらにただよう靄《もや》の幕が空と海の境界をぼやけさせる。その靄の中に目をこらせば、島影らしいものはいくつか見て取れ

るが、それは日本で島といってイメージするものよりはるかに平たく、波の上に辛うじて姿を現している、といったふうだ。

　木製の杭が二メートルばかり、水面から突き出て点々と連なっている。太い丸太を三本、山形に突き合わせて金属の帯で束ねたもので、上に街灯が立っているから夜は点灯するのだろう。いまは鷗《かもめ》が一羽ずつ、頂《いただき》にじっと留まっている。

「それ、水路の標識？」

「そうよ。ブリコラっていうの」

　返事はしてくれたものの、アントネッラはまだ不機嫌な顔を崩さない。神代と同じように腕組みをして、むっつり海の方を睨《にら》んでいる。

　行き交う大小の船はかなり多い。本島を循環する水上バスより一回り大型の船も来る。団体客を乗せた観光船もいる。その間を縫ってモーターボートのタクシーが走る。だがそのどれもがブリコラの示す水路を、外すことなく航行しているようだ。

　タクシーは大抵舳先《へさき》が浮くくらいスピードを上げているので、すれ違うと距離はあっても横波を受けてかなり揺れる。レニエール夫人のボートも大きさは同程度だが、運転手はそういう指示を受けているのか、速度はずっとゆるやかだ。

　水路のすぐそばに島が現れた。煉瓦《れんが》積みの護岸と木の桟橋、煉瓦の小屋が水辺に沿って並び、その向こうはぼうぼうと繁った雑木林《ぞうきばやし》だ。護岸の切れたところは粗い砂利の浜辺、というより島の土砂が崩れ出しているのかもしれない。建造物はどれもあまり古いものではなさそうだが、桟橋は朽ちかけ、小屋の戸の前にはごみが吹き溜まり、人が出入りしているようには見えない。

「ああいうのは無人島なのかなあ」

「人が住む島は年々減っているって聞いたワ。共和国の時代には軍事施設がたくさんあったし、いまも修道院の島とか、本島に近いところは病院の島とか、あるけど」

「あ、あの島。ずいぶん崩れちゃってる——」

それは島というより、ほとんど水の上に浮かんだ剝き出しの廃墟だった。煉瓦を積んだ壁が二方に残っているだけで、後は屋根もなく、石と土砂に埋もれた土台はそのまま波に洗われている。

いったいなにがあって、あんなふうに荒廃してしまったのだろう。すぐ後ろにもうひとつ、陸地のかけらのようなものが見えるが、もしかしたら元はひとつの島だったのだろうか。埋め立てで作られた島が、崩れて海に浸食されて？

蒼の問いにアントネッラはうなずいた。

「だと思うワ。前に見た五十年くらい昔の海図だと、ひとつの島になっていた気がする」

「そうか。あのヴェネツィアだって、元はほんの小さな土地だったんだものね」

「エエ。だから人の手が離れれば、あんなふうに海に取り戻されてしまうのヨ」

「でもヴェネツィアの街は何百年もかかって育て上げられて、いまもちゃんと生きてる。人間の力ってすごいよね——」

笑いかけたがアントネッラは答えない。

「まだ怒ってるの？」

顔を覗き込んで蒼が聞くと、すねた子供のような視線をよこした彼女は、なにかいいかけてふっと息を吐いた。

「私昨日から、あなたに変な顔ばっかり見せてる。変だって思うでショ？」

「そんなことないけどさ、よっぽど頭に来たんだろうなあ、と思って」

「ホント、頭に来たワ！」

また思い出してしまったらしい。アントネッラは鼻面をしかめた。

「なにがあったの？」

「あの男、パパたちの後をつけてきたらしいのヨ。でも途中でわからなくなって、そうしたら偶然私と会ってしまったのネ。あなたから電話来た後、私もフォンダメンタ・ヌオヴォに向かっていたから。

私、顔もよく覚えてなかった。でもあの男は私の顔見てたんでショ。神代先生にお世話になっているっていうから、歩きながら少し話し相手してたワ。でも鈴子サンは知らない人とは会わない。いっしょに来られたら困る。用があるからといっても、まだ平気でついてくるの。そして私が来ないで下さいといったら、レニエール夫人と会うんだろう、会わせてもらいたい、後はもうそればっかり」

「でもアントネッラ、彼はいっしょに仕事していたライターの女の人が行方不明になって、それを捜しに来たんだよ。彼女がレニエール夫人と会っているらしいからって」

しかしアントネッラは、唇を引き結んでかぶりを振る。

「きっとそれ、ただの口実ヨ。だってホントにその人が心配で来たなら、一番先にそのこといったはずヨ。そうしたら私、相談に乗ってあげた。鈴子サンに会うより前に、やることいくらでもあるでショ。警察の他にも泊まってたホテルとか、あとヴェネツィアだとゴンドリエーレの組合があるの」

「ゴンドリエーレ？」

「だからゴンドラを漕ぐ人ヨ。街の隅々まで一番良く知ってる。写真を渡して人捜ししてもらうの」

「そうか。でも、ぼくたち旅行者はそんなの想像もつかないし、まして藤枝さんはイタリア語できないわけだからさ——」

しかしアントネッラは一歩も譲らない。

「だから、それなら通訳捜すのが先でショ。どうして鈴子サンのことばかりいうの。それが絶対おかしいの。エディターなんでショ？　きっと鈴子サンと会ってインタビュー取るのが目的なのヨ。彼女がヴェネツィア来てから、日本のマスコミがすごくうるさかったっていうもの」

「ぼく全然知らなかったんだけどさ、あの人ってそんなに有名人なの？」

「私もよくは知らないんだけど、ええと、イングランドのレディ・ダイアナとか、少しそんなふうだったみたい。パパラッツィってわかる？　人のプライヴァシー追いかけて写真撮ったりする」

蒼はうなずいた。イギリスのダイアナ元妃がカメラマンに追い回されたあげく、悲惨な交通事故死を遂げたニュースはまだ記憶にも生々しい。日本のマスコミにも『パパラッツィ』ということばがしきりと登場した。そういえばあれってもとはイタリア語だっけ。

鈴子夫人の死んだ夫が名の知れたファッション・メーカーの社長で——、というアントネッラのおおざっぱな説明で、腑《ふ》に落ちたというほどでもないが、この世の中にはそういうこともあるのかと一応納得しておくしかない。

「ふうん。いろいろ大変なんだね」

「ホントヨ。いいのかしら、あんな男島へ連れていってしまって。鈴子サンたら、こんなときに限ってひとりなんだもの」

風に乱れる巻き毛をぐいと掻き上げると、振り返って船室の扉を睨む。

「いつもはひとりじゃないの？」

「そうなの。だってあの人ったら、ときどき私が心配になっちゃうくらい子供っぽくて、素直っていうのかしら、人のいうことをそのまま信じちゃうところがあるの。あの男に居座られたりしないかしら。まあ、パパ・ソウがいてくれるから平気だとは思うケド」

アントネッラのことばに、蒼はちょっと首を傾げる。確かに一目見たときから、浮き世離れしたというか、不思議な雰囲気の人だとは思った。ただそれを『子供っぽい』とか『素直』とかいい直すと、違ってきてしまう気がする。だからどうだといわれれば、ことばに詰まってしまうのだが——

蒼は一瞬自分の思いに気を奪われて、アントネッラの声を聞いていなかった。

「——あの桜井サンも変な人ネ。そう思わない？」

あれ、いつの間に京介の話になったんだろう。

「ヘア・スタイルが、とか？」

「それだけじゃなくってヨ。仮面をかぶってるみたいっていうのかしら、周りのなにもかも自分には関係ないって、ずうっといい続けているように思えるの。違うかしら」

うーん、結構鋭いかも。

「パパ・ソウは、あなたが桜井サンとは一番親しいんだっていったワ。でも私、ああいう人が他人とホントに親しくなれるとは思えないの。だってそういうふうに自分を隠している人って、いい替えれば他人を信用していないわけでショ？　作り物の仮面だけしか見せていない人を、いくら長いこと知り合ってるからって、本当に親しいとはいえないんじゃないかしら。だから教えて欲しいのヨ。私の考え、間違っている？」

「否定はできないけど、全面肯定もしない」

「それ、桜井サンの真似？」

「真似でもないけど」

「回答の回避ヨ。そういうの嫌いだワ」

大きな目で睨まれてしまう。いい加減な返事では納得しないというわけだ。

「OK、それじゃいい直すよ。確かに君がいった通り、彼はかなりの変人で、自分の周りを塀で囲って防御しているようなところがある。ぼくや神代先生や、君もちょっとだけ会った栗山深春は、その塀の中に入れる数少ない人間だけど、それだってたぶん一番内側に触れているわけじゃない。

彼がなぜそんなふうなのかぼくは知らないし、なにを隠しているのかも知らない。それがいいことかっていわれれば、よくないって思うこともある。でも、だからってぼくは彼を性急に非難したり、わけを詮索《せんさく》しようとは思わない」

「どうして？」

アントネッラは怒ったような顔で繰り返す。

「わからないワ。どうして？──」

「うん。どうしてそう思えるのか、ぼく自身不思議に思ったこともあったよ。でもいまならちゃんと答えられる。それはぼくが彼を好きだから。彼の人嫌いや、秘密主義や、ううん、それ以上にぼくの知らないことも全部ふくめて、いま知っているそのままの彼が好きだから」

「でも……」

納得できないという表情をしている。

「でもそれであなたは不安にならないの？　あなたが好きだと思っているのが、あの人の仮面じゃないと信じられるの？」

「仮面、かもしれないけどさ、仮面だってやっぱりその人の一部だって思わない？」

意表を突かれたように、アントネッラは大きな目をしばたいた。

「きっとぼくは自信があるんだと思う。ぼくは京介のことを知らないけど、知っている。彼が仮面をかぶっているとしたら、彼にはどうしてもそうしなけりゃならない理由があるんだ。それに彼がどんな秘密を仮面の下に隠していたとしても、いまさらそれで彼を嫌いになったりしない。それくらい彼のことを信じているし、自分の気持ちも信じている。なんかちっとも理論的じゃないけど、そんなふうにしかいえないな。──これでいい？」

「エエ。ありがとう、ちゃんと答えてくれて」

こちらを見つめていたアントネッラの生真面目な顔が、にこっと笑いながらうなずいた。

「ホントにそうネ。誰かのこと好きになったら、詮索するより信じなくちゃ駄目なのよネ。その人のことも、自分の気持ちも……」

ああなるほど、アントネッラは誰かに片思い中なんだ、と蒼はようやく思い当たる。もしかして神代先生を、とか？　違うだろうな、先生はパパなんだもの。彼女の口調だと、『好き』はどうしたって『LOVE』の意味だし。

（あ。でもぼくはそういうつもりで、『好き』ってことばを使ったわけじゃないんだけどね……）

「誰のことだか、知りたい？」

「うん」

たぶんそういって欲しいんだろうな、と思って蒼はうなずく。

しかしアントネッラはくすくす笑って、

「ノ、ノ、秘密ヨ」

あーあ、女の子だ——


船室のドアの開く音がして、京介が出てきた。風に乱れる髪を押さえながら、

「そろそろトルチェッロあたりかな？」

いわれて初めて気がつく。外に立っているのに、目の前の景色の方は完全にお留守になっていた。いつのまにかボートは、陸地に挟まれた狭い運河のようなところを走っている。どちらも護岸はされているが、木立と青草に覆われた平たい土地だ。右手の岸には少しだけ建物も見え、水上バスの乗り場も見える。

その前を過ぎてボートが右に曲がると、今度は家の建て込んだ島がすぐそこに見えてきた。三階建て程度の家々はペンキであざやかに塗り分けられて、まるでパッチワークのようだ。どれも明るい色彩だが、群青《ぐんじょう》やクリーム色やコバルトや、中間色がうまく使われていてけばけばしい印象はない。漁船らしい小型船も見える。右に見えていた岸とは細い橋で繋がっていて、舗装された水辺の道を犬を散歩させる人たちが行き交っていた。

「京介、あの島は？」

「手編みレエスで有名なブラーノ島だよ」

「どうしてあんなふうに、いろんな色に塗ってあるのかな」

「漁師が沖合から自分の家を見分けられるように、と本には書いてあったな」

「へえ——」

しかしボートはその島には向かわず、左方向へ進路を取った。これもまた陸に挟まれた水路だが、両岸の土地はさらに低く、葦のような草に覆われているばかりで護岸もされていない。草も生えていない砂と泥の州は、潮が満ちれば水面下に沈んでしまうのかもしれない。

ボートはこれまでよりさらに速度を落として、泥色の水の上を進んでいく。しばらく進むと左手の奥に鉛筆を立てたような塔のシルエットが見える。

「あれは？」

「サンタ・マリア・アッスンタ大聖堂の鐘楼だよ。さっきの水路を左に折れた、トルチェッロの船着き場で降りれば歩いて行ける」

「来たことあるんだ」

「水上バスが来ているから、トルチェッロとブラーノまではね」

京介はステップに足を置き手すりを摑んで、行く手に向かって伸び上がる。

「サンタ・マッダレーナ島はまだ先ですか、アントネッラ？」

「私も来たことはないのヨ。でもトルチェッロの先の、パルーデ・デラ・ロサの中だって聞いたから、あと少しだと——」

答えながら何気なく振り向いた彼女は、京介を振り仰いで大きく目を見張る。潮風に前髪を吹き散らされた彼の素顔を、目にしたのはそれが初めてなのだろう。だが彼女がなにかいうより早く、京介が片手を伸ばした。

「あれだ」

彼が迷わなかったのも当然だった。砂州に挟まれた狭い水路から、ボートはまた開けた水面に出ている。だが目を向ければ右にも左にも、泥色の州が弧を描いて続いているのが見え、それはあるいはこの水域を完全に囲みこんでいるのかもしれない。

だがそう思わせるのは景色以上に、ボートが進んでいく水の色だった。通常の海水よりもう少し粘性《ねんせい》の高い、どろりとした液体のようにも思える水は、曇り空を映したさっきまでの灰色から、奇妙な赤みを帯びた色合いに変じている。波もうねりも、ボートの動きが産み出すそれの他はまったく感じられず、風さえも止んでいるようだ。

「なるほど、『薔薇色の沼地《パルーデ・デラ・ロサ》』か……」

京介がつぶやく。行く手にただひとつ、ぽつんと島影が浮かんでいた。これまで見てきたラグーナの小島と変わらず、きっかりした護岸が周囲を固めている。しかしそれは煉瓦ではなく白い石だ。相当に大きな切石の堆積《たいせき》が、波の侵略から土地を守護している。

その護岸というより塀が、こちらを向いた一ヵ所切れている。そこが埠頭《ふとう》なのかもしれない。開いた門のようにも見える。そして門の奥にあるのは黒く繁った樹木、塔の形に高く伸び上がった糸杉の列だ。それは第二の塀として、島の内部を取り巻く外界から守っているかのように思える。

水平線近くで雲が割れていた。黄金色の光線がひとすじ横ざまに、暗い赤みを帯びた水面を照らし、島を照らす。糸杉は陽を浴びてさえひたすら黒く、石塀の白色は晒された骨の色だ。

前にこんな絵を見たことがなかったろうか。水の上に積み重ねられた石、そびえる糸杉の列。そこへ向かって進んでいく一艘の舟の上には、白い衣を着た人のうつむいた背中と、そして——

「ねえ京介、なんだか見覚えがあるよ。絵で」

いってしまってから蒼は少し後悔した。これから訪ねて一夜を過ごすことになる場所に、あまり気持ちの良くない連想だったからだ。しかし京介は、同じことを考えていたのかもしれない、あっさりとうなずいた。

「ああ、確かに似ているな」

「絵って、なんの絵？」

アントネッラは無邪気《むじゃき》に尋ね、京介が答えた。

「ベックリンの『死の島』さ」

2

島を取り囲む石塀に開いた扉のない門の内側は、小さな船着き場になっていた。入って右手に桟橋、左に船倉。クルーザーも入るほどの大きさだが、いま夫人が所有しているのはこのモーターボート一隻らしい。船着き場の周囲には黒々とした糸杉の並木があって、それより奥の目隠しになっている。

「ずいぶん荒れておりますから、びっくりなさらないで下さいね」

それが久しぶりに耳にした鈴子夫人の声だった。船の上でアントネッラが蒼のことも紹介してくれたのだが、彼女は黙って微笑みながらうなずいただけだったのだ。

響きがやわらかい、という印象がなにより先に来る。耳元をそっとくすぐられているような、心地よい音色なのだ。意味を取るよりも、とにかくその音を聞いていたくなる。催眠術師のようなといっては、あまりいい意味にはならなくなりそうだが、それは確かに妖精のような、浮き世離れした女性にはふさわしいといえるかもしれない。

「主人がいたころは植木も庭もまめに手入れをしていたのですけれど、いまはなにもかも放りっぱなし。裏庭は落ち葉に埋もれていますわ。でも私にはこの方が、気持ちが落ち着いていいんですの」

白いケープの裾をひらめかせて、先に立って歩き出す鈴子夫人に、すばやく歩調を合わせて続くのは藤枝精二だ。

「それはやはり日本人の独特の自然観というものなのでしょうね。よくわかりますよ。ところでこちらには何人で住まっておられるのですか？」

「そんなあんたに関係のないことは聞く必要ないだろう」

神代が険悪《けんあく》な口調で割って入ったが、夫人はそれより早く答えていた。

「モーターボートの運転をしてくれるトダーロが、手の空いたときは庭仕事も雑用もこなしてくれます。料理や掃除、洗濯には女性がひとり。後は私と友人がいるだけですわ」

藤枝は神代をちらりと見やっただけで、そちらにはなにもいわず視線を夫人に戻す。

「しかしそれはやはりお淋しい毎日ですね。いや、むしろあなたはそうした静かな生活をこそ望んでおられたわけだ」

「おっしゃる通りです。他人様《ひとさま》の目にどれほど淋しく落ちぶれた生活に見えましょうとも、これが私の心から望んだものですわ。ですから私はもうここからどこへ行きたいとも思いませんし、そうした暮らしを妨げられるのはなにより嫌なんですの。おわかりいただけますわね？」

そのことばをいい終えたところで、夫人は足を止めた。目の前を塞《ふさ》ぐように立ち並んでいた常緑の糸杉がそこでとぎれ、なにともわからぬ葉の落ちた枯れ木立の向こうに緑の芝生が広がっている。公園のように刈り込まれてはいない、野放図に伸びて野生化しかけた草地だ。

芝の向こうに一棟の建築があった。薄土色の漆喰《しっくい》で壁面を塗った、無愛想ともいえる方形の三階建てだ。一階の中央に半円アーチの玄関があり、その上の階に白い手すりをつけた四連アーチの窓がある。それだけが装飾となっている、どちらかといえば質素な印象の建物だった。さっきのアントネッラの話だとレニエール家というのはかなりの資産家だということだったから、島の別荘だってもっとすごいかと思ったのだが。

「あばら屋で驚かれましたでしょう。がっかりなさいました？」

夫人は笑みを含んで藤枝を見やった。ずいぶん打ち解けた表情ともいえるが、軽い皮肉がこめられているようにも思える。

「――いや、とんでもない」

藤枝はあわてたようにかぶりを振ったが、彼のボキャブラリではうまい誉めことばが見つからないらしい。その後ろでは神代が、

「――どうだ？」

京介に顔を近寄せて尋ね、

「遅くとも十五世紀の後半、パッラーディオ以前、都市内のパラッツォのデザインがそのまま流用されている時代のものです。少なくとも、ここから見る限りは」

京介がぼそぼそと答えている。

「あばら屋ってこたあねえが、レニエール家の別荘というにしちゃあ案外地味だな」

「ええ。でも、いいものですよ。シンプルでノーブルだ」

「なんでえ。やっぱりおまえもバロックは嫌いなんだろうが」

「場合によります」

そんな会話をしているふたりは妙に楽しそうに見えて、蒼はちょっといいな、と思う。話に混じれるようになるために美術史をやる、なんていったら呆れられるだろうか。

玄関の扉が内側から開いた。戸口のアーチを額縁に、背の高い女性が立ってこちらを見ている。美人ではあるけれど頬骨の高い、顎《あご》のかっちりとした、男性的な造作の顔。そして冴えたアイス・ブルーの双眼。ヘアバンドで押さえてある髪は、腰まで届くほど長い大きく波打つ金髪。それもアントネッラの赤みの強い暖かみのある色合いのそれとは違って、もっと白っぽい、触れれば冷たいのではないかと感じられるプラチナ色だ。

彼女は体の線をはっきりと見せる黒のスパッツと丸首のセーターを着て、青いシルク・ベルベットのストールを無雑作《むぞうさ》に肩にかけている。そしてその表情は見る者を立ち止まらせるくらい険しい。きつく眉根を寄せ、近づいてくる人間を真正面から凝視《ぎょうし》している。

「──スフィンジェ！」

夫人が小走りに前に出る。両手を広げて、彼女より頭ひとつ背の高い金髪女性を抱擁する。話しかけることばは英語だ。頭痛は治ったのか、そんなことを聞いているらしい。スフィンジェと呼ばれた女性の返事は蒼には聞こえなかった。


一同は玄関から二階に導かれた。一階でも二階でも中央部は、玄関側から庭側まで一続きの長い広間になっている。廊下というには幅が広いが、普通に部屋として使うには大きすぎる空間だ。その外壁と接するところに四連アーチの窓が配され、左右には階段室といくつかの部屋が並んでいる。通されたのは庭側の一室だった。

暖炉が音立てて燃え、ほのかな薫製《くんせい》のような香りと暖かさで室内を満たしている。京介がシンプルでノーブルと評した外見の雰囲気はインテリアでも保たれていて、壁紙は赤紫でアザミの花を手刷りし、焦げ茶のニスで塗られた腰壁、天井も同じ色の太い梁《はり》が並んで、家具も直線的で素朴な感じのするものだ。そんな中に細い金の縁をつけた鏡や精巧なガラス細工の花瓶、大理石の胸像といった装飾品が、ごく控えめに配置されている。

とても気持ちのいい部屋だと蒼は思った。キンキラキンの宮殿なんて眺めるには立派だが、住みたいかと聞かれれば首を振るしかない。広すぎる部屋は気分的にも寒々しいし、大仰《おおぎょう》なフレスコ画や金彩で埋められた壁は長く見ていれば目も心もぐったりくたびれてしまいそうだ。ここは違う。窓の外に見えるのは冬枯れた裸の梢《こずえ》と暗い糸杉だけで、ちょっと淋しすぎる気もするが、慣れればそれも心の落ち着く眺めかもしれない。

お茶の盆を運んできたのは玄関で出迎えた女性だった。ストールを外して白いエプロンをかけ、髪は後ろでひとつに結んでいる。それを鈴子夫人が自らサーヴィスした。

「ネリッサが、うちの家事をしてくれる者なのですが、風邪気味だといって寝ているようなんですの。ですから、せっかくお招きしておいて申し訳ないのですけれど、今夜は私とスフィンジェの手料理になってしまいますわ。藤枝さん、よろしゅうございます？」

「よろしいのですか、私も？」

彼は思いがけないという顔で、大げさに恐縮してみせる。

「仕方ありませんわね。島までおいで下さいと申し上げたのは私の方ですもの。それにトダーロもそろそろ歳なので、夜のラグーナを走らせるのは心配ですの。ご覧の通り古いだけの家ですけれど、部屋数は充分にございますから、どうぞ泊まっておいでになって」

「本当によろしいのですか？　晩餐にお招きいただいた上、泊めてまでいただけるとは、実に有り難い、望外のおことばです」

そこまでいってもらえるとは思っていなかったらしい。やや臆《おく》した表情になった藤枝に、夫人は物静かにことばを重ねた。

「でも、お尋ねのことに対する私の答えはすぐに終わってしまいますのよ。私、あなたが捜していると いわれる女性に会ったと思います。その方はここにもいらして、数日お泊まりになりました。けれどそれからお帰りになられました。その後あの方の身になにか起こったとしたら、大変にお気の毒ではありますけれど、私どもは存じ上げぬことです」

そばでその声を聞いていた蒼は、また胸の中で、

（あ……）

と思う。なにに自分がそう思ったのか、よくはわからないまま。

夫人の声は相変わらず、鼓膜《こまく》をやさしくくすぐるようなやわらかな響きをしている。藤枝に向けた顔もあの、白く小さな妖精めいた、年齢をどこかに置き忘れたような顔だ。無論よく見れば目元口元には

細かな皺が刻まれていて、五十を越えていることは納得できる。しかし向かい合って受ける印象はなお、幼く無邪気な少女めいた、と形容したくなるようなそれなのだ。

だがその顔から彼を見る目、黒目がちのつぶらな瞳はどうだろう。それは決して浮き世離れした妖精の目でも、無邪気な子供の目でもない。もっと強い、なんといえばいいのだろう、もっと激しい目ではないか。白い小さな顔と、そこから輝く目。その不調和が蒼を戸惑わせたのだ。まるで——

（まるで仮面をつけているみたいに……）

「私がお会いした人は、小宮ヒロミさんとおっしゃいました」

夫人はふたたび口を切っている。すかさず藤枝が答える。

「それが私の捜している者です」

「藤枝さんといっしょにお仕事をしていらした？」

「そうです」

「ということは、小宮さんも編集者だったのですか？」

「いいえ、違います。彼女はフリーのライターで、私が雑誌の編集長をしていたとき、そこで書いてもらっていたのです。そのへんのことは神代先生もよくご存じです」

話を振られた神代はむっつりと、

「俺が知っているのは、うちに取材に来たときのことだけだ」

羚子夫人はそんな神代と、藤枝の表情を見比べているようだった。

「藤枝さん。ひとつうかがいたいのですが、小宮さんは私からインタビューを取るためにヴェネツィアにいらしたのですか？」

アントネッラがぎりっと、音立てんばかりの目で藤枝を睨み付ける。神代も図星《ずぼし》だろう、という顔だ。しかしそれが嘘だったとしても、藤枝の表情は平然としていた。

「いや、それは違うんです。つまり、そういう仕事の依頼を彼女が受けていたわけではない。無論私の知っている範囲で、ということですが。といいますのは、私はすでに雑誌の編集長ではなくなっておりまして、小宮君同様フリーの身なのです。ですから彼女が私の知らないうちに、そういう仕事を引き受けたということが絶対にないとはいえませんが」

「それでもあなたの捜しておられる小宮ヒロミさんが、ライターを職にしていることには変わりないのですね？」

「──そうです」

吐息《といき》が鈴子夫人の唇をもれた。彼女は気落ちしたように、視線を膝に落としていた。

「私、同じ名前の別の人の話をしているような気がいたします。私の知っている小宮さんは、商事会社に勤めるOLだということでした。職場での妻子のある上役と恋愛して、裏切られて、その上一方的に汚名を着せられて、会社も辞めさせられそうになっている。自暴自棄で有給を取って旅に出たけれど、置き引きにトランクを持ち逃げされてしまった。そういって小さな子供のように泣かれるのを、私がここまでお連れしたのです。

彼女は、そうですね、一週間ほどは滞在されたでしょうか。でも突然お別れもいってくれず、私が寝ている間に出ていかれました。そんな出会いも別れも私には初めてのことではありませんので、あまり考えることはしませんでした。それが今年の九月の下旬、そう、それくらいのことです。ですからもしも私が知っているのがあなたのお知り合いだとしても、その後彼女がどうしたかはわからないのです。お話しできることはこれで全部ですわ」

「正確な日付を思い出していただくわけにはいきませんか？」

藤枝は食い下がる。夫人は困惑したように首を傾げたが、

「──スフィンジェ？」

エプロンを外して、しかしティー・テーブルを囲んでいる一同の輪には加わらず、ひとり部屋の隅で画集のページをめくっていた彼女を呼ぶ。ヒロミがここを出たのは何日か覚えているかと、尋ねる夫人の英語は蒼にも聞き取れた。それに対して答えたことばは早口すぎてわからない。しかし夫人は視線を藤枝に戻して、

「九月二十六日の朝だったようです。私は、あまりカレンダーとは関わりない生活をしていますし、日記もつけないので確信はないのですが」

今度ため息をついたのは藤枝だった。

「少なくともその日以降、私は彼女からの連絡は受けていません――」

「そうですの。でも何度も申しますように、その日以来私は小宮さんをお見かけしてはおりませんのよ。日本からわざわざ捜しに見えられたのは、お気の毒だと思いますけれど。それに、やはりあなたの捜しておられるのは別の方ではありませんかしら。嘘をついておられるようには、とても思えませんでしたもの」

「ですが彼女があなたに近づくために、身の上を偽《いつわ》った可能性はあると思います。正直な話、フリーのライターが鈴子・レニエールのインタビューに成功すれば、場外ホームランものですから」

「あまり、聞きたくないようなお話ですわね」

夫人は目を伏せたままつぶやく。その魅惑的な声に、にわかに冷ややかな響きが加えられた。失言だったと気づいたのか、藤枝はあわてたように問いを重ねる。

「ヒロミ、あ、いや小宮君は、すると帰りはまたあなたのボートでヴェネツィアまで送っていただいたのですか？」

「トダーロは、ブラーノまで送ったといったように記憶しています」

「つまり、あなたは小宮君がこの島から出るのを見てはおられないわけですね？」

「それはどういう意味ですか。まさかあの人がいまもこの島に隠れているとでも?」

夫人はまぶたを上げて藤枝を見返した。

「それとも私どもが、小宮さんになにかしたとでも考えておられるんですの?」

「いや、そんなとんでもない。どうかお気に障《さわ》られたならお赦《ゆる》し下さい。失礼を申し上げるつもりはなかったのです」

藤枝は大げさにかぶりを振った。両手を広げて肩をすくめている。本気で謝罪しているとはとても思えない顔だ。

「ご納得がいかれないのでしたら、どうぞお気の済むまでご自分の足で歩いてご覧になって。端から端までほんの数百メートル、捜すほどの場所もありませんわ」

夫人の口調は依然冷ややかだったが、そのことばを待っていたとでもいうように藤枝は椅子から立ち上がった。

「よろしいでしょうか。そうさせていただいて」

「ええ。トダーロにお会いになるのでしたら、船着き場と反対側の岸に彼の住まいがあります。ネリッサは別棟になっている厨房《ちゅうぼう》の二階に部屋を持っていますが、今日は具合が悪いというので」

「重ね重ねのお気遣いに感謝します。では、失礼して暗くならない前に一回り島を拝見させていただきます」

彼の肩にはすでにショルダーバッグがかかっている。ただ見て回るだけなら荷物はいらないはずだ。ということはあの中には、カメラも入っているのかもしれない。そう思うと藤枝は初めから、夫人からいまのことばを引き出すように話を進めていた気さえしてくる。インタビューは無理でも、写真があれば探訪記事くらいは書けるだろう。

しかし彼は部屋を出かけて足を止めた。

「ああ、これを見ていただくのを忘れていました。小宮君の写真です。いかがでしょう」

サービス・サイズの写真は夫人に直接手渡されたので、蒼からは見えない。ただ夫人の目が大きく見張られたと思うと、その目が涙ぐんでいた。

「ええ、この方でした……」

つぶやくうちにも涙は溢《あふ》れ、粒となって頬から膝へこぼれ落ちる。

「では私はやはり、嘘をつかれていたのですわね。私あの人には、本気で同情しておりましたのよ。まるで、自分の娘の打ち明け話を聞くような気持ちになって、毎日とてもたくさんお話ししましたわ。だから急に居なくなられたときも、お別れするのが辛い私を気遣ってくれたからだろうって、そう思うことにしましたの。あの人がずっとここに住んでくれたらって、思ったほどでしたもの。

でも、それが全部嘘だったというんですね。見せてくれた微笑みも、泣きながらの打ち明け話も。私に近づくために。インタビューを取るために。あの人にはそんなに大事なことだったのかしら。私にはわからないわ。でもそんなことよりなにより、嘘をつかれるのは嫌。お金なんていらない。でも私の真心を盗まれるのは嫌。こんなかたちで傷つけられるのはもう嫌……」

「玲子サン――」

アントネッラが差し出したハンカチを目に当てながら、

「ごめんなさい……」

つぶやいたがそのまま彼女は立ち上がり、小走りに部屋を出ていってしまう。離れて見ていたスフィンジェが後を追った。そしてアントネッラは、無言のまま藤枝を睨み付ける。彼はさすがに気まずい表情で、

「――では、後ほど」

口の中でつぶやいてこれも出ていく。その背をなおも睨んでいたアントネッラは、両手で荒々しく髪を掻き上げ、

「パパ・ソウ――」

その後は早口のイタリア語だ。憤懣《ふんまん》やるかたないという気持ちだけは口調と表情で推測できる。さすがの神代もなだめ役に回っているようだ。そして京介は例によって、なにを考えているのか考えていないのか、全然わからない無表情。

蒼はひとり取り残されたような気分で、空になったカップに紅茶を注ごうかとポットを取り上げかけ、床に落ちている写真に気づいた。藤枝から羚子夫人に手渡された小宮ヒロミの写真だ。拾い上げて、それきり蒼は動けなくなった。

血色の良い丸顔を、軽くウェーブさせたショートヘアが左右から囲んでいる。見るからに健康的な若い女性が、大きく口を開けて笑いながらカメラに向かってなにかいっている、その瞬間を写したスナップ写真だ。

(これが行方不明になった小宮ヒロミさん?……)

だが蒼は彼女の顔を知っていた。記憶の視野にありありと立ち現れたのは、W大の神代研究室のドアがノックされ、開くとそこに立っていた若い女性。ジーンズの上下に清潔な生成《きなり》のコットン・シャツ。日焼けした顔にパールピンクのルージュ。

『失礼します。神代宗先生はおいでですか?』

そのとき神代はいなかった。蒼がひとりで留守番をしていた。

『先日取材させていただいたM——誌の者です。お借りしていった資料をご返却にまいりました』

二年前? それなら蒼は高校の三年だ。それでも時間が空くと前どおり、研究室には顔を出していたから、そういうかたちで小宮と顔を合わせていてもも不自然ではない。同じようなことはいくらもあった。蒼が研究室に出入りするようになってから、何百回も繰り返されたシチュエーション。

(だけど、あの夢——)

昨日の夢に出てきたのは彼女だ。血に染まった顔の映像が、生々しく蒼の視野によみがえる。どうしてあんな夢を見てしまったのだろう。

（正夢なんて、そんな、まさかね……）

3

鈴子夫人はほどなくひとりで戻ってきた。

「お見苦しくてごめん下さいませね。私、本当に子供のようで」

涙は止まっているものの、目の縁はまだ赤く腫《は》れ上がっている。

「あの男、やはりさっさと叩き出した方がよくありませんか？」

神代の物騒《ぶっそう》なことばに、

「そうよ、鈴子サン。絶対その方がいいわ」

アントネッラも声を上げたが、

「いいんですの。へたに隠し立てして、妙な詮索をされるのはかえって嫌ですわ。あれ以上私からお話しすることもないのは、わかっていただけたと思いますし」

「まあ、そうですが——」

「それに私考えましたの。小宮さんが私にした話、すべてが嘘ではなかったのかもしれないって」

「それは、どういう意味です？」

「彼女は私にいいましたわ。報《むく》われない苦しい恋をしているって。彼が真実自分を愛してくれているのか、わからないのだって。その相手は本当は、あの藤枝さんなのではないかしら」

「はあ。すると、どうなります」

「ですから小宮さんは姿を隠したんですわ。恋人が自分の身を案じてくれるかどうか知りたくて。そして藤枝さんはヴェネツィアまで彼女を捜しにきた。それなら全部説明がつくと思われません？　あの人が明日ヴェネツィアに戻れば、きっと小宮さんは姿を見せますわ」

そういうと鈴子・レニエールは、目を上げてにっこり微笑んでみせる。それは確かにあどけない少女の微笑だった。

晩餐は広間をはさんだ向かい側の、広い食堂に用意された。ラグーナの魚介を主菜にした食事の間、羚子夫人は終始《しゅうし》にこやかで快活な女主人ぶりだった。あんまりお料理が美味しいので太ってしまいそうです、というアントネッラに、悪戯っぽい笑みを浮かべて、

「あら、魚なら太らないわよ」

という。ミラノ料理はバターやクリームが重いけれど、シーフードとオリーブ油なら大丈夫。トダーロが毎日ブラーノ島から仕入れてきてくれる新鮮な魚のおかげで、ミラノに住んでいた頃よりずっと体調も良いの。だからほら、私もスフィンジェもスマートでしょう?

彼女に答えて主にしゃべっていたのはアントネッラと神代教授だった。スフィンジェはここでも無言だったし、京介があまりしゃべらないのはいつものことだったが、外から戻ってきた藤枝が妙に硬い顔で黙りこくっているのが蒼には少し気になった。とはいっても、こちらから話しかける気はしなかったが。

「この島には伝説がありますのよ」

羚子夫人がそんなことをいい出したのは、食事が済んでまた最初の居間に戻り、コーヒーと食後酒を前にしてからだ。

「それもデカメロン風とロマン派風。皆さんはどちらがお好みかしら」

記事を書くとしたら格好の材料ではないかと思ったが、依然藤枝はなにもいわない。神代が応じた。

「ほう、ぜひ聞かせて下さい」

「ひとつは、あんまり浮気の過ぎる奥方に手を焼いた貴族が、彼女を否応なくこの島に閉じこめたというの」

「まあヒドイ!」

アントネッラが声を上げた。

「夫が浮気しなかったわけないのに、そんなの絶対に横暴《おうぼう》だワ。そう思わない、スフィンジェ?」

名前を呼ばれた彼女は目を上げてアントネッラを見たが、なにもいわない。

「そんなに怒らないで、アントネッラ。ちゃんとそれには続きがあるの。夫の貴族はそうやって奥方を閉じこめたつもりだったけれど、まさか貴族の女性をひとりきりで置くわけにはいかないでしょ。そうしてつけてやった召使いたちがみんな奥方の味方になってしまって、彼女はそばに夫がいないのを幸い、ヴェネツィアにいたときより自由にこの島で恋人と会うことができました、というのよ」

「なるほど、奥方の方が亭主より一枚上手《うわて》でしたたかだったというわけだ。その方がこの国の女性にはふさわしいな」

「あらパパ・ソウ、それどういう意味？」

「い、いや、昔からイタリア女性は強くて頭がいいなということさ。——もうひとつの、ロマン派風というのはどんな伝説なんです？」

W大の女子学生なら視線ひとつで蹴散《けち》らす神代でも、どうやらアントネッラが相手では勝手が違うようだ。

「もうひとつは、ちょっと怪奇小説のようなお話ですわ。聞かれて気分を悪くされたりしたら、ごめん下さいませね」

誰へともなく軽く会釈して、あのやわらかに響く魅惑的な声で鈴子夫人が語り出したのは、以下のような物語だった。

十六世紀、ヴェネツィアにペストが大流行したときのこと。ひとりの貴族が一家を上げてこの島へ避難することに決めた。貴族には妻と幾人かの子供がいて、彼らを世話する召使いや従者を加えると一行は百人近くになった。

島はもともと貴族の所有するものだったが、当時そこには尼僧だけが暮らす修道院があり、数十人が生活していた。だが貴族は横暴にも聖堂を破壊し、その煉瓦と石材を使って彼と家族の住む館を建設させ、尼僧たちを島から追い出した。

その尼僧の中に貴族の実の娘がいた。現在の妻と結婚する以前、町の女に生ませた庶出《しょしゅつ》の娘で、その娘を修道院に入れるときにこの島を寄進したのである。貴族はさすがにその娘に対しては後ろめたい思いを抱いていたので、彼女は他の尼僧たちと別れて島に留まるようにいった。

尼僧の娘は父とその妻と家族を嫌っていたので、館には住まず、壊し残された修道院の僧坊に住むと答えた。しかし僧坊に残っていたのは、娘ともうひとり朋輩《ほうばい》の尼僧だった。しかもそちらの尼僧はすでにペストに冒されていた。娘は彼女をかばってひそかに食べ物を運び、看病していたが、継母に感づかれてしまった——

夫人の物語る口調は、決しておどろおどろしくもドラマティックでもなかった。声の響きはやわらかく、表情もおだやかな笑みを浮かべている。しかし蒼はいつか息をつめて耳を傾けていた。小さな島、といわれれば即座に海上から眺めた島影が脳裏に浮かび、そこにまた『死の島』のイメージが重なる。そして重なるといえばもうひとつ、ポーの『赤き死の仮面』も。

「継母はそのことを夫には告げませんでした。彼女は自分の生んだまだ若い子供がペストにかかることをなにより恐れていたので、従者に命じてふたりの尼僧が眠る部屋に油と火の点いた松明を投げ入れさせてしまったのです。そうしてから翌日になって、僧坊で火事があったようだと告げました。

ところが、夫が命じて様子を見に行かせた召使いが、戻ってきていうことを聞いたとき、継母はぞっとしてしまいました。というのは、粗末な寝台も床も壁も真っ黒に焼け焦げていたというのに、死体はどこにもなかったからです」

夫人が微笑みながら口をつぐむと、

「鈴子サン、それで？　それからどうなったの？」

もう我慢できないというようにアントネッラが身を乗り出す。

「わからないの」

「エ？――」

「それから後、島でなにが起こったのかは、誰にもわからないのよ。ただペストの流行が収まってから何年もして、この島に上陸してみた人がいた。そうしたら島中捜しても、もう誰も生きてはいなかったのですって」


客用の寝室は三階だった。一、二階と較べると天井はずいぶん低く、昔は使用人の部屋に当てられていたというが、現代の建築から考えれば別に低すぎるということはない。インテリアはすっきりとしたモダンなデザインに改装され、廊下の一画にはトイレとシャワーも造り付けられている。ベッドメイクされている部屋はシングル三室とツインが一室だったので、ツインは京介と蒼が使うことにした。

「この部屋は、ヒロミさんがお使いになった部屋です。掃除とベッドメイクの他は、なにも変えてございませんわ」

夫人は開かれたドアの前で、藤枝に鍵を手渡しながらいう。

「それとも、違う部屋の方がよろしいかしら」

「いや、お心遣い痛み入ります」

晩餐前からと変わらぬ硬い表情でそれだけいうと、彼は一礼して中に入ってしまう。蒼もお休みなさいの挨拶をして、京介とふたり寝室に入った。こんなことになるとは思っていなかったから、着替えの下着も寝間着《ねまき》もないが、まあ一晩くらいは仕方ない。部屋は庭側だったので、ひとつきりの小さな窓に顔を押しつけると、裸木に囲まれた芝生の庭がぼんやり見える。その向こうには黒く立ちふさがる糸杉。そしてその背後には？……

「僧坊の廃墟は本当にあるらしいよ」

蒼の心を読んだように、背後から京介の声がある。彼はベッドで枕を背にして座り、膝に文庫本を広げていた。

「え、それじゃあのホラーみたいな伝説、本当のことなの？」

「いや、あれは間違いなくフィクションだよ。十六世紀ヴェネツィアのペスト流行といえば一五七五年から七七年だが、このヴィラはどうみてもそれより百年は前の建築だ」

そうか。そういえばさっき京介、十五世紀後半っていってたもんな。

「じゃ、その廃墟を見た人があああいうお話を想像した、とか？」

「というより鈴子夫人の創作だろう。プロットは『赤き死の仮面』の引き写しだ」

「え……」

確かに話の筋は『赤き死』とよく似ていると、それは聞いているうちにも思ったことだけど、何喰わぬ顔で、伝説です、なんていいながら自作の怪談みたいな話をしてきかせたのだとしたら、

（なんだか変な人だ……）

蒼は首をひねってしまう。夫人がどういう人なのか、ますますわからなくなってくる。

「蒼はあの話をどう聞いた？」

「どうって、『赤き死』のなぞりだとしたら貴族たちを殺したのはその娘でしょ？　継母に殺されて、赤死病じゃない黒死病、つまりペストの化身となって復讐した、とか」

でもそれならなんで話の一番の山場を、誰も知らないなんていって端折《はしょ》ってしまったんだろう。そのせいで実話っぽさは出たかもしれないが。

「僕はあれをミステリだと思って聞いた」

思いがけない京介のせりふだった。

「じゃ、もしかして僧坊に抜け穴でもあった？　それで娘は生きて逃げ出して」

京介は下を向いてクッというような音を立てる。笑いをこらえたのかもしれない。

「それはいくらなんでも安直すぎるんじゃないか、ノックスの十戒は持ち出さないにしても」

「だったら——」

「放火を命じられた従者が娘を助けたと考えれば、抜け穴なんかなくとも脱出はできる」

「共犯者は安直じゃないの？」

蒼は承伏できない思いだったが、京介はかまわずに続ける。

「娘は従者の手助けで共に島を脱出した。彼女がその前になにか復讐の手段を講じていったのか、それとも彼らは自然感染で死んだのか、ペストにかかっていた尼僧はどうなったのか、そこまで推理する材料はないけれどね」

「材料がないっていうなら、娘が島から脱出したというのだって無根拠な推測じゃない」

「違う。なぜなら羚子夫人はさっきこういったからだ。——それから後、島でなにが起こったかは誰にもわからない。つまり、それまでの経緯《いきさつ》は外部に伝えられたわけだ。なぜかといえばその時点で島を後にし、状況を知らせた人間がいたからだろう。


それはしかも貴族の庶出の娘の身に起こったことも、継母の非道な命令もすべて知っていて、なおかつペストの蔓延《まんえん》するヴェネツィアに向かってでも脱出せねばならない理由のあった人物だ。その第一は当の娘、第二は死体がないことで主人の命令に従わなかったことがばれてしまう継母の従者。そういう筋を想定していたから、夫人はあんな語り方をしたんだと思って聞いていたんだけどな。それともうひとつ、その前のデカメロン風の伝説も、幽閉《ゆうへい》された被害者と加害者側の共犯のパターンだし」

蒼は京介の涼しい顔を、いまさらのようにまじまじと見つめた。

「——たったあんだけのお話でよくもまあ、コチャコチャコチャコチャそんなことまで考えつくねえ。あ・き・れ・た」

「感心した、の間違いだろう」

「違いまあす、呆れたんです。ほんと、京介の頭ン中ってどうなってるの？」

「見られるものなら僕も見たい」

「よおし、見ちゃおう！」

蒼はぱっと跳躍した。さすがに驚いたのか。窓際からベッドの京介めがけて。大きく見開かれた目が蒼を見、なにかいいかけるのもかまわず飛びついて、ぼさぼさの頭を抱え込んで掻き回す。

「京介の脳味噌どーこだッ」

「こら、蒼、離せ」

「やーだッ」

「なにを、はしゃいで――」

「はしゃいでるんだもーんだ」

力まかせにしがみついて暴れている内に、なんだかめちゃめちゃおかしくなってきた。お腹の底から笑いがこみ上げてくる。こんなに笑うのってどれくらいぶりだろう。京介に腕を引き剝がされて隣のベッドに放り出されても、蒼はまだくつくつ笑い続けていた。

「蒼――」

「ごめんなさい。でも、なんか嬉しくてさ。京介とこんなふうにいるの、久しぶりだったし」

「…………」

「怒った？　呆れた？」

「いや――」

子供みたいというより子供そのものだ、これじゃ。自分でもそう思う。だけど。

「あー、あんまり笑いすぎて涙出てきた」

袖でごしごしと顔をこすって、腕はそのまま上に載せておく。いま京介と視線を合わせると、意味もなく泣いてしまいそうな気がしたから。そして目で確かめなくとも、京介がこちらを見ていることは感じられたから――

ノックの音がした。蒼はあわててベッドから起き上がる。もしかして騒ぎすぎたろうか。うわー、まずい。だって、なにをしていたのかといわれても説明のしようがない。

京介の開いたドアの外に、立っていたのは藤枝精二だった。

「夜分恐れ入ります。お願いがあるのですが」

病人のように青ざめた顔でいう相手に、京介は無表情に聞き返す。

「なんでしょう」

「お手間は取らせません。ほんの五分でいいですから、私の部屋に来ていただけないでしょうか」

「ご用は」

「見ていただきたいものがあるのです。たったいま、あの部屋で私が見つけたのです。証人になっていただきたい。私が持ち込んだのではなく、確かにそこにあったのだという」

藤枝の部屋は、窓の位置と広さの他は京介たちの部屋と変わらない。調度はシングルベッド、鏡のついた洋服箪笥、書き物机と椅子が一脚ずつあるだけだ。京介と蒼が後について入ると、ドアを閉じた藤枝は洋服箪笥の両開き扉を開く。小物をしまう引き出しが四段中にある、変哲もない箪笥だ。蒼のヴェネツィアのホテルにも、形はこれとほとんど同じ家具が備えられていた。

しかし藤枝はその一番下の引き出しを抜き取ってしまい、見ろというように手振りで示す。下に花柄の紙を貼った底が見えた。

「ご覧になればわかる通り、引き出しの底は箪笥の底より上がっています。つまりその紙を貼った底の下には空洞がある」

「そうですね」

「しかしその底板は置かれてあるだけです。釘は打たれていません」

藤枝は手を伸ばした。彼のことばの通り、紙を貼った薄板は蓋《ふた》のように持ち上がる。現れた空洞の中にはすっぽりと、灰色をした単行本ほどのものが収められていた。

「ノート・パソコンですか？」

「いえ、ワープロです」

藤枝はそれを取り出して京介に示した。指が蓋部の隅に貼られた、『H.K.』のイニシャルのシールを示す。

「これはヒロミが原稿を書くのに使っていたものです」

書き物机の上に載せ、蓋を開く。蒼は息を呑んだ。液晶の表示部が、なにか固いものを叩きつけたように割れていた。

「電池は入っているが、電源は入りません。壊されています」

「フロッピーは」

「ありません。抜き取られています」

「だが、これが小宮さんのワープロであることに間違いはない、と」

「そうです――」

机の上で藤枝の握りしめたこぶしが、小刻みに震えている。

「絶対に間違いありません。これは、私が彼女に贈ったものですから」

「…………」

「おわかりいただけましたか、桜井さん。たとえ落として壊したとしても、ヒロミならこれを置いていくことはなかったでしょう。つまりヒロミはこの島から出ていってなどいないのです。羚子・レニエールは嘘をついているんです！」

仮面をつけた恋人たち

1

すでに夜は明けていたが、あたりは布を張り巡らしたような濃霧に閉ざされていた。目を上げると黒ずんだ糸杉の梢《こずえ》を、灰色した霧がゆるゆると流れ、その中にいるだけで髪も服も、重く濡れてくるように感じられる。

朽ちかけた落ち葉に埋められた足元に目を落としながら、京介はひとり歩いていた。隣のベッドで寝ている蒼が目を覚まさぬように、起き出したのがほんの一時間前。モーターボートの運転手、トダーロの住まいまで行って来たところだった。

ポケットの中には昨夜藤枝から手渡された、小宮ヒロミのスナップ写真がある。彼が九月二十六日、本当に彼女をブラーノ島まで送ったのか確かめて欲しいと頼みこまれてしまったのだ。

断るつもりだった。部屋でワープロを見つけた証人になれなどといわれても、彼が自分のバッグからそれを出してもっともらしい場所に置いてみせた、という可能性は充分すぎるほどある。そして羚子夫人があのように断言した以上、真実がどちらの側にあるとしても、忠実な運転手がそれ以外のことをいうとは思えない。しかし藤枝は最初から、京介にその役を押しつけようとしていた。

「お願いです、どうか聞いて下さい。すでにお気づきかもしれませんが、ヒロミは私の恋人でした。私には妻子がいて、まだ離婚は成立していないもので、すぐにというわけにはいきませんがいずれ必ず結婚するつもりで、ヒロミもそのことは承知していました——」

必死の表情で、それこそ堰《せき》を切ったように、尋ねてもいない事の経緯を語り出す。京介にとっては迷惑以外のなにものでもなかったのだが、彼がいいたいだけのことを吐き出してしまうまでは、なにをいってても耳に入らないこともまた確かだった。

「さっきはあのようにいってしまいましたが、ヒロミがヴェネツィアに来たのはレニエール未亡人のインタビューを取るためです。しかしそれも私のためでした。私がもう一度編集者として第一線に復帰するために、といっても私が強要したわけではありません。いい出したのは彼女の方でした。

九月の初めにヴェネツィアに来て、連絡はたびたび受けていました。未亡人と接触できたというのも聞きました。彼女の島に招かれたと聞いたのが、確か二十日でした。そして島に渡ってからも、すっかり打ち解けていろいろな話をしている、気づかれぬようにだがテープにも入れているからと、最後に電話の声を聞いたのが二十五日の夜でした――」

では、あなたがヴェネツィアまでやってきたのは純粋に失踪した恋人を捜すためなのか、と京介は聞き返した。これを好機として、あなた自身がレニエール夫人と接触することを望んでいたわけではないのか。ここまでいえば相手もさすがに腹を立てて、口を閉ざすのではないかと思ったのだ。

しかしその予想は外れた。藤枝は顔に卑屈《ひくつ》な笑いを浮かべると、力なくうなずいてみせた。

「おっしゃる通りです。確かに私にはそういう期待があった。ヒロミが失踪したというのも実のところ半信半疑で、私を見限って他の男に、さもなければ彼女自身のために、この大ネタを使うつもりで連絡を断ったのじゃないか、そんなことまで考えていました。

それなら私もヒロミを利用してやる。未亡人の信頼を勝ち取ってインタビューに応じさせてみせる。彼女がやれたことなら私にできないはずはない。ええ、考えましたとも。あなたたちとサン・マルコ広場で会えたのがなによりの幸運でした。そしてあのアントネッラ・コルシという女子学生と会えたのがね。おかげでどうにか糸をたぐって、神代教授にもあのお嬢さんにもずいぶんと嫌われたが、この島まではやって来られたというわけだ――」

へらへらと気の抜けた笑いをもらした藤枝は、ふいにがくりと頭を前に垂れた。いまにも椅子から床へころげ落ちてしまいそうなほど。膝に両腕で壊れたワープロを抱え込んだまま、乱れた髪に覆われた顔から、もらす声が湿っている。

「しかし私はね、こんな結果は予想もしていなかったし、無論望んでもいませんでしたよ。ヒロミはこの島からどこへ消えてしまったんですか。これがなくっちゃなにも書けないといっていたワープロを、置き去りにして。しかもこの壊れよう。まるで――まるでヒロミ自身がどうかされたようだ。そして、こんな場所に放り込まれて……」

「ですが、ワープロをそこに隠したのは小宮さん自身だ、と考える方が自然ではありませんか」

藤枝の垂れ流すぐちめいたことばをさえぎって、京介は口を開いた。

「彼女がライターであることを隠していた以上、この島の人間にワープロを見られるのはうまくありません。ＯＬの失恋旅行にはどう見てもふさわしくない持ち物です。携帯用といってもそれなりに、嵩《かさ》もあれば重さもあるものだ。しかも壊れて使えない状態になっていたなら、いちいち持ち歩くのも負担になって、掃除などのときにも見つけられぬ場所へ隠した、ということは充分あり得るでしょう」

藤枝は顔を上げた。血走った目で京介を睨むと、荒々しくいい返す。

「――ああそうですか。だったらもうひとつ教えて下さいよ。ヒロミが自分の足でこの島を出ていったなら、なんだってこのワープロを持っていかなかったんです？　あんたのいうように自分の手で隠したなら、当然そうしたはずでしょう。

いや、それにしたっておかしいんだ。未亡人のいったことが正しいなら、ヒロミには島を離れる理由なんてなかったんだから。せっかくずっと住んで欲しいとまで思いこまれたんだ。そのまま島に居続けて、そうなりゃあもっと彼女も心を開いて、隠し撮りなんかしなくてもインタビューできるようになったかもしれない。違いますか。ねえ、おかしいじゃないですか！」

　可能性としてならいくらでも考えようはある、と京介は思う。小宮がワープロを持っていかなかったのは、彼が主張するほど彼女にとってそれが大切なものではなかったからかもしれない。ならば壊れた旧式の機械を持ち帰るより、フロッピーだけ抜いて置いていくことはあり得るだろう。

　そして急に島を立ち去ったのも、あの女性を欺《あざむ》き続けることに堪えられなくなったから、と考えれば説明がつく。天性の詐欺師《さぎし》でもない限り、好意を寄せてくれる相手に嘘をつき続けるのは容易《たやす》いことではない。

　しかし京介は考えたことを口にはしなかった。人は信じたいことだけを信ずるものだ。藤枝はあらゆる可能性の中から、もっとも不吉なそれだけを握りしめている。当初彼女の失踪を疑ったことへの、罪の意識がそうさせるのかもしれないが、好んで悲嘆《ひたん》にくれる人間を力づけるのは時間の無駄だ。

　だが当然というべきか、蒼はそういう考え方はしなかった。

「藤枝さん。さっき外から帰ってきたときから、様子が変でしたよね。もしかして島の中で、なにか見つけたんですか？」

　心配げな表情を顔いっぱいに表して尋ねるのに、藤枝は顔を伏せたまま呻《うめ》くように答えた。

「ああ、見つけたんだ」

「なにを？」

「血痕のついたビニールシートさ」

「血痕——」

「モーターボートがついた船着き場のちょうど反対側、あの運転手の爺さんが住んでいる小屋の裏さ。いい加減にたたんで置いてあるやつを、なんの気なしにひっくり返したら、その内側にべったり黒ずんだ染みがついていた。血か血じゃないか、それくらいわかるさ。週刊誌にいたころに、事故や殺しの現場は飽きるほど見ているからな。そうしてこの部屋に来たらこれだ。私はこの壊れたワープロを見つけたとき、まるでヒロミの死体を見つけたような気がしてしまったんだ——」

なのにあの爺さんはなにを聞いてもわからないふりで、と泣き声になるのに、

「京介、代わりに聞きにいってあげたら?」

よけいなことをいってくれる、と思う暇もない。藤枝はがばっと頭をもたげ、

「じゃあなた、イタリア語ができるんですね!」

いっそ否定してしまいたくとも、蒼の目がそれを許してくれそうになかった。

「だったら大丈夫だ。この国の人間はこちらがイタリア語をわからないというと、露骨《ろこつ》に馬鹿にしてかかるんだ。警察だって、ヴェネツィアは治安のいい街だなんていう口の端から、行方不明になった若い女なら今年初めてでもないなんて、どこまで本気なのか、からかわれているのか。お願いです、この通りです!」

断るのも面倒になってきた。

「この写真の女性を九月二十六日にブラーノ島まで送ったかどうか、それだけ聞けばいいんですね」

「ただ尋ねるだけでなく顔を見て下さい、顔を。嘘をついているかどうか」

易者《えきしゃ》や超能力者でもあるまいにと思ったが、黙っていることにした。それを聞くだけなら何分もかからない。藤枝の満足するような答えが返ってくるとは思えないが、そこまで責任は負えない。だがこちらのそんな思いなど想像もしていないだろう彼は、突然両手で京介の手を摑むと声を高めた。

「こうなったら私は絶対に、証拠を摑むまでこの島を離れませんよ。もうあのお嬢様みたいな顔にも声にも騙されるものですか。未亡人に徹底的に食い下がって、ヒロミをどうしたのか追及してやる。いざとなれば私にはペンの力があります。このままうやむやになどしてなるものか、そんなことになったらヒロミは浮かばれませんよ！」

だが結果は京介の予想した通りだった。トダーロは鈴子夫人のことばを肯定する以外のなにも語りはしなかった。

葦の繁る湿地の向こう、砂利の浜辺に向かってぽつんとひとつ石造りの小屋が建っている。目の前に広がるラグーナはいっそう濃い霧に包まれ、鉛色の水面は茫漠とした混沌《こんとん》の中に溶けている。ペンキの剝げた手漕ぎの小舟が一艘、波の届かぬところに引き上げられていた。ラグーナの漁師が使う、ふたり乗るのがせいぜいだろう浅底の小舟だ。

武骨なドアをノックすると老人はすでに起きていて、無言のまま屋内に招き入れられた。赤銅《しゃくどう》色に日焼けした顔はむっつりと腹を立てているような表情だが、別にそういうわけではないらしい。身振りで椅子をすすめられ、鍋でいれたコーヒーを振る舞われた。窓の小さな小屋は薄暗く、染みついた煙の匂いがして、調度らしいものは薪のストーブとテーブルと寝台しかない。

彼がイタリア語しか解さないというのは掛け値無しの事実であったようで、そのイタリア語も京介には聞き取るのが難しいヴェネツィア訛りだ。写真を見せて何度も聞き返し、筆談までまじえて結局引き出せたことは、

「その娘は奥様といっしょにヴェネツィアから乗せてきた。帰りは朝、ブラーノ島まで乗せていった。何月何日？　そんなことは知らん。まだ風の熱かった頃だ。ここにいたのは一週間くらいだろう。いや、その間はどこにもいかなかった。

なにをしていたか？　そんなことは知らん。ご用のないときは、お館に近づくことはしないからな。わしはあの娘とは口をきいたことはない。イタリア語は話さなかった。最後にブラーノまで乗せていったときもだ。それ以来一度も見たことはない。どこへ行ったか？　わしが知るはずがない」

後はなにを聞いても、知らない、わからない、覚えていない、ただそれだけだ。相手が嘘をついているかどうかなど、日焼けした皺深い顔からはうかがいようもなかった。

「よくそうしたお客はあるのですか」

「たまにはな。そう、たまにだよ。奥様は静かな暮らしがお好きだ」

「外から訪ねてくる場合も？」

トダーロはかぶりを振った。

「ない」

「しかし――」

京介が納得できない、という様子を示すと、それまでの渋面がふいに崩れ、口元がニイッと得意げな笑いになる。開いた口の中は歯が何本も残っていないようだ。

「訪ねたくとも来ようがない。パルーデ・デラ・ロサを自由に航行できるのは、いまはわしだけさ。気がつかなかったかね。トルチェッロからこっちブリコラがなかっただろうが」

依然として聞き取りにくい方言の、意味を取り違えているのではないかと思って聞き返す。

「ブリコラがないところでは航行できない？」

「ラグーナの流れの読める者なら、ブリコラなしでも舟は動かせるさ。もっとも近頃の連中にはできんことだな。喫水《きっすい》の浅いモトスカーフィでも、うっかりすると底が浅瀬につかえてにっちもさっちも行かなくなる。わかるかな？」

京介はうなずいた。ヴェネツィアはもともと古代ローマ時代、フン族の侵略を恐れて無人の地であった海中の瀬に逃れた人々が築いたといわれている。

都市の四囲を守る堅固な城壁の代わりに、ヴェネツィアにはラグーナがあった。十四世紀、同じ海洋国家として最大のライヴァルであったジェノヴァとの闘いで、敵海軍の攻撃を受けたとき、ラグーナのブリコラはすべて引き抜かれて相手の軍船を寄せつけなかった。

「一千年ヴェネツィアを外敵から守ってきたラグーナが、シニョーラ・レニエールの砦《とりで》なのですね」

「そうとも。ラグーナとこのわしがある限り、だれだろうと指一本触れさせはせん。奥様はここでお望みのようにお暮らしになる。だからこの島にいるときは行儀良くしておいた方がいい。奥様を困らせるようなことはせずにな。さもないとわしは知らんよ、なにが起こってもな」

「わかりました。最後にもうひとつだけうかがわせて下さい。なぜシニョリーナ・コミヤは、シニョーラに別れも告げずにこの島を立ち去ったのだとあなたは思いますか？」

トダーロは肩をすくめる。

「どうしてわしにそんなことがわかる？ 口をきいたこともないのに」

「あなたはどう思うか、それを聞かせて下さい」

老人は顔をしかめて京介を睨んだ。

「わしの考えを、だと？」

「そうです」

「考えというならな、奥様を悩ませるような客はさっさと立ち去るがいいんだ。少なくともわしはあの娘を、止めたいとは思わなかったよ」

「これまでにもそうしたことはあったのですね」

「わしらは奥様をお守りしてきた。いままでも、そしてこれからもな。あんたがそういう類《たぐい》の客なら、さっさと出ていくことだ。わしが舟に乗せてやる。ただしいつもブラーノまで行くとは限らんよ。わしのいうことがわかったか？」

「ええ、そのつもりです。コーヒーをごちそうさまでした」

背は低くとも分厚い胸板を張って睨めつける老人に、京介は一礼して椅子を立った。トダーロは見送りでもするように外までついてくる。小屋の裏に回ると、地面に灰色のビニールシートが広げてあった。濡れている。ついさっき洗ったように。

「汚れたのですか」

「ああ、魚の血でな」

トダーロは平然と答えた。

2

厄介なことになった、と京介は思う。そしてたぶんこの先、さらに厄介なことが起こるだろう。

予感——といっても別段超能力など持ち出す必要はない。藤枝が抱え込む鈴子夫人への疑惑と、サンタ・マッダレーナ島の売買を巡って起きている奇妙な齟齬《そご》。それだけでもすでに、充分すぎるほどのトラブルだ。放置してなりゆきにまかせても、自然に解消していくとは思えない。

小宮ヒロミがあっさり姿を現しでもすれば前者は解決だが、それは楽観的すぎる期待というものだろう。彼女は自分の鈴子夫人に対する欺瞞《ぎまん》に嫌気が差したのと同時に、自分にそのようなことをさせている藤枝にも嫌気が差したのではないか。マスコミの一線で活躍する姿に恋した女が、そこから墜ちた男を見限りたくなってもなんの不思議もない。

彼をふたたび一線に立たせるために、鈴子・レニエールのインタビューを取る。恋人に対する献身の情熱に嘘偽りはなかっただろう。だがふと憑き物が落ちたように恋の陶酔《とうすい》が消え失せれば、後に残っているのはしらじらとした現実、かつての輝きも失せて、薄汚れた卑屈さばかりが染みついていく中年男の実像ばかりだ。それを見るに堪えられなくなったからこそ小宮ヒロミは失踪した、というより彼との連絡を断った。そう考えれば、彼から贈られたワープロが残されていたこととも辻褄《つじつま》が合う。

しかし彼女から明確な意思表示を突きつけられぬ限り藤枝は、自分の現状を認めることになるその可能性から目を背《そむ》けるだろう。そして自分を捨てた恋人に向けるべき非難と怨嗟《えんさ》の思いを、代理としての羚子夫人に投影し続けるだろう。

　トダーロならそんな彼の首根っこを摑んで島から放り出すことは容易《たやす》いだろうし、ペンの力などと高言してみたところで、夫人がこの島に安住している限りはどうすることもできない。だが彼女がどうしても日本に戻らねばならない事情でも生まれれば、そうもいっておれなくなる。例えば島を売る羽目にでもなれば。

　これ以上厄介事に巻き込まれぬために、一番良いのは目をつぶってこの場から逃げ出すことだ。島の売買に多少の関わりがあるとはいえ、神代が引き受けたのは契約の仲介ではない。夫人の将来に責任を持つまでの義理はないし、まして藤枝など顔と名を知っていただけだ。だが夫人に同情的なアントネッラはそれでは承知すまいし、彼女に頼まれれば神代も知らぬ振りはできないに決まっている。

（苦手だな……）

　霧にしとった髪を両手で掻き上げながら、京介はため息をついた。人と人とのしがらみ、感情のもつれ、どろどろした沼のような愛憎や嫉妬や執着は、いつも京介を戸惑わせ、疲労させる。どうしてもう少し理性的に自分をコントロールしようとしないのか。容易ではないとしても、せめてそう努めることはできるはずだ。誰もがそうすればこの世界は、いまよりはるかに見通しの利くものに変わっていくだろうに。

　だが、そうしないのはたぶん彼らが、理性に拠《よ》ることのリスクを無意識に避けているからだ。藤枝も、自らの愚劣《ぐれつ》なミスで仕事と地位を失い、恋人にも見捨てられたみじめな自分を見据えるより、真相を究明する探偵役に己れを擬する方が快《こころよ》いからそうしているのだ。

無論そんな自己欺瞞の仮面は、いずれ剝がれ落ちるだろう。だがそれを、理性の手で剝ぎ取ることは決して容易《たやす》くない。好んで病に取り憑かれている人間を、無理やり治療するのはどんな名医にも不可能なのだから。

(まったく苦手だ、生きた人間ってやつは——)

「——京介、おはよう!」

その姿に気がつくより前に、大きな声が前方から聞こえた。霧の帳《とばり》を搔き除けるようにして、蒼が目の前の樹間から飛び出してくる。ボタンをかけていない濃紺のハーフコートをなびかせて、ヴィラからずっと走ってきたのか頰が赤い。

「すごい霧だねえ。ヴェネツィアも霧は出てたけど、ここはもっと全然濃いや。窓から外見ても真っ白けで、どうしようかと思っちゃった」

「寒くないのか、そんな格好で」

「ううん、走ってきたから熱いくらい」

汗ばんだ額にかかる髪を搔き上げると、先に立って歩き出しながら、

「運転手さんのところ、行ってきた?」

「行ってきた」

「どうだった?」

「予想通り。日は覚えていないけどブラーノ島まで送ったという話だ」

「そうだよね。羚子さんだって、あんなにはっきりいったんだもんね。——でも、血痕は?」

「トダーロは魚の血だといっていた」

京介の隣を歩きながら、蒼は少し考え込むふうだったが、

「それで藤枝さんが納得するかな」

「しないだろうな」

ましてそのシートを、トダーロが洗ってしまった後では。

「ね、京介——」

「ん?」

「人間は、そんなに簡単に他の人間殺したりしないよね。いくらものすごく腹が立ったり、憎んだり、そいつがいると自分の大切な人が傷つけられるとわかっていたりしても、いきなり殺したりなんてしないよね。他の方法がないわけじゃないのに。追い出すとかすれば、それで済むのに」

隣を歩く蒼の横顔を眺めながら、京介は思う。理性で考えればその通りだ。いくらその人間が自分にさまざまの不利益をもたらすからといって、殺す以外絶対に手段がない、などということはめったにないだろう。ぎりぎりの正当防衛。殺されかけて、自分に相手を制するだけの力がないなどという場合の他は。

だがそれならこの世界に、殺人などという現象がこれほど頻発《ひんぱつ》するわけはないので、人は殺さねばならないから殺すわけではない。しかしいま蒼が聞きたいのは、そんな一般論ではないはずだ。だから京介はこう答えた。

「少なくともいまのところ、小宮ヒロミが殺されたと信ずるに足る証拠はないと思う」

「そうだよね——」

蒼はこちらを見返って、ほっとしたように笑う。

「でも、藤枝さんはそう思いこんじゃってるみたいだ」

「ああ」

「どうしてだろう。なんか、嫌だな……」

そのつぶやきは口の中で消えて、だが京介が聞き返す前に蒼はぱっと口調を変えた。腕を上げて前を指さした。

「ほら見て、あれが例の修道院の廃墟。さっき京介と会う前に、少し覗《のぞ》いてみたんだ」

蒼の指さす方角を見ると、確かに木々の間に古びた煉瓦の壁が見える。往きのときは離れた道を通ってきたからか、あるいは霧のせいで気づけなかったのかもしれない。日が昇るにつれて地上を覆っていた濃霧も、次第に薄れつつあるようだ。

近づいてみるとそれは、相当に規模の大きな廃墟だった。人の手で破壊されたのか、打ち捨てられて自然に崩落《ほうらく》したのか、柱の礎石と壁の土台だけで聖堂とわかる痕跡を踏み越えるとようやく、唯一建築として形を保っている僧坊の壁に達することができる。元は聖堂から通じていたのだろうアーチをくぐると、そこは正方形の中庭を囲む柱廊《ちゅうろう》だ。

中庭の中央には石製の井戸枠が見え、だがかつては薬草園でも作られていたのだろう地面は石と煉瓦の破片で覆われている。周りを囲んだ柱廊の柱も腰壁も屋根もほとんど崩れ落ちているところを見れば、中庭を埋める瓦礫《がれき》はつまりそれなのだろう。だがこの中庭だけで、ヴィラの平面と同じほどの広さはありそうだ。

京介と蒼は天井の失われた柱廊を歩く。聖堂と接していたはずの一辺は一枚の煉瓦壁。対する向かいの一辺には、元は扉のはまっていたらしい戸口がふたつあったが、その向こうは長方形の広間だったらしいと、これも土台から推測するだけだ。残された二辺には小さな戸口が並び、その内部はベッド一台をおけば後はあまり余地のないほどの狭苦しい小部屋だった。

部屋の数はひとつの辺にそれぞれ二十。扉はほとんどなくなっているが、中を覗くと高い壁にぽつんとひとつずつ開いた明かり取りは、窓というよりは小さな穴で、後は剝き出しの煉瓦の壁と床があるばかりだ。牢獄の独房のような殺風景さ、という点ではこの修道院が運営されていた当時も同様だったろうと思える。

「『薔薇の名前』の映画見たときも、ちょっとこんなふうだったけど、ほんとにこんなところに住んでた人がいたんだねえ……」

回廊の壁に並ぶ戸口を眺めて蒼がつぶやく。

「他のものがなにもないところで、神様のことだけ考えて毎日暮らしてたんだ」

「ああ」

「よくそんなことができたよね。そういうの考えると、昔の人っていまの人間とは全然違うんだなあって思っちゃう」

「そうともいえない」

「どうして？」

「キリスト教の神が完全に力をなくしたわけじゃない。地球人口の三分の一はいまも、旧教新教各派合わせてのキリスト教徒だ。二〇〇〇年の聖年には、全世界から三千万人のカトリック信徒がローマに詣でるだろうといわれている」

「でもさ、日本人だってお正月には初詣《はつもうで》するけど、それだけじゃない。誰もふだんは神様のことなんて考えてないと思うよ。そういうのと、他の全部を捨てて修道女になっちゃうのとは、次元が違いやしない？」

「鋭いな」

京介は笑いながらうなずいてみせる。

「確かにフランスあたりでも、カトリックの幼児洗礼を受けているが、めったに教会には行かないという人間は増えているそうだ。プロテスタントのドイツでも、牧師になろうとする若者が減って困っているという話が新聞に出ていた」

「ふうん──」

「だけど僕にはやっぱり、この五百年千年で人間がそれほど変わったとは思えない。既成宗教が徐々に信徒を減らしつつあるのは事実でも、宗教の担《にな》ってきたさまざまの機能や、神という概念、現実の超越に対する志向を、人間はいまだに必要としているのじゃないかな」

「そうか。変なカルト宗教が流行《はや》ったりするのも、そういうことなのかなあ──」

そんな話をしながら、ふたりは廃墟の回廊を歩き続ける。同じようにうつろな戸口の並んでいる向かい側だが、こちらでは中ほどの三室に扉がついている。といってもそれは古材を寄せ集めてペンキを塗り、蝶番《ちょうつがい》をつけたというだけのしろもので、往時の戸板が残されているわけではなさそうだ。中を覗くと農機具や肥料の袋、古びた旅行カバンなどが放り込まれていて、後から戸をつけて物置代わりに使われているのだろう。

「京介はさ、神を信じる？　ええと、特にキリスト教みたいな神様を」

「——いいや」

「全然？　これっぱかしも？」

「ああ。僕は無神論者だ」

「ふうん……」

「どうした？」

「ちょっと安心したんだ」

蒼のいいたいことがわからなくて、京介は首をひねる。

「ぼくは、たまには神様っているかなあとか、いたらいいなあとか思うけど、それは絶対イエス・キリストとは違うんだ。もっと抽象的っていうか、少なくともそのために人が殺し合ったり、権力になって信じない人間を弾圧したり、処刑するのが正しいような神様じゃない。

だからね、もしも京介の見てる目の先にあるものが、ぼくには全然理解できないそういうものだったら嫌だなって、思っただけ」

「そんなに観念的な人間に見えるかい？」

「いつもじゃないけどね」

回廊の端で足を止めて、蒼は体ごと振り向く。見上げる目が真剣だった。

「だって京介ときどき見ているでしょう。ぼくたちには見えないもの、ここにはないなにかを。そしてそういうときはぼくたちのことも、自分がどこにいるかも忘れちゃって、それしか見えないみたいになるでしょう。違う？」

答えに詰まった。そんなことはない、おまえの思い違いだということは容易い。少なくともいまはまだそれができる。平然と虚偽を口にして、蒼の追及をはぐらかしてしまうことが。しかし——

だが京介が口を開くより早く、蒼の表情が動いた。驚きと緊張。肩越しになにかを見たのだ。とっさに両手を蒼の肩に置きながら振り返る。灰色の濃淡が支配する廃墟の回廊に、一筆のあざやかな色彩が燃え上がっていた。波打つ髪のプラチナ、身に纏《まと》う長いストールの深紅。

「グッド・モーニング、ミスタ・サクライ・アンド・プリティ・ボーイ」

記憶にあるままの金属的な声が聞こえた。京介も英語で答える。

「グッド・モーニング、ミズ・スフィンジェ。お散歩ですか?」

「ええ。ここは私の気に入りのコースなの。ときどきすてきな拾い物もあるし。ほら」

彼女は足元にあったものを、片手で拾い上げてみせる。それは彫刻された大理石の破片。片目と鼻と唇だけの顔が薄く微笑んでいた。

3

それから京介と蒼は糸杉の中を抜けて、スフィンジェのアトリエに案内された。彼女の故国から輸入したものなのか、糸杉の林の中に建てられたアトリエは一棟のログ・ハウスだった。

扉を開けると、外からは二階建てに見える高い小屋裏まですべてが吹き抜けの広々とした空間に、彫りかけの大理石や粘土の塑像《そぞう》、道具類が場所を占め、天窓から落ちる薄明かりがそれらをぼんやりと照らしている。

床の上にいくつとなくころがされている彫刻のかけらは、すべて修道院の廃墟で見つけたものだという。どれもビザンチン風の古拙《こせつ》な趣《おもむき》をたたえた獣や小鳥、植物紋を浮き彫りした柱頭の破片、人の手足の形をしたものも見える。

残されたほんの一隅に、小さなキッチンとテーブル、作りつけのベッドがあり、生活のための調度はそれで全部。簡素という点ではトダーロの小屋と似ていた。
「楽にしてちょうだい。といっても、ご覧の通りなにもないところだけれど。あなたたちコーヒー飲むかしら。イタリア風じゃなくて、ペーパー・フィルターでいれるの」

「ええ、ありがとう」

スフィンジェはこちらに背を向けてキッチンに立っている。蒼はなんとなく落ち着かぬ顔で、それでも好奇心は抑えられないらしく、きょろきょろと目を動かしていたが、

「ね、あれ――」

声をひそめてささやきながら指さしたのは、壁際に立てられた一台のイーゼルだ。画板に止められたデッサン紙に鉛筆の黒一色で描かれているのは、背中合わせに座ったふたりの人物。どちらも髪を長く垂らし、上体を軽くひねってこちらを見ている。

しかしそれはどこか奇妙な絵だった。まずふたりの人物が、男か女かはっきりしない。若く美しい顔だがいずれも謎めいた薄笑いを浮かべ、女性的な青年ともたくましい美女とも見える。衣装は古代風のトーガといった感じで、そこから現れた腕も男とも女ともつかない。しかも上半身だけだ。ポーズも、寄り添っているとも顔を背け合っているとも取れる。背景は真っ黒に塗りつぶされている。

「その絵、おわかりかしら」

マグカップを両手にキッチンから振り向いたスフィンジェが、不意打ちめいて口を開く。

「ジョルジョーネの模写ですか？」

「そう、レイコの絵を写させてもらったのよ。原画は油彩だけれど。タイトルは『仮面をつけた恋人たち』」

知りたそうな顔をしているので、口早に教えてやると、しかし蒼は首を傾げた。

「でも、この人たち仮面はつけていないよ」

それは確かにその通りで、仮面はふたりがそれぞれ手に持っている。いまもヴェネツィアで売られている、謝肉祭《カルナヴァレ》の日には街中に溢れる、鳥のようにくちばしを尖らせた白い仮面だ。日本人なら烏天狗《からすてんぐ》とでも呼びたくなるような形をしている。

彼らはたったいまその仮面を、顔から外したところなのだろうか。しかし目に見える仮面を外したからといって、その人間が素顔を晒《さら》しているとはいえまい。こちらに向いたふたりの『恋人たち』の顔は、笑みも強ばってもうひとつの仮面のようだ。

男とも女とも定かならぬ、愛し合っているともすでに憎み合っているともつかぬ曖昧なふたり。手にした仮面は実は偽のアリバイ、真実の仮面は素顔に張り付いて外すこともできない。そういう絵なのかもしれない。

「なかなか魅力的な作品のようですね」

「そうね。五百年の昔から、恋ほど仮面を必要とするものもないわ」

「恋だけでなく、人間は生きるためには仮面を必要とするものなのではありませんか」

スフィンジェはそれには答えず一口コーヒーを呑み込むと、

「トダーロに会ってきたの？」

急に話題を変えた。いや、むしろ最初から話をそちらに向けるつもりだったのだろう。

「ええ。フジエダ氏に頼まれて、小宮ヒロミが島を出たときのことを確認しに行きました」

「彼はなんていった？」

「レニエール夫人がおっしゃった通りのことを」

「当然ね」

「僕もそう思っていました」

「だったらなぜわざわざ行ったの？」

「頼まれたからです」

「頼まれたらなんでもするの？　日本人同士の連帯感？」

「いいえ。断るのが面倒だったので」

呆れたというようにスフィンジェは大きな肩をすくめる。京介は藤枝から預けられた写真を、取り出してテーブルの上に置いた。

「あなたは、ヒロミ・コミヤのことをどう考えていましたか？」

蒼は英語の会話を、一生懸命聞き取ろうとしている。彼のためにできるだけ明確に、ゆっくりしゃべることにしよう。

「トダーロの話だと、彼女は一週間ほどヴィラに滞在したということでした。その間にはあなたと話をしたこともあったのでは？」

「あの娘は英語は話さなかったわよ」

「ことばをかわさなかったとしても、一週間も間近に見ていれば、なんらかの感想は生まれるのではありませんか。あなたの目から見て、彼女はどういう女性でした？」

「どうしてそんなことを聞くの。それもあの男に頼まれたこと？」

目を見開いて聞き返すスフィンジェに、

「いいえ。ただ、この問題になんらかの解決がつけられるなら、それに越したことはないと思うだけです。僕には関係ないといわれればその通りですが、カミシロ教授はそうは考えないでしょうし、彼を置いて帰国するわけにもいかないので」

スフィンジェはたくましい腰を巡らせて、飲み干したマグカップをシンクに置いた。振り向いた。眉間に苛立《いらだ》たしげな縦皺が刻まれている。肩にかかる髪を荒々しく払いのけながら、

「あなたのいう解決ってなに」

「取り敢えずはフジエダ氏が納得して帰国してくれること、ですね」

「納得しようとしまいと、あの男はもうじき私たちの前から消えるわ。レイコから聞きたいことはもう全部聞いたはずですもの。居残る理由はない。今後どこで彼の恋人が見つかろうと見つかるまいと、私たちにはなんの関わりもないわ」

「しかし、彼はレイコ・レニエールを疑っています。はっきりいってしまえば、ヒロミはいまもこの島に幽閉されているか、あるいはすでに殺されて、どこかに死体が埋められているのではないかと考えています」

「そんな、馬鹿馬鹿しい——」

彼女の瞳が稲妻のようにひかった。

「どうしてレイコがそんなことをしなくてはならないの。冗談ではないわ!」

「しかし彼は彼が物証と信ずるものを見つけてしまったのです。トダーロの小屋のそばにあったビニールシートについていた血痕は、魚の血に過ぎなかったとしても」

「なにがあるというの?」

「ヒロミの使っていた部屋から、彼女のものであるポータブル・ワードプロセッサが見つかりました」

「嘘だわ!」

スフィンジェは鋭く吐き捨てた。

「あの部屋にそんなものはなかった!」

「なぜあなたにそんなことがいえるのですか?」

京介は相手を見つめてゆっくりと反問した。

「徹底的に捜したというわけですか。あるいはヒロミの滞在した痕跡は、あなたの手ですっかり消したはずだった、と」

「そんなことは、私はいっていない」

「ではどういう意味です。家の掃除をするのは、少なくともあなたの役目ではないはずだ」

スフィンジェはテーブルに両手をついて首を前に突き出し、嚙《か》みつかんばかりに京介を凝視する。その向かいに端座《たんざ》したまま、京介は無言で彼女の視線を受け止める。睨み合いから先に目を逸らしたのはスフィンジェの方だった。

「わかったわよ——」

絞り出すような声が伏せた顔から聞こえる。

「でもレイコじゃない。彼女はなにも知らないの。昨日彼女が話したことはすべて真実よ。レイコはヒロミをとても気に入っていたし、ここにずっと住んでくれればいいのにと、私にもいっていたわ」

「しかし、あなたは」

「ええそう、私はあの娘が嫌いだった。だって私にはすぐにわかったもの。裏切られた恋も、傷心の旅も、彼女が口にすることすべてがレイコの同情を引くための演技であるってことが。

それはわかるわよ。私だって女優のはしくれだったんですもの。あんな素人臭い芝居、見ているだけでむかむかしたわ。でもレイコはわかってくれない。私がいくらいっても。

そのまま放っておけば、もっとレイコが傷つけられることになる。だから私が追い出したの。レイコの寝ている内に半分力尽くで連れ出して、トダーロに舟を出させて、島から放り出した。それだけよ。後のことは知らないわ」

「そのことは、フジエダ氏に話してもかまわないのですか？」

「好きにしたら」

スフィンジェは顔を背《そむ》けたまままいい捨てた。

「それであの男が、今度は私がヒロミを殺したとでもいい出しても、別にかまいやしない。レイコを疑うくらいなら私を憎めばいいのよ。そうなっていたとしても不思議はないのだもの。ええ、私はあの娘を殺したかもしれないわ。この手で——」

テーブルの上に彼女の手がある。ルージュと同じあざやかな真紅に塗られた爪は短く、指は長く太い。彫刻家にふさわしい力強い手だ、と京介は思う。さきほども十キロ近くはありそうな彫刻のかけらを、片手で軽々と持ち上げていた。その指がなにかをこらえるように、テーブルの角を掴んでいる。

「さあ、もう行って。そしてお願いだからさっさと消えてちょうだい。私たちをほっておいて欲しいの。レイコがこの島を売るはずがないこともわかったでしょう？」

「そうですね。——蒼、失礼しようか」

ことばの後半は日本語に戻して、椅子から立ち上がる。ドアに向かいかけたとき、背後からスフィンジェの声が追ってきた。

「待って。そのワードプロセッサ、部屋のどこで見つかったの？」

「洋服箪笥の引き出しの底です。底板を外した後のくぼみに入っていた。フジエダ氏がぼくたちを呼んで見せたときは、その状態でした」

「洋服箪笥の、引き出しの底——」

繰り返しながらスフィンジェはゆっくりとかぶりを振る。乱れた髪が獅子のたてがみのように、顔の周囲で揺れた。それきり彼女は京介たちが立ち去るまで、席を立とうともしなかった。

4

ふたりがヴィラの階段を上がって二階に出ると、神代の大声とアントネッラのかん高い声が二重唱になって飛んできた。

「——なんだって？　だからもういっぺん、わけのわかるようにいってみろってんだ。FAX送ったっていわれても、ここですぐ見られるわけじゃねえって、何度いやあわかるんだい。ホテルまで戻るだけで一時間以上かかるんだよ！」

「——桜井サン、蒼、こんな時間からふたりともどこ行ってたのヨ！　どうしようかと思ったワ、こっちは大変なんだから！」

ハーモニーが合っているわけもない、とんだ不協和音。もっとも神代がわめいている相手は、広間の端に置かれた電話だった。

「どうしたの？」

「チョット、こっち来て」

さすがに神代の大声のそばでは、落ち着いて話もできない。アントネッラはふたりの腕を摑んで窓の方へ引っ張っていく。

「ひとつはネ、あの男なの。藤枝が羚子サンにいうのよ。自分の恋人がどうなったのか、はっきりするまではこの島を出ないって。あんたは本当のことをいってないって。そういわれて鈴子サンは泣いて部屋にこもっちゃうし。そんな馬鹿な話があると思う？　あれじゃただの脅迫ヨ！」

そこで今度は蒼が、昨日藤枝が見つけたふたつの証拠の話をする。それからたったいまスフィンジェから聞いた、ヒロミを鈴子夫人にはいわずに追い出したということも。

「そうだったの。だったらワープロなんて証拠でもなんでもないじゃない！」

最初顔を強ばらせていたアントネッラは、スフィンジェの話を聞いて歓声を上げた。頬が紅潮して目が輝いている。

「やっぱりあの人はすごいわ。彼女は鈴子サンの守護天使ヨ。嘘ついて、鈴子サンのやさしい気持ち利用して近づくような人間、それくらいされたって当然だワ！」

「神代さんはさっきから、なにをわめいているんです？」

京介の問いに彼女は表情を改めた。

「エエ、こっちの方がもっと心配なの。鈴子サンが全然知らない内に、島を売る話が進んでいたんでショ？　パパ・ソウが東京に聞いていた返事がやっと来て、でも向こうはすごく怒っているんですって。一方的に契約を破棄するなら、違約金を請求するとか、そんなことで」

「しかし、正式な契約はまだだったはずですよ。だからこの島の建築が提示された値段に相当するかどうか、見てきて欲しいと僕たちがいわれたわけだし、それも大規模な調査ではなく――」

いいながら京介自身改めて、釈然としない話だと思わずにはいられない。いくら不動産の価格は日本と較べればはるかに安いとはいえ、世界的観光都市の目と鼻の先にある土地だ。それなりの金は動くだろう。にしては妙に話が杜撰《ずさん》すぎないか。

「エエ、だからパパも怒ってるでショ。話が違いすぎるって」

アントネッラがそういったとき、急にあたりが静かになった。神代が電話を切ったのだ。そのまま向き直ると、足音も荒くこちらに歩いてくる。こめかみには青筋が浮かび口はへの字、表情は険悪《けんあく》そのものだ。

「だいぶもめていましたね」

「もめてるなんてもんじゃねえよ。おまけに電話がやけに遠くて、よけい腹が煮えちまう。さんざ怒鳴りつけちまった。といっても俺のところにこの話を持ってきた卒業生に、罪があるわけじゃねえんだがな」

そこでふっと声を低め、

「こいつはたぶん悪質な詐欺《さぎ》だ」

「エッ！」

アントネッラは大声を上げかけて、あわてて自分で自分の口を押さえる。

「仮契約書はすでに夫人もサインしているっていうんだ。そいつは日本側に渡ってるってな。日本円にして百万ばかり手金も売ってあると」

「でも、そんなはずないワ。鈴子サンがそんなこと忘れてしまうはずがないもの！」

「だから夫人をカモにした詐欺か罠か、そんなもんだろうって思うのさ。夫人の代理人を称する人間が間に立って、書類を偽造して勝手に話を進めた。そう考えるのが一番理屈に合ってる」

「だったらそんな嘘の契約、なかったことにできるわよネ？」

「だといいんだがな。裁判でもするとなると、解決にはちぃっと時間がかかるかもしれん」

「大変。そんなことになったら、鈴子サン住む場所もなくなってしまうワ。この国で頼れる人なんていないのに——」

「でも、レニエール家ってすごいお金持ちなんでしょ？　旦那さんが死んでても、そんなことになったら助けてくれるんじゃない？」

蒼の疑問は当然だったが、アントネッラはかぶりを振る。

「それは駄目なの。いまレニエール家に残っているのは前の奥さんの子供たちだけで、みんな鈴子サンのこと良く思っていない。遺産相続のときもすごくトラブルがあって、鈴子サンには一リラもあげないみたいなことまでいわれて、だからあの人はミラノを離れてこの島に来たんだもの。パパ・ソウ、お願い。鈴子サンの力になってあげて」

「わかってるさ。ま、こうなっちゃ乗りかかった船だからな。その契約書類を日本からホテルにFAXしたっていうから、俺は一度向こうに行ってくる。それ見てまた東京と話すことになるだろう。少なくとも今夜一晩はあっち泊まりかな。——京介、留守番頼まあ」

「それはかまいませんが、藤枝氏は居残るつもりなんでしょうね」

「首根っこ掴んで舟に放り込むくらい、できないでもないだろうがな。手荒なことはしてくれるなって夫人がいうのさ」

「なるほど——」

「もう、鈴子サンったら！」

「それにな、もしも将来夫人が日本に戻らなきゃならなくなった場合のことを考えると、あの男もマスコミの端くれだ。ことを荒立てないで済みゃあその方がいいだろうよ」

「わかりました。彼にも注意していますから」

予想通り厄介事は拡大中だ、と京介は思う。しかしこうなってしまったからには、ぐちをこぼしていても始まらない。

「アントネッラはどうする。俺といっしょに向こうに戻るか？」

「アラ、もちろん私はここにいるワ。私にだって鈴子サンたちを力づけたり、あの男を見張ったりくらいできるもの」

「蒼は——」

「ぼくも残ったら、駄目ですか？」

駄目だといいたかった。しかし京介にはいえなかった。もういまの蒼を、子供のように頭ごなしに叱りつけて動かすことはできない。帰れというならその理由を説明できなくては。

だがなぜ蒼は帰った方がいいと思うのか、それを明快に論理立てて語ることばが見つからない。強いていうならば、この先も厄介事は拡大する公算が高く、蒼にはそんな場所にいて欲しくない、というそれくらいだ。

（しょーがねえなあ。またおまえの取り越し苦労プラス過保護かよ）

深春ならそういって笑うに違いない。

（まだわかんないのか？　蒼はもう二十歳だ。おまえに守ってもらわなきゃ立ってもいられなかった、十年前とは違うんだぜ——）

彼のいうことの方が正しいのだろう、たぶん。それなら自分は口を閉ざすしかない。

「そうだな。おまえもここまで見てて、後はお帰りじゃ嫌だよな」

「いいじゃない。みんなでいましょうヨ。その方が鈴子サンだってきっと心強いワ」

「あの、でも、ひとつ——」

「なあに。ホテルだったら私が連絡してあげるわヨ。ここ、携帯電話もちゃんと通じるし」

「着替えが欲しいんだけど、あの、下着が……」

それだけいって蒼は真っ赤になった。

その夜は重苦しく陰鬱な空気の内に、のろのろと更《ふ》けていった。

ヴィラの二階にあるダイニング・ルームは、十人分の席のある大テーブルがその中央を占めている。長辺の中央に座った鈴子夫人の左右には、スフィンジェとアントネッラがついた。蒼と京介はその向かいに座り、藤枝はひとり離れて押し黙っている。

彼は京介から話を聞くなりスフィンジェのアトリエに押しかけたが、それ以上なにも聞き出すことはできなかったらしい。その後は、彼のいいようによるなら『さらなる証拠と手がかりを捜して』島中を歩き回ったが、結局成果のないまま疲れ果てて、いまはふてくされた顔のまま座っていた。

家政婦のネリッサが足を引きずるようにして給仕をしている。昨日は顔を見せなかった彼女は、やけに化粧のどぎつい痩せた中年女で、具合が悪いのかこれもひどく不機嫌な顔だ。

神代はいない。彼はやはり一晩向こうに泊まって、明朝こちらへ戻ることになった。その電話によると、日本からは山のようにFAXが届いていて、レイコ・レニエールのサインのある仮契約書が存在していることは嘘でもなんでもない、それだけは確認できた。

それらの書類はイタリア側の代理人から、日本に送られたもので、手金の振り込みも代理人に対してなされている。それが届いたのが、神代がイタリアへ行くことになったのと日にち的に前後していたため、よけいに話が混乱したらしい。だが夫人にサインした覚えがない以上、彼女の代理人を詐称した何者かによる詐欺行為はすでに明白なわけで、早急に弁護士を頼んで善後策を検討すべき状況だというのだ。

しかし羚子夫人が現在の状況をどう考えているのか、外面からその思いを推し量《はか》るのは困難だった。神代からの電話で事態の容易ならざることを聞かされても、表情は放心したように動かない。藤枝に責められたことがよほど心痛だったのか。いつにも増して白い顔を硬くし、ディナーの席についてもものもいわず、ただじっと目を宙に見開いている。料理の皿を前にしても、機械的に手を動かしてほんの二口三口を飲み下すだけだ。それは生きた人間の動作というより、自動人形のぎこちない演技のように見えた。

会話のない座は食事が終わるのと同時に果て、皆は早々にそれぞれの寝室に引き取ってしまう。羚子夫人はスフィンジェとアントネッラに付き添われて二階の居室へ、残りの客たちは三階へ。藤枝がなにかいいたげな視線を向けているのは気づいていたが、京介はそれを無視した。トダーロやスフィンジェから聞いたことは、すでに伝えられる限り伝えてある。それ以上つき合う義務はないはずだ。

さきほど蒼とアントネッラは、神代をヴェネツィアまで送るボートに同乗してブラーノ島に買い物に出た。京介の分も買ってきたからと、手渡された下着に着替えてシャワー室から戻ると、先に済ませた蒼はベッドに腰かけて窓の方を見ている。借り物のバスローブを羽織ったままだ。

「風邪引くぞ、蒼」

声をかけると顔は振り向かぬまま、

「——あのさ、京介。今朝、スフィンジェがいったこと、ほんとだよね？」

「どのことだい？」

「小宮さんを、追い出しただけだってこと」

「それがもしかしたら嘘かもしれない、蒼はそう思うのか？」

「笑わない？」

「笑わないからいってごらん」

「あの人、ぼくちょっと恐いんだ。こんなこといったら悪いけど、血の匂いがするみたいで——」

蒼は肩をすくめてみせたが、顔は少し青ざめていた。

「それとね、変な夢見たんだ。その夢の中にぼくの知らない女の人が出てきて、その顔が血に染まって真っ赤でさ。それが昨日藤枝さんの持ってた写真見たら、あ、この顔だって——」

「いつ見た夢なんだ？」

「一昨日の夜っていうか、昨日の朝っていうか。だからこの島にも来てないし、小宮さんの名前も彼女が失踪《しっそう》したことも聞く前だよ」

「逆に写真を見てから、それを夢の記憶と混同したというわけではないんだね？」

「うん、そのときに思い出したんだ。一昨年先生の研究室で留守番してるときに、先生に取材した後だったんだね、小宮さんが資料やなんか返しにきて、そこでぼく一度だけ彼女の顔は見ている。だから顔を覚えていたことに不思議はないんだけど、なんで二年も前のそれがいきなり一昨日の夢に出てきたのか、わかんないでしょ。

もしかしてあれが予知夢みたいなものなら、あの血の方だって意味があるかもしれない。だから、こんなこと考えたくないけど、もしかしたら小宮さんはって思っちゃったんだ。藤枝さんだって、恋人同士の直感で、やっぱりなにか感じてるのかもしれないしさ……」

ことばの途切れた静寂を、突然けたたましいベルの音が切り裂いた。二階の広間で電話が鳴っているのだ。この建物の中で、電話はそれ一台しかない。すでに夜の十時を回っている。神代からだろうか。しかし時刻が遅くなってからは、夫人を起こしては悪いので、連絡はアントネッラの携帯に入れることになっていたはずだ。

電話はいつまでも鳴り続けている。ヒステリックで暴力的な響きだ。京介が階段を降りたときようやくそれは止んで、受話器を上げるスフィンジェの背中が見えた。ガウンをはおった羚子夫人が、その手から受話器を取る。ふたりは争っているようだ。近づいてはまずいだろうかと階段の出口で足を止めていた京介を、後ろからアントネッラが強引に追い抜いた。

「なにかあったの？——」

問いかけるのをスフィンジェが身振りで静かに、と止める。京介の背後には蒼も、そして藤枝も部屋から降りてきたようだが、誰もがただならぬ空気を感じてその場に足を止めている。

イタリア語で話している夫人の声は、低くてほとんど聞こえない。

「わかりました――」

それが聞こえたのは、夫人が背を伸ばして受話器を握ったままこちらに向き直ったからだ。

「いまからトダーロを迎えにやります。ええ、ですからそれ以上手荒な真似はしないで下さい」

受話器は置かれた。

「なにがあったの、レイコ。いまの声はアルヴィゼ・レニエールだったわ。どうしていまさらあの男を迎えにやったりするの！」

英語で噛みつくように尋ねるスフィンジェに、夫人は弱々しくかぶりを振った。顔が透《す》き通るほど青ざめ、体が小刻みに震えている。だがそれには答えぬまま、外線電話の脇にある白いインタフォンを手にしてプッシュする。

「トダーロ、こんな時間に悪いのだけどトルチェッロのバポレット乗り場まで出迎えに行ってもらえません？　――お客様は、何人かはわかりません。でもその中にレニエール社長がおられます。そうです。ええ、急いでお願い」

それだけいって受話器を置いた。

「レイコ！」

ようやく振り向いたとき、その唇から聞こえたのは、日本語だった。

「しかたないの。あの人、誘拐されて、ボートに乗せられて、いまトルッチェロのそばにいるのですって」

「誘拐――」

「誘拐って……」

「レニエール社長が？――」

アントネッラや蒼、藤枝がそれぞれに驚きの声を上げる。

「銃で脅されている、この島に上陸させなかったら彼を殺す、私がうんというまで、ゆっくり傷つけて殺すって……そんな、恐ろしいこと――」

両手がわななきながら上がって顔を覆う。羚子・レニエールは崩れ落ちるように、床に膝をついていた。

黒衣の男

1

　電話の前の床に座り込んだまま、鈴子夫人は動こうとしない。背後からアントネッラが、緊張した声をかける。

「鈴子サン。いまのうちに警察に電話しましょう」

　しかし夫人はうつむいたまま、かすかにかぶりを振った。

「でもこのままじゃいけないワ。なにが起こるかわからないのに」

「いいえ、それは駄目——」

「通報するなといわれたんですか？」


　京介の問いに、怯《おび》えた子供のようにうなずいた、その顔は青ざめ強《こわ》ばっている。

「警察に連絡したらアルヴィゼを殺すって……」

「——あんな男、殺されてしまってもかまわないのに」

　そうつぶやいたのはスフィンジェだった。

「どうしてトダーロを迎えに行かせたりしたの。あなたは馬鹿よ、レイコ」

　ゆっくりとした英語だったので、蒼にも完全に聞き取れた。夫人がはっと顔を上げる。ふたりの視線が宙でぶつかる。

「あなたがしないなら私がかけるわ！」

「止めて！」

　腕を伸ばすスフィンジェに、夫人は体ごと電話の上に覆い被さる。

「なぜよ、レイコ。あの男はあなたの敵だって、どうしてそれがわからないの？　誘拐だなんて信じられるものですか。どうせ狂言かなにかだわ。電話を貸しなさいったら！」

「いや、いやよ。あなたにだってそんなことさせないっ！」

金切り声を上げてわめき合うふたりのそばで茫然《ぼうぜん》としているアントネッラの袖を、蒼はそっと引っ張った。夫人には聞こえないように声をひそめて、

「携帯電話あるんでしょ？　やっぱりかけた方がいいよ、警察と、神代先生のところ」

いくらかけるなと脅されたからといって、なにもそれを鵜呑《うの》みにすることはない。もちろんトダーロが戻るより早く警察が駆けつけてくれるとは思えないが、手をこまねいているよりは増しだろう。京介に視線をやると、そうしろというようにうなずいている。藤枝はなにか考え込んでいる顔だが、彼のことはどうでもいい。

「その誘拐された人って、羚子さんとはどういう関係なの？」

アントネッラとふたり階段を上がりながら尋ねた。蒼には初めて聞く名前だ。

「エエト、日本語でいうと義理の息子？　死んだ夫の、死んだ前の奥さんとの、子供」

「そうか、血は繋がっていないんだね。でも、なんでスフィンジェはあんなことをいったんだろう」

「それは、私も彼女のことばが正しいと思うワ」

「え、だって、いくら血が繋がっていなくたって、殺されてもいいなんてひどくない？」

驚いて聞き返す蒼に、アントネッラはきつく眉を寄せていい返す。

「ひどいかもしれないけど、その人も羚子サンにいろいろひどいことしているのヨ。だから羚子サンはひとりでこの島に来たんじゃない」

「だけど、少なくとも羚子さん自身はそんなふうには考えてないみたいだけどな──」

アントネッラの寝室に着いたので、話はそこまでになった。しかし頼みの彼女の携帯が、何度やってもうまく繋がらない。

「やっぱりここまで来ると、電波の状態がよくないみたい。外に出てやってみるワ」

「じゃあぼくも行くよ」

だが着替えをしたふたりがまた二階まで降りたとき、玄関扉のノッカーを打ち鳴らす音が殷々としてヴィラの内に響いた。ついで、鍵のかけていない扉がきしみながら開く音。蒼もアントネッラも、申し合わせたように声を呑み、足を止める。その音がひどく不吉なものに聞こえたのは、こんな状況だったからだろうか。

鈴子夫人が立ち上がっていた。目は大きく前に見開いたまま、無意識のように手が乱れた髪を直し、ずり落ちかけたストールの襞を整える。

「レイコ――」

スフィンジェが引き止めるように伸ばした腕をすり抜け、階段へ向かって歩き出した。表情はすでに見えない。しかしその足取りは、さっきまでの取り乱しようが信じられぬほどのすべらかさだ。スフィンジェやアントネッラ、そして蒼と京介、藤枝も、女王に従う侍女や従者のように、その後について歩き出している。

玄関から庭に抜ける一階の通り広間に、三つの人影があった。その真ん中にいるのがアルヴィゼ・レニエールだろう、と蒼は思う。顔も体つきも、堂々たる、という形容詞が過不足なく当てはまるタイプだ。短く刈った髪と髭のかたちは、ショーン・コネリーと似ているかもしれない。だがいまその片頬は腫《は》れ上がり、唇の端には血が固まっている。そしてトレンチコートの右腕はだらりと垂れて、手の甲まで真っ赤に染まっていた。

「アルヴィーゼ！」

夫人が声を上げながら、小走りに前へ出る。

「レイコ――」

呼ばれた彼も垂れていた顔を上げた。しかしそのとき左右の背後から、黒ずくめの影がすべり出て前に立ちふさがった。

彼らの姿は、こんな場合でなかったら滑稽《こっけい》に感じてしまったかもしれない。アルペンスキーの選手のような上下一続きのウェア、それも黒一色の服で頭から脚、顎までも包んでいる。顔には仮面、どこか日本の伎《ぎ》楽面《がくめん》を思わせる、額や頬、鼻の高く突き出た仮面をつけ、地に伸びる影法師がそのまま立ち上がったとでもいった格好だ。

ふたり並んでいても、背丈や体つき以外では見分けようがない。とはいっても、ひとりはアルヴィゼ・レニエールとあまり変わらぬ長身で、もうひとりはそれよりずっと低く腹が突き出ているので、見間違うことはなさそうだった。

その、蒼が頭の中で取り敢えず『チビデブ』と呼んだ方がさらに一歩前に進み出ると、右手を胸に当て、左腕を黒い手袋で包まれた指先までぴんと伸ばして、芝居じみた仕草で恭《うやうや》しく一礼する。

「ブォナ・セーラ、シニョーラ・レニエール。初めまして。お噂《うわさ》はかねがねうかがっておりました。このようなかたちにせよ、お目にかかれて嬉しく存じますよ」

ふざけたようなかん高い作り声が、黒い仮面の下から聞こえてくる。ブォナ・セーラ以外のイタリア語は蒼にはわからない。だがことばの表面的な意味はどうであれ、そこにこめられているのが礼儀とも敬意ともほど遠いものである、ということだけは感じられた。

「あまり、動かない方がいい」

京介の声が耳元にささやく。手は後ろから蒼の肩を摑んでいる。

「え？——」

「ふたりとも、ピストルらしいものを持っている」

いわれて初めてそこまで目がいった。チビデブの手は空だが、腰のベルトにはホルスターがある。そしてその背後でアルヴィゼに体を寄せたもうひとりは、確かに鈍くひかる銃口を彼に向けていた。

（本物のピストル……）

蒼は音を立てないように息を呑み込んだ。いまごろになって初めて、じわじわと恐怖めいたものが湧《わ》いてくる。平和ボケした日本とは違う。これはテレビドラマじゃない。いくら冗談の仮装みたいな格好をしていても、本気なんだ、こいつら。

しかしそのとき、立ち止まっていた羚子夫人がもう一歩前に出た。

「あなたは、どなた」

声は硬かったが震えてはいない。両手をきっちり腰の前に組み、細い首をまっすぐに立てて相手を見据えている。小柄な肢体に満ちる凛《りん》とした気迫は、後ろ姿からさえ感じられた。

チビデブはそれをどう見たのか、いっそう耳障《みみざわ》りな作り声を張り上げる。

「名乗れとおっしゃる。よろしい。やはり名前がないのは不便でしょうからな。ではどうか、私のことはバンデネーレとでもお呼び下さい。ご覧の通り、名は体を表しております」

「『黒服《バンデ・ネーレ》』ですって。なによ、それ。ファシスト、それともマフィア？」

銃の存在に気づいているのかいないのか。臆する色もなく嚙みついたアントネッラに、黒い仮面の男は笑う。

「これはお美しいシニョリーナ。心外な、と申し上げたいところだが、思いたければどうぞお好きにお思い下さい。あいにく私は己れの思想信条を、皆様に押しつけるつもりはありませんのでね」

「へえ、じゃなんのためにこんな時間に押しかけてきたっていうつもり？」

「それはこれから申し上げますので、しばし口を閉じていただけますか。私はこちらのシニョーラに、ちょっとしたお願いごとがあるのですよ」

「わかりました、うかがいましょう」

羚子夫人の口調はきっぱりとして揺るぎない。

「でもその前にアルヴィゼの傷の手当をさせていただきたいですわ」

「——はは、これはこれは」

バンデネーレは興がったようだった。

「なるほど、おやさしいことだ。勇気もおありになる。シニョーレ・レニエールがあなたのことを思い切れぬのも、無理からぬというものですな。そしてあなたの方もやはり、彼を憎からず思っておいでなのですかな。

だがシニョーラ、なにとぞご安心下さい。彼の右腕はほんのかすり傷です。他にも顔などが少々腫れていますが、これも一晩寝れば治る程度だ。どうか我々を恨まないでいただきたい。それというのも社長が、なかなかあなたに電話して下さらなかったからなのです」

「すまない、レイコ」

口の中を切っているらしい。アルヴィゼ・レニエールは目を伏せたままつぶやく。

「こんなかたちで君に迷惑をかけることになるとは、思いもよらなかった。私は——」

「無理にしゃべらないで、アルヴィゼ」

夫人は彼の方に歩み寄ろうとしたが、仮面の男がその間に割って入った。

「どうかシニョーラ、おふたりで語り合うのはしばし我慢していただき、その前に私の願いごとを聞いて下さいますか？　もしも叶えていただけるなら、我々は直ちにこの島から去ることができます。これ以上ご迷惑をおかけすることはありません。

ああもちろんそのときは、シニョーレの傷の手当も済ませて行きましょう。後はしばらくどこへも連絡などせずに、私どもが立ち去れるだけの時間をいただければいい。そうですな、せめて半日ほどは。いかがですか？」

「結構です。私が持っているものなら、この島以外なんでもさしあげますわ」

「それはありがたい」

バンデネーレはふたたびあの芝居じみた礼をしてみせた。

「ではどうかシニョーラ、ご所蔵のジョルジョーネを頂戴したい。あなたが亡くなられたご主人から贈られたという油彩画、『仮面をつけた恋人たち』はどこに保管しておられますか？」

すっと息を呑む音が聞こえたきり、鈴子・レニエールは答えない。身動きひとつせぬまま、その場に立ち尽くしている。

「シニョーラ？」

「──あの、絵は」

かすれた声がようやく聞こえた。

「あれは、もうありません──」

「困りますね、シニョーラ。そのような嘘をいわれては」

「いいえ、本当です。確かに一度はこの島まで持ってきましたが、贋作《がんさく》だとわかったので燃やしました。そこの庭で火にくべてしまいました。だからもうないのです、『仮面をつけた恋人たち』は──」

2

「シニョーラ。そんなことを私に信じろとおっしゃるのですか！」

バンデネーレは声を張り上げた。

「失礼ですが私はいささか失望いたしましたよ。社長の身を案じておられたのは、ご本心ではなかったのですか。そんな見え透いたいい訳をなさるとは、いくら私どもが礼儀知らずの闖入者《ちんにゅうしゃ》だとしても、あまりな仕打ちではありませんか？」

「嘘でもいい訳でもございません。それが事実なのですから」

仮面の顔を正面から見据えて、夫人はきっぱりと首を振る。

「ではお尋ねいたしますがね、あなたがこの島に移住されて早々、フィレンツェから絵画修復の技術者を招かれたのはなんのためですか。その人物はずいぶん長いことこちらに逗留《とうりゅう》されていた。鑑定家ではない、修復者ですよ。彼はなんのためにここへ来たのです？　ジョルジョーネの『恋人たち』以外、そうした専門家の手を借りる必要のある絵がここにありますか？」

「よく、ご存じでいらっしゃいますのね」

「これでも調べられるだけのことは、調べてまいりましたのでね」

バンデネーレはせせら笑った。

「ごまかそうとされても無駄です」

「ごまかしではありません。その絵はミラノの家の地下室に長いこと放置されていて、ひどく汚れておりましたの。夫がそうした扱いをしていたことからしても、ジョルジョーネの真作であるとは思えませんでしょう。念のために洗滌《せんじょう》してもらいましたが、やはり明らかに後世の作ということでした」

「しかしそれをジョルジョーネだと判断されたのは、大学におられた当時のあなただったのでは？」

「ええ。ですから私は已れの不明を恥じて学問の場を去ったのですわ。あれが贋作であることは、すでに私の師であった教授が鑑定済みだったのです」

「おや、いまさらお隠しになられることはありませんよ。教授はその絵が真のジョルジョーネであることは百も承知で、贋作だといい張ったのではありませんか？」

鈴子夫人は、ふたたび音立てて息を吸った。

「――なぜ、そんなことをおっしゃるの」

「私が聞いた話だと、教授はあなたを女性として求めていた。しかしあなたはそれに応えなかった。その腹いせに彼はあなたに汚名を着せたのだと」

「まあ、そんな、馬鹿な！――」

夫人は突然神経質な声で笑い出す。

「根も葉もないお話ですわ。私の指導教授はそんな卑劣《ひれつ》な人間ではございませんでした。いったいどこでそんな話を聞かれたのです？」

バンデネーレはそれには答えず、

「では、どうあっても絵は贋作だと？」

「そうです」

「しかしなんの価値もない絵を、ご主人がわざわざ奥様に遺贈されますか？」

「それは、私たちが結婚するきっかけとなったものですから」

「なるほど。では贋作でも結構です。私はそれをいただいてまいりましょう」

「ですから、それは焼いてしまったのです」

「おお、シニョーラ」

バンデネーレは仮面の口元に手を当てて、わざとらしく笑ってみせる。

「価値はなくともご主人との記念の品を、惜しげもなく焼いてしまわれたというのですか？」

「ええ、そうです——」

「シニョーラ、そんなことを信ずるくらいなら、あなたが口から出任せをいっておられるという方が、ずっと信じやすいというものです」

夫人はもはや答えない。目を伏せて口を引き結んでいる。バンデネーレはまくし立てた。

「それはもちろん手放すのはお嫌でしょう。いくら金を積まれても売る気のないものを、いきなり只でよこせといわれれば腹もお立ちでしょう。しかしそこはひとつ諦めていただくしかない。この世にはいろいろと、思いがけぬ不幸というやつがあるものでしてね。

あなたにしてもかつては大金持ちのご主人に見初《みそ》められて、たんまり楽しい目もごらんになったに違いない。この程度の損害は仕方ないとお思いなさい。考えようによっちゃあ、あなたのお手元で死蔵されている絵一枚で、大切なお人の命が買えるんです。そう思ってここはひとつ、素直に聞いちゃあもらえませんかね——」

しかし夫人はひたすら押し黙っている。バンデネーレはついに、処置なしだとでもいうように肩をすくめて開いた両手を上げた。

「そうですか。だったら仕方ない。だがいいですか、シニョーラ。これから起こることは私のせいじゃありませんからね」

そのことばが合図のように、玄関の扉が外から押し開かれた。同時にその真向かいの、庭側の扉も開かれる。玄関から入ってきたのは五人の、バンデネーレと同じ黒ずくめに黒い仮面。彼らもそれぞれ手には拳銃らしいものを構えている。

「どうぞ、庭側のロッジアにお出ましになって下さい。いささか寒いことでしょうが、なに、そう長い時間じゃありませんから」

銃口に押されるようにして庭側に出る。木立に囲まれた芝生の庭に面して、四本のコリント円柱に支えられた吹き抜けのロッジアだ。庭側にも五人同じ黒ずくめが銃を構えてい、柱の陰には、

「お、奥様……」

料理女のネリッサまでが、寝間着の上にコートを羽織《はお》った姿で震えていた。だが、右腕を左手で押さえてよろよろと歩いてきたアルヴィゼ・レニエールは、ヴィラの窓明かりにわずかに照らされた芝の庭を眺めて声を上げた。

「マッシモ——」

芝の上に小さく円を描いて立つ黒い賊たちの足元に、男がひとりひざまずかされている。両手を後ろ手にくくられた、スーツ姿の。

黒い仮面の顔が一斉に上がった。ロッジアに出てきたバンデネーレを見た。彼の手袋に包まれた右手が、軽く上がって親指を立てる。それを合図に、ひざまずいていた男の鼻先に銃口が突きつけられた。

「立て」

バンデネーレの金切り声。びくんと、垂れていた顔が上がる。

「走れ」

それでも彼はまだ膝を地につけたまま、ぽかんと目を見開いている。自分の身になにが起ころうとしているのか、理解できないようだった。

「走れば、逃げられるかもしれない」

あっという声が男の口をもれ、次の瞬間彼はバネ仕掛けの人形のように跳ね上がった。縛られたままの腕を振りながら、地を蹴って走り出した。暗い木立に向かって。あと少しでその後ろ姿は闇に消えそうになる。だが——

夜の底に何発もの銃声と、恐怖の叫びが交錯した。少し遅れて重い物が地に倒れる、ドサッという音。そしてふたたび静寂が戻る。窓明かりを背にしたロッジアからは、地に倒れて動かない影はもう人間のようには見えない。

「——済んだようですな」

バンデネーレの作り声が、暗い笑いをふくんで流れる。

(死ん、だ?……)

蒼は思わず両手で、自分の両腕を握りしめている。声を上げるまいと嚙みしめた歯が、音立てて鳴っていた。まるでドラマみたいに非現実的だと思うのも、見せられたものをそのまま信じたくないからだろうか。

(殺され、た——)

他殺死体を見たことはある。だがこんなふうに目の前で、人が殺されるのを見たことはない。少なくとも、蒼が蒼になってからは。それもこんな、殺人というよりは処刑だ。いまも耳の中で鳴り続ける銃声。胃の底から吐き気がこみ上げてくる。

「ご覧の通り、人間の体というのは意外にもろいものです。撃ってもさして反動のない小口径の銃弾といえども、しかるべき場所に当たれば速《すみ》やかに命を奪うことができる。ご安心下さい、私の部下の腕は確かです。彼はさして苦しまなかったはずだ。

遺体の始末の方もご心配なく。このラグーナの泥は、どんな土地より効率よく生き物の体を分解してくれます。海底に棲《す》む豊富な甲殻類《こうかくるい》のおかげでしょうな。ですがその前に、命果てるまで主に忠実であった社長秘書マッシモ・ヴィスカルディ氏の絶命を確認されたい方はおられますか？」

「や、めて……」

かすれた悲鳴をもらしたのは鈴子夫人だった。

「止めて、お願い――」

両手で顔を覆ってふらふらと倒れかかる、その体をスフィンジェが胸に抱き留める。

「人殺しめ」

アルヴィゼ・レニエールがしわがれた声を放った。だがその顔は青ざめ、柱に背をもたせてようやく立っている。

「なぜマッシモを殺さねばならない。我々はこの通り、誰も抵抗してはいない。無意味な殺戮《さつりく》だ。楽しんでいるならおまえは狂人だ」

「まったくです、シニョーレ・レニエール。私も血を流すのは嫌いだ。しかしそれはあなたも悪いのですよ。抵抗していないといわれるが、最初はそうではなかった。あなたの秘書に携帯電話で警察へ連絡させようなどとなさった」

「だが、できなかった――」

「そうです、幸いなことにね。だからこそ私にはまだ、落ち着いていられるだけの余裕がある。これは警告です。あなたがたが二度とそのようなことを考えられぬように。おわかりですな？」

「いい加減にして、この悪魔！」

アントネッラが叫んだ。両手を腰に固く握りしめ、その腕から肩がぶるぶると震えている。

「いったいなんのつもり。いくらジョルジョーネだからってただの絵じゃないの。それをこんなことして、ただで済むと思ってるなら、あんたがたは正気じゃないわ！」

「いけませんな、美しいシニョリーナ。あなたのような方がそう興奮されては」

男は世にも楽しげな高笑いを響かせる。だが彼がいま、どんな表情でいるのかはわからない。奇怪な作り声がもれてくるのは、黒く塗られた仮面の下からだ。

「我々のつもりはすでに申し上げました。その目的が達成されたら、たとえお引き留めいただいても直《ただ》ちに失礼しますとも。ではシニョーラ・レニエール、もう一度お尋ねいたします」

　スフィンジェの胸に顔を押しつけていた夫人の、肩がびくりと震える。

「どうかこちらを向いて下さい、シニョーラ」

「ノ！」

　仮面を正面から睨み据えて、短く叫んだのはスフィンジェ。

「ノーッ！」

　しかし夫人は両手で彼女の腕にすがりついたまま、ようやく顔を上げ振り返った。そこにはさっきまでの気丈さはもはや残されていない。頬は涙に濡れ、唇はゆがんでいる。バンデネーレはまたあの片手を胸に当てる、芝居がかった礼をしてみせた。

「タンテ・グラーチェ、シニョーラ。では今度こそよいお返事をいただきたいものですね。ジョルジョーネはどこにあります？」

　だが夫人はふたたびかぶりを振った。

「ありません……」

　消え入りそうな声が答える。

「同じことです、何度お尋ねになっても──」

　今度黙したのは仮面の男の方だった。穴の中から見つめていた目がふいとそらされる。無言のまま肩をそびやかし、大股にロッジアから庭へ出ていく。表情は見えなくともその足取りだけで、彼が苛立っているのは感じられた。

「何度お尋ねになっても！」

　バンデネーレは吐き捨てた。作り声を忘れかけたように、声音が低くなってきている。

「何度お尋ねになってもねえ。ああそうですか、シニョーラ。するとあなたはこれから、ここにいる人間がひとりずつ殺されていっても、そうやってメソメソしながらやっぱり、ありません──とお答えになるんですかね。

亡くなったご主人の思い出がそんなにも大切ですか。人の命にも換えられませんか。だったらいっそ試してみますかね。あなたがあとどれくらい辛抱できるか！」

黒い仮面が庭からロッジアへくるっと向き直った途端、柱の陰から鶏を絞め殺すような悲鳴が起こった。

「——止めて、止めて下さいよ。あたしはなにも知らない。あたしなんか殺したって、なんにもなりゃしないんだから！」

ネリッサがわなわなと身を震わせている。目が大きく引き剝かれ、寝ているときでも化粧を落とさないのだろうか、真っ赤な唇の端から唾液が泡になって滴《したた》り落ちている。

「助けて、助けてえ——」

彼女は突然柱の陰を飛び出し、庭に走り出た。両手で長い寝間着の裾を摑み、痩せたすねを露《あら》わにして。バンデネーレは驚く様子もなかった。武器を手にして庭に立っている彼の仲間も、平然と駆けていく料理女の背を見送っている。

だが彼女がマッシモの倒れているところまでも着かぬうちに、仮面の男はゆっくりと右手を上げた。

「殺《や》れ」

「止めて！」

羚子夫人の悲鳴に複数の銃声がかぶさる。明かりの薄らぐ芝生のへり近く、なおも走り続けようとする姿勢の途中で、無理やり宙に釘付けされたとでもいうように立ちすくんでいる女の背。だがやがて膝が折れ、腰が曲がり、それはいまゆっくりとうつぶせに倒れた。

「おわかりになられましたか、シニョーラ。これが私のやり方だ。あなたが強情を張るのはご自由だが、それで私が諦めて引き下がるだろうなんて期待してもらっちゃ困ります。幸い今夜はお客さんも多いようだ。お望みならこうしておひとりずつ、天に帰してさしあげてもいいんです。

いくらジョルジョーネが貴重なものでも、これだけの人間の命より大事だなんてことはないでしょうが。レニエール社長を切り刻むと申し上げただけで私たちの訪問を許してくださったおやさしいあなたが、ご自分の宝物のためにこれ以上人が死ぬのを見ていられますか？——」

蒼は今度こそ両手で口を押さえていた。そこからほとばしろうとしているのは、悲鳴なのか胃液なのか自分でもわからない。ただ猛烈な生理的不快感。嫌悪とおぞましさ。足元から深淵《しんえん》に引きずり込まれるような感覚。それはこれ以上なにも見たくないという、逃避の衝動なのかもしれない——

ふらふらと後ずさりしかけた蒼の背は、しかしすぐにぶつかった。京介の胸だ。蒼はよりかかったまま目を上げる。すぐそこに彼の顔がある。京介はまっすぐに前を向いていた。眼鏡の中の目は、臆するところなく眼前に展開された惨劇を見つめて、白い顔には恐怖も嫌悪もどんな表情も浮かんでいない。アラバスター大理石に刻んだ精巧な仮面のような、生身の人間というには美しすぎる顔。指で触れればぬくもりよりも、鉱物の硬さと冷たさを感じそうな気がする。

どうして彼はこうも平静に、こんな場面を凝視できるのだろう。蒼は茫然と目を見開く。とても理解できない。かけるべきことばさえ思い浮かばない。誰よりもよく知っているはずの京介が、突然見知らぬ別人に変わってしまったようだ。

だが次の瞬間、蒼は別の理由で悲鳴を上げそうになった。隣に立っていたアントネッラから、くぐもったベルのような音が聞こえたのだ。どこかで聞いた音だと思うより早く、京介が彼女のコートのポケットに手を突っ込む。ああそうか、携帯電話の着信音だ。

庭先の銃口が一斉にこちらを向く。

「切れ！」

バンデネーレの叫び。ことばはわからなくとも、なんといっているかはわかりすぎるほどわかる。アントネッラを背に押しやりながら、京介は一歩前に出た。左手が眼鏡を外して胸のポケットに入れる。右手には彼女の携帯。コール音は消えたがそれは通話のボタンを押したからだ。声が聞こえる。『おい、聞こえねえのか、アントネッラ、プロント?』日本語だ。神代教授の声だ。

「切れといっているんだ!」

わめいたバンデネーレが駆け寄ってきた。その手には無論拳銃。危ない。蒼は跳びだそうとしてアントネッラに腕を摑まれる。京介は依然無言のまま、仮面の男を真っ直ぐに見つめている。

バンデネーレは京介の手から電話をもぎ取ると、力任せに足元の敷石に叩きつけ踏みにじった。

「おまえのか」

京介は答えずに相手を見返す。

「おまえの電話か、ジャポネーゼ!」

京介の空になった右手がゆっくりと前髪を搔き上げた。

「——作り声を忘れているぞ」

答えた唇は薄く微笑んでいる。男は凶暴なうなり声を放つと、突然手にしていた銃を振りかぶり、彼のこめかみに叩きつけた。

3

その夜。羚子・レニエールとアルヴィゼ、スフィンジェ、アントネッラ、蒼と京介、そして藤枝の七人は、ヴィラの一階にある普段は使われていないらしい空き部屋に詰め込まれて一晩を過ごした。扉は鍵がかけられ、外には武器を持った監視役がいる。階上からは室内を家捜ししているらしい物音が、しきりと伝わってくる。

アルヴィゼ・レニエールの右腕は、バンデネーレが部下に命じて手当をさせた。包帯でぐるぐる巻きにした上に三角巾で吊った腕を抱えた彼には、羚子夫人が気遣わしげな表情で寄り添っている。

日本間に直せば十畳以上はありそうな部屋だから、狭苦しいということはない。しかし敷物ひとつない剝き出しの床からは、立っているだけで冷気が這い上ってくる。

アルヴィゼの手当はさせたバンデネーレは、京介のことは無視すると決めたらしい。手当どころか彼はおまけのように、倒れた京介の腹と頭を靴の先で二度三度蹴りつけた。蒼とアントネッラが体ごと間にわりこんで、ようやく止めたのだ。

いま京介は部屋の隅で、体を丸めて目をつぶっている。切れたこめかみにはアントネッラから借りたハンカチを当てて。脱いだコートを丸めて枕に貸す以外、蒼にはどうすることもできない。

扉が閉ざされようとしたとき、驚いたことにいきなり藤枝が騒ぎ出した。あまりうまくない英語で、ここで寝ろというなら寝具をよこせとか、そんなことをいっているようだ。

「怪我人なんだ。せめてレイコ夫人とレニエール氏の分ぐらいよこしたらどうなんだ！」

バンデネーレはうんざりしたとでもいうように肩をすくめ、それでも三階の客室から持ち出してきたらしい毛布を何枚か、部下に運び込ませた。藤枝は手柄顔で、それを早速夫人のところへ持っていく。ずいぶん親切だな、と蒼は思った。

「毛布、こちらにももらえますか」

「君は遠慮してくれないか。女性と年輩者優先ということにしようじゃないか」

いわれてむっとしていい返す。

「ぼくはいいです。でも、京介にせめて一枚使わせて下さい」

藤枝がなにかいうより早く、スフィンジェが蒼の手に毛布を渡した。

「使いなさい。私はいらない」

結局横になった京介をその毛布でくるんで、蒼とアントネッラはもう一枚をふたりで背中にかけて壁にもたれた。反対側の壁にはスフィンジェがひとり離れて座り、アルヴィゼ・レニエールと鈴子夫人、そして藤枝がその前にしゃがみこんで、なにやらしきりと話しかけている。

京介の寝顔を見下ろして、

「ひどい傷。痕が残らないといいんだけど……」

アントネッラが小さな声でつぶやいた。

「あのとき桜井サン、私のことかばってくれたのよネ」

「うん――」

「びっくりしてしまって、どうしていいかわからなかったの。彼が出てくれなかったら、私が殴られてこうなっていたかもしれない。いいえ、もしかしたら撃ち殺されていたかも――」

ぶるっと肩を震わせる。

「恐いの？」

「それは、恐いわヨ、トッテモ」

「ぼくなんか最初から口もきけなかった。君はすごく勇敢だなって思ってたのに」

「違うワ。あんなことしてもなんにもならない。かえって相手を怒らせたり、調子に乗らせたりするだけだってわかっているのに、恐くて黙っていられなかった。それだけ――」

でもそれなら京介だって、ずいぶんとバンデネーレを挑発していなかったろうか、と蒼は思う。もちろんあのときは神代教授に少しでも長くこちらの話し声を聞かせて、異常を悟ってもらう必要はあっただろう。それにしても、なぜあんなことをいったのかわからない。イタリア語だったけれど、意味はアントネッラから聞いた。

――作り声を忘れている。

仮面で顔は隠せても地声を聞けばわかる。つまりバンデネーレは、これまでに京介と素顔で会っている人間だということだろうか。だがいくらそのことに気づいたからといって、口に出していう必要があるはずはない。ほとんど自殺行為だ。撃たれなかったことがいっそ不思議に思えてしまう。

「ねえ、蒼。パパ・ソウがきっと、あの後警察に電話してくれたわよネ。もうこれ以上誰も殺されたりしないで、私たち助かるわよネ」

「うん――」

アントネッラのことばに機械的にうなずきながら、蒼は自分の考えを追い続けている。京介はなぜあんなことをいったのだろう。無論動揺して我を忘れていたわけではない。その寸前、ネリッサが撃ち殺されるのを顔色ひとつ変えずに見つめていた、冷静すぎるほど冷静な表情がなによりの証拠だ。落ち着いてみればいまさら驚くようなことではない。京介という人間は冷静であっても決して冷酷ではないことを、蒼も理解しているつもりだ。

でも、それならなぜ。

(わからないなあ――)

ため息が出た。せめて自分に京介と同じくらいの頭があったらいいのに、と蒼は思う。そうすればいちいち説明されなくても彼の考えていることがわかって、こんなにいろいろ悩んだり、彼ひとりを危険な目に遭わせなくとも済むだろうに。

アントネッラも膝の上に顔を伏せ、いつか部屋の中は話し声も絶えている。いや、まだひそひそと聞こえるのは藤枝の声だ。日本語、ということは羚子夫人に話しかけているのだろうか。

「……ヒロミのことはもう、忘れることにしたいと思います……」

耳に届いた断片的なことばに蒼は驚いた。

「……たぶん彼女は、私を裏切って……」

「……考えても仕方ないことだと……」

そんなこともいっている。このままではヒロミが浮かばれない――京介に向かって、泣かんばかりの顔でそんなことをいったのはつい昨晩なのに、ずいぶんあっさりと気持ちを切り替えられるものだ。変な勘ぐりはしたくないけれど、アントネッラがいった通り、彼にとって恋人を捜すのはただの口実でしかなかったんだろうか。

いきなり毛布を要求したりしたのも、鈴子夫人とレニエール社長の歓心を買うためだと取れなくもない。局面が変化したから方針を転換して、今度は彼らに接近を図っているとか。こんな男のために必死になって特ダネを取ろうとしたのだとしたら、小宮ヒロミはそれこそ浮かばれないだろう。

目の隅で京介が身じろぎする。蒼は片手に体重を移してそっと顔を覗き込んだ。こめかみの傷は乾いたようだが、拭《ぬぐ》い切れぬまま左の頬にこびりついた血の痕が痛々しい。だがそれを除いては静かな、むしろ静かすぎる寝顔だ。息をしているのかどうか心配になるような。

その目は閉じたまま、唇が『あ・お』と動いた。見間違いじゃない。もちろん寝言でもない。ほらまた。

『あした・ぼくは・じゅうびょうだ』

(え、どうして？　油断させといてなにかする気なんだね。それじゃぼくは？　ぼくはなにかすることないの？)

聞きたくとも京介は目を開けない。かといって声を出すわけにもいかない。蒼はむくれた。怪我してるのはほんとだから、つねってやることもできないじゃないかっ。

その翌朝はこれまで蒼が経験した中でも、最悪といっていい目覚めだったかもしれない。暖房ひとつない部屋でわずかにまどろんだところを、バンデネーレに叩き起こされた。結露して曇ったガラス窓から射し込む薄明かりで、朝らしいということだけはわかる。

冷え切った体が痛い。睡眠不足のためだろう、みんなぼうっとした顔をしている。恐れよりも疲労感の方が強く、頭が麻痺《まひ》したようになっているのだ。しかし疲れているのは、仮面の男たちも同様のようだった。そういえば階上からはほとんど一晩中、家具を引きずるような騒音が聞こえていた。

「ヴィラの中はすっかり捜させてもらいましたよ、シニョーラ。特にあなたのお部屋はそれこそ壁紙まで剝がしました。しかし見つからんのです。そろそろいい加減に、強情を張るのは止めていただけませんか?」

「そうおっしゃられても、私にはどうしようもありませんわ……」

　羚子夫人は乱れた髪の頭を深くうなだれて、もはや顔を上げようともしない。

「信じられぬとおっしゃるなら、私をどうとでもして下さい。ないものはないんです――」

「レイコ」

　後ろから声をかけたのは、横になっていた上体を起こしたアルヴィゼだ。

「元はといえば私が悪いのだ。この償《つぐな》いはきっとする。だからそんなことはいわないでくれ。私には君の命の方が大切だ」

　夫人は彼の方を振り向き、その手を握らせるままにする。しかしなにもいわない。迷っているのかもしれない。

「頼む、レイコ。命を粗末にしないでくれ」

「――考えさせて下さい……」

　夫人はつぶやいた。

「本当に、嘘はいっていません。でも、少し考えさせて――」

　絵を渡せば出ていくという、それが本当とは限らないんだと蒼は思う。昨日の夜、ふたりをためらいも見せずに殺したやつらだ。こんなにたくさんの目撃者を残して逃亡するよりも、いっそ全員を片づけてと考えはしないだろうか。

　だとしたら、夫人がああして答えを引き延ばしているのが一番賢明な態度かもしれない。アントネッラがいった通り、神代教授が警察に連絡してくれたなら、きっともうじき駆けつけてくれる。標識のないラグーナは容易に航行できないという話だったけれど、夜も明けたし、警察なんだから――

「仕方がない。それなら私たちはもうしばらく宝捜しごっこを続けねばならん、というわけですか。まったく、これほど手間をかけさせられるとは思ってもみませんでしたよ」

バンデネーレの声がとがっている。慇懃《いんぎん》な口調はそのままでも、昨夜の悪ふざけめいた余裕はすでになくなっているようだ。

「ただここに閉じこもっているのも退屈でしょう。あなたがたにも手伝っていただきましょうか。私のことばがわからない人がいる？　では日本語の堪能なシニョリーナ、通訳をお願いします。そのジャポネーゼ三人は僧院の廃墟の中を捜して下さい。女性のおふたりは彫刻家殿のアトリエの方を。

無論どちらにも私の部下がお供させていただきます。さ、どうぞお立ちを。お疲れかとは思いますが、一晩中無駄働きをさせられた我々もそれ以上に疲れておりますのでね。忍耐力を試されるような真似はなさらぬ方がおためですよ」

「彼は無理だわ。熱があってとても起きられない。あなたがあんなにひどく殴《なぐ》ったり蹴ったりしたからよ」

横たわったまま動かない京介を示して、アントネッラが男を睨み付ける。

「私も風邪を引いたみたいで頭が痛いわ。家捜しが済んだというなら、せめて私たちは三階の寝室へ行かせてくれない？」

京介と決めたことなのだろうが、相変わらず向こう気の強い彼女の口調に、蒼は内心ひやひやせずにはおれない。案の定バンデネーレは喉の奥から獣じみたうなり声を立てた。

「私たちに力を貸すなど御免だといわれるなら、それでも結構。しかしそれなら私もあなたをお助けする義務などありませんな。お残りになるのは勝手です。ただしこの部屋にいていただく。三階に移られたお客様にまで監視をつけるほど、人手が余っているわけではありませんからな！」

食事もさせてもらえぬまま、蒼と藤枝はバンデネーレの部下ふたりに銃で背をつつかれながら、僧院の廃墟へ歩かされた。今朝もひどい霧で、数メートル先が見えないほどだ。海上もこの霧に包まれているとしたら、警察の舟はそう簡単に島へ近づけないかもしれない。

せめて藤枝がもう少し信用できる、そして頼りになりそうな人間だったら良かったのにと蒼は思う。相手は武器を持っているからって、反撃のチャンスくらいあるかもしれない。いまついてきている内のひとりは、背丈や体つきなら蒼と大して変わらないくらいなのだから。

「藤枝さん」

あまり期待できないと思いながら、それでも話しかけてみる。少なくとも日本語で話すなら、聞きとがめられる心配はないだろう。

「どうします、これから」

「え？」

なにかに気を取られるような顔で歩いていた彼は、蒼にもう一度名前を呼ばれてやっと振り向いた。顎に汚らしく無精髭が浮いて、目は赤い。

「どうするって、我々にはどうしようもないじゃないか。残念ながらぼくは、ハードボイルド物のヒーローじゃないしね」

「でも、二対二ならどうにかなるかもしれません。ピストルの弾なんて七、八発撃てば終わりのはずだし」

「君が囮《おとり》になってくれるというのかい。それともぼくにそれをやれというのか？」

藤枝は歯を剝いて笑った。

「君が英雄ごっこをしたいなら止めないが、ぼくを引き込むのは止めてもらいたいね。どうせこんな状態が、そう長く続くはずはないんだ。もうじき鈴子夫人が覚悟を決めて絵を出すさ。それで終わりだ。なにも危ない橋を渡ることはない」

「そんなのわからないでしょう」

「わかるさ、昨日の様子を見ていれば。結局未亡人はアルヴィゼ・レニエールに惚《ほ》れているんだ。悪いがぼくはこの事態を大いに楽しんでいるよ」

「これで日本に帰れば特ダネもののルポが書けるから、ですか？」

蒼は思わず足を止めて、藤枝を正面から睨み付けていた。

「あなたにとってはなにもかもそれなんですね。だから昨日は鈴子さんに向かって、小宮ヒロミさんのこともう忘れるなんていったんですか？」

藤枝は目を剝いた。蒼に聞かれていたとは思わなかったらしい。

「ヒロミのことは、あれはもう、いまさら仕方ないんだ——」

「仕方ないってどういう意味です」

「だから仕方ないっていってるだろう」

藤枝は横を向いて吐き捨てる。

「本当のことなんてわからないさ。ヒロミは鈴子夫人がいう通り勝手に出ていったのかもしれないし、あの金髪女に殺されてどこかに埋められているのかもしれない。だがいまはもう、そんなことといってる場合じゃない。生きるか死ぬかなんだぞ！」

「でもあなたはそれを楽しんでいる。たったいまそういいましたよね。やっぱりあなたがヴェネツィアに来たのは、小宮さんの行方が心配だったからじゃないんだ。それを口実に鈴子さんと会うことの方が大事だったんだ。小宮さんのことで鈴子さんを責めて、島に居座って、否応なしにインタビューに応じさせるつもりだったんでしょう。

そして今度はもっと別のおもしろいルポが書けそうだから、小宮さんの件は不問に付すことにした。これ以上鈴子さんに嫌われるのはまずいから。それも仕方ない、ですか。ずいぶん勝手な理屈なんですね。小宮さんの気持ちを考えたことはないんですか？　彼女がどんな目に遭ったとしても、それは全部あなたのためなのに」

「黙れ。君みたいな子供になにがわかる」

「子供だからわかることもあるのかもしれません。邪推《じゃすい》だったら謝りますけど、昨日のあなたはなんだか羚子さんに、というよりレニエール社長に媚《こ》びているみたいに見えましたよ」

「なんだとッ！」

胸倉を摑んで引きずられ、殴られそうになった。しかしその藤枝の額に、バンデネーレの部下が無言で銃口を突きつけた。


僧院には先客がいた。運転手のトダーロが、やはり見分けのつかない黒ずくめに監視されながら、のろのろと瓦礫《がれき》をひっくり返していた。蒼の後ろについた黒仮面も、無言のまま銃口で廃墟を指し示す。まさかこの、何百平方メートルもありそうな廃墟の石を、素手で全部ひっくり返せというんだろうか。それに大事な絵を隠すとしたら、石の下には埋めないのじゃないかな。

「向こうの僧坊の中を捜した方がいいんじゃないかと思うんだけど？」

試しに蒼は腕を伸ばして、石壁に開いたアーチを示しながらいってみた。

「屋根の下の方が可能性は高いんじゃない？」

藤枝の後ろについていたひとりが仲間になにかいう。それで納得したのか、行け、という手振りをされて蒼はそちらに向かった。

気のせいかもしれないが、こちらの連中はバンデネーレほどぴりぴりしていない。スフィンジェのところで見た模写が原寸だとしたら、さして大きくもない絵一枚。いくら小さな島だといっても、隠す場所には困らない。本気で捜し出す気ならもっと必死になってもよさそうなものなのに、あんまりそうは見えないのだ。

アーチをくぐってきたのは蒼とその監視役だけ。トダーロも藤枝も向こうにいる。このひとりさえ振り切れれば京介のところへ行けるとは思うものの、すぐ一メートルのところから背中を銃口に狙われていては走り出す気にはなれない。いくら霧が濃いとはいってもだ。いまは様子を見ながら、おとなしくいうことを聞いておくしかないだろう。

ドアの取れた狭い僧坊の中を、端からひとつひとつ覗いていく。ほとんどは空で剝き出しの壁と床があるだけだから、中を捜すまでもなかった。ただ後から扉をつけ直して物置にしてある部屋だけは、野菜の種や肥料、農薬が入っているらしい容器や農機具が積み上げられている。そうはいっても大切なものを隠してあるようには見えない。

しかし三つめの部屋で、少し気になるものを見つけた。草刈り機らしいものが手前に置かれたその奥にある、前来たときも気がついた旅行カバンだ。埃にまみれているのでずいぶん古いものかと思ったのだが、持ち上げてみると意外に新しい。わざと埃をかぶせてあったように思える。まさかほんとにこの中に、ジョルジョーネが入ってたりしないだろうな、と思いながら蒼はカバンを開いた。

いきなり目に入ってきたのは明るい黄色の布。丸めたワンピースだ。その下には透明なビニールケースに入れた化粧品や下着の袋、アクセサリ、パンプス。ポケットには厚い表紙のノートと筆記具。そして——

蒼は自分が手にしているものをまじまじと見つめた。携帯電話だ。日本のより少しがらの大きい、黒くて武骨な感じの携帯。

(これって……)

そうだ。昨日からずっと頭に引っかかっていたのはこれなんだ、と蒼は思う。藤枝は小宮ヒロミから電話で連絡を受けていたといった。サンタ・マッダレーナ島に来てからも、ずっと連絡はあったと。しかしこの島にはヴィラの二階に一台電話があるきりだ。自分の目的を隠していた彼女が、いくら深夜であっても、壁一枚で羚子夫人の部屋がある二階で藤枝と話していたとは思えない。

つまり小宮ヒロミは携帯電話を持っていたとしか考えられないのだ。これがそうだとしたら、そしてこのカバンが彼女のものだったら。やっぱり小宮ヒロミはこの島から出ていっていない可能性が極めて高い。その身になにが起こったにせよ、藤枝の最初の考えが正しかったということになる――

4

真後ろでバキッという音がした。驚いて振り向いた蒼の目に、頭を抱えて崩れ落ちる黒ずくめと、その後ろに足を踏ん張って立ったトダーロの姿が映る。運転手の手には隣の部屋に放り込んであった、長柄《ながえ》の鍬《くわ》が逆さに握られている。それで後ろから頭をぶん殴ったらしい。

赤銅色に日焼けした顔がにやりと笑うと、なにかいいながら気絶しているらしい男を引きずっていって、肥料袋の上に放り込む。覗いて見ればそちらにはすでに、伸びている黒ずくめがもうひとり。トダーロは閉めた扉の前に草刈り機を引きずり出し、横倒しにしてしまう。敷石の隙間にハンドルが食い込んで、これならそう簡単に開かないだろう。

「あ、あの――」

たくましい肩に鍬を担ぐと、最後にこちらに向かってなにかいって腕を一振り、トダーロは廃墟から足早に出ていってしまう。あの手振りからしてたぶん、おまえさんはここらに隠れてろとでもいったのではないか。またしても子供扱いされたらしいとむっとなった蒼だが、待てよ、藤枝はどうしたのだろう。トダーロが部屋に放り込んだのはふたりだけだったから、藤枝と彼を監視していたやつと、一組がそっくりいなくなっていることになる。

アーチから石壁の外を眺めても、霧の帳《とばり》の中に動く人影は見えない。耳を澄ましても、あたりはしんと静まり返っている。このまま隠れているのは論外だ。京介やアントネッラが、なにをするつもりなのか心配でならない。とにかくヴィラへ戻ろう。たとえ見つかったとしても、いきなり撃たれるわけじゃないだろうから。

だが廃墟の外に広がっていたのは、来たとき同様真っ白な霧の世界だった。数メートル先も見通せない濃密な白色の中に、黒い糸杉の幹が次々と現れる。その影からいまにもヌッと黒ずくめの姿が出てきそうで、そのたびに足が止まりそうになる。たぶんそのせいだ、いつまで歩いてもヴィラにたどりつかないのは——

（ん？……）

蒼は足を止めた。どこからか日本語が聞こえたような気がした。あれは誰の声だ？　男。たぶん藤枝の、悲鳴みたいな。

次の瞬間澄ませた耳に、鋭い銃声が突き刺さる。一発、二発。それから足音。走っている。幹に背を押し当てた蒼のほんの数メートル先を、走って過ぎたのはやはり黒ずくめの賊のひとり。じゃ、まさか藤枝が撃たれて？——

もう足音が聞こえないのを確かめて、蒼はその走ってきた方向へ急いだ。どんなに嫌なやつだからって、ほうっておくわけにはいかない。地面に倒れているかもしれないから、目線は下に向けて。だが、見つからなかった。おまけにヴィラの方向さえ怪しくなってくる。ほんの小さな島のはずなのに、どこまでも糸杉が続いているようだ。

だが、そのとき蒼は煙の匂いを嗅いだ。焚き火というよりは火事の匂い。パチパチという音も聞こえる。どこから？

今度は迷わなかった。木々に囲まれた丈の高いログハウスはスフィンジェのアトリエだ。その窓から真っ黒い煙が立ち上っている。扉は開いていた。大理石や粘土の塊がころがるアトリエの奥に、炎が躍り黒煙が上がっていた。そしてキッチン前の床の上で、スフィンジェと仮面の賊のひとりが取っ組み合っていた。

戦況は蒼などが手を出すまでもなくスフィンジェ有利。倒れた賊の上に馬乗りになって、その首を締め付けている。だがその向こうに倒れていたもうひとりの黒仮面が、頭を振りながら起き上がろうとしていた。そばに落ちていたワインボトルを握り、立ち上がる。振りかぶる。

「——危ない、後ろ！」

蒼が叫んだ途端、スフィンジェは馬乗りになっていた敵から手を離してころがった。ボトルを振り下ろした賊の腹に、その足が下からヒットする。相手はぐっとうめき声を上げげて壁際に吹っ飛ぶ。背を本棚に打ち当てて、崩れ落ちてきた画集の直撃を受けてしまう。

「だいじょうぶですか？」

日本語でいってもわからないかなとは思っても、こんなとき英語でどういえばいいかなんてわからない。スフィンジェは顔をしかめながら立ち上がった。髪は乱れ、コートの襟は裂けているが、怪我はしていないようだ。そしてふたりの賊は完全にノックアウト。強すぎる。

「あの、火、消さないと」

手振りで示すと、わかっているというようにひとつうなずいてからかぶりを振る。消すのはもう無理だという意味だろうか。蒼の肩をぽんぽんと叩いたスフィンジェは、キッチンの脇にあるチェストから書類のようなものをいくつか取り出すと、小脇に抱えて振り返る。親指が、クイと開いたままのドアを示した。出ようってことらしい。

燃えるままにしておいていいってこと？　でもそれじゃ気絶したやつらが焼け死んじゃうかもしれない。火がここまで来る前には気がついて、自分で逃げるかもしれないけど、生きたまま火炙《ひあぶ》りなんてことになったら大変だ。だがスフィンジェは蒼の必死の手振りに、肩をすくめてみせた。

「No problem.《ノー・プロブレム》」

問題ないって、そういうわけにはいかないと蒼は首を振る。昨日あんなふうに残酷に、ふたりの命を奪った一味のやつらだし、彼女にしてみたら正当防衛だということになるのだろうか。でも蒼がそれを放置する理由にはならない。助ける時間がないわけじゃないんだから。

気絶したままひっくり返っている黒ずくめの足を摑んで、ずるずる引っ張る。苦労していたらスフィンジェが戻ってきた。ひとりごとのようなつぶやきは、まったくこの子はしょうがないわね、とでもいったのかもしれない。片手で蒼をどかせてふたりの足首を左右の手で摑むと、あっさりドアの外へ引きずり出してしまう。

アトリエの炎は広がりつつあるようだ。木立に燃え移ったらどうするんだろう。でも火事になったらバンデネーレたちもパニックして隙を見せるかもしれないし、この霧の中を警察のボートが接近しているとしたら、目印にもなるかもしれない。

他になにか持ち出すものはないんだろうかと目を走らせた蒼は、倒れたイーゼルの下になっているあのジョルジョーネの模写を見つけた。持ち出してまずいってことはないだろうと、軽い気持ちで画板ごと小脇に抱えドアから出た。

「あの、これはいらないんですか？」

振り返ったスフィンジェの目に奇妙な表情がある。激しい驚きと緊張と。だがそれは一瞬。ニッと笑ってみせながら、

「Oh, Thank you！」

伸ばした手と渡そうとした手の間で、デッサン紙がクリップから外れた。落ちかけるのを止めようと伸ばした蒼の指が、紙と画板の間に挟まっていた封筒に触れる。しかし摑まえそこねて、封筒は口を下に落ちた。その中身を地面に散らしながら。

「あ、ごめんなさい！」

あわてて拾い上げた蒼は、しかし自分が手にしたものを否応なく見てしまう。キャビネサイズに引き延ばされたモノクロ写真が何枚か。

太い丸太の梁《はり》を渡した、ログハウスの天井が写っている。その下に立っているスフィンジェの横顔。背景の石塊や粘土。いま燃えかかっているアトリエでの情景だ。

しかし別の写真にはスフィンジェの足と、その足元のものが写っていた。白っぽい手、鉤形に曲がった五本の指。手首から下は写真の縁で切れている。彫刻のモデルだろうか。石膏で型どりした人の手のかたちが、床の上に置かれているところなのか。

だが写真の中のスフィンジェの表情は異様だった。大きく見開かれた目。なにか叫ぶように開かれて、そのまま止まってしまったような口。額と唇の脇に刻まれた皺。まるで、仮面のような顔。

蒼はもう一度、写真の中の手を見つめた。真っ白な、硬直した、だがマニキュアを塗った爪がある。そして薬指にはめた指輪。石膏ではない。彫刻でもない。

その場にかがみこんだまま、蒼は目を上げた。プラチナ色の髪にふちどられた顔、ガラスのようなアイス・ブルーの目が蒼を見下ろしている。

「見タノネ」

スフィンジェは日本語でささやいた。

「私ガ殺シタノヨ、ソノ女——」

道化《アルレッキーノ》の仮面——女・III

私がアルヴィゼ・レニエールを殺した。

私を見たとき彼は、笑っていたような気がする。私がそんなことをするとは、最後まで考えてもいなかったのだろう。私に頭を打たれて、倒れようとしていたそのときにさえ。

私は彼の体をくつがえし、その喉を切り裂いた。全身の体重をかけて、凶器を喉に突き立てた。眼と口が大きく開き、ひどく馬鹿げた顔になる。血の紅で塗りたくられたその顔は、道化の仮面にそっくりだった。私は笑った。

私はたぶん、かつて私を支配していた男を殺す代わりに、彼を殺したのだ。男たちに辱《はずかし》められ続けてきた女のひとりとして、その誇りを守るために。私は人間であり、誰の手駒でもない、誰の奴隷でもない、愛などという空手形で嬉々《きき》として働く下女ではない。

自分のために殺した。殺したいから殺した。それだけだ。

だから羚子、そのことであなたが苦しむ必要はありません。

装われた惨劇

1

　ぽかっと目が開いた。

　蒼はゆっくりとまばたきした。

　薄いピンク色に塗られた天井が見える。それから点いていない蛍光灯。あたりはあまり明るくないが、夜という感じでもない。

　首を動かすと天井と同じ色の壁に、上げ下げ式のガラス窓が見えた。ガラスの外はどんよりと暗い雲に覆われた空だ。

　鼻先を漂う消毒薬の匂い。それだけで自分がどこにいるかはわかる。病院。その個室。枕から頭を上げて部屋の中を見回す。寝ているベッドと引き出し付きの小さな机、後はロッカーがあるきりの殺風景な小部屋だ。

　いま体につけているのは、だぶだぶのパジャマの上下だけ。洗い晒した水色のコットンで、これもいかにも病院の備品という感じだ。着ていた服はあのロッカーの中にでも入れてあるんだろうか。

　いやだな、と思う。病院、嫌いだ。好きな人なんていないだろうけれど、この匂いが特に——

（あれ？　でも……）

　入院なんていつしたろう。っていうよりいまはいつで、ここはどこだ？　もう一度目をつぶって、頭の中をぐるっと一回り見回して、

（あッ！——）

　蒼の中にいきなり直前の記憶が浮上した。モノクロ写真に写し出されたスフィンジェのアトリエ。彼女のゆがんだ横顔。そして足元から伸びる、硬直した女の手……

その場にしゃがみこんだまま目を上げた。スフィンジェの顔が見えた。写真の中のそれのようには強ばりゆがんでいない、それはむしろ美しい無表情。血の気のない顔を囲んで乱れるプラチナ色の髪、そして冷ややかに見下ろす濃藍《のうらん》の瞳。

『見タノネ』

耳元に声がよみがえる。

『私ガ殺シタノヨ、ソノ女』

（殺した——）

ぞくっと、氷の塊のような恐怖が体の芯を落ちていく。

（やっぱりスフィンジェは、小宮ヒロミを殺していた……）


あの写真を見てしまうほんの三十分足らず前、僧院の廃墟で旅行カバンを見つけた。中に入っていたのは、一目で若い女性のものとわかる服や持ち物。そして携帯電話。これが小宮ヒロミのものだとしたら、藤枝の推測は正しかったことになる。蒼が真っ先に考えたのはそれだった。

スフィンジェは京介の問いに対して、自分が小宮を追い出したと答えた。そして鈴子夫人には、彼女が自分の意志で立ち去ったと告げたのだ、と。だがいずれにしても、カバンが島に残っているのはあまりに不自然だ。荷物も持たされずに出ていけといわれたら、抵抗しなかったはずがない。彼女が、抵抗できる状態であったならば。

そしてあの写真。

高感度フィルムを使って窓から隠し撮りしたのだろうか。その瞬間が写っているわけでも、死体の顔がわかるわけでもないが、人に見られれば充分疑惑の対象となるような映像だ。モノクロではあったけれど、マニキュアを塗った爪も薬指にはめた指輪もはっきりと写っていた。彫刻ではない。人間の手だ。そしてあの不自然な強ばり方は、生きている人間のようには見えなかった。

小宮ヒロミは嘘の身の上話をして鈴子夫人の同情を買った。スフィンジェはふたりのかたわらで、ただ黙ってそれを聞いていたのだろう。蒼たちの前でも彼女は一度も日本語を口にしたことはなかったけれど、わからないといったこともない。けれど彼女の北欧的な顔を見ていれば、一見して日本語がわかるとは思えない。小宮もそれで油断して、電話を立ち聞きされるかどうかして、嘘がばれてしまったのかもしれない。

鈴子・レニエールの心を傷つけ平和を乱す者を、スフィンジェは抹殺した。そんな理由で人は人を殺さないだろうと、京介に尋ねたことがある。彼は蒼のことばを否定しなかったが、積極的に肯定もしなかった。自分がその場に立たされるのでなければ、いくら想像してもわからないことなのだろうか。少なくともスフィンジェにとっては、それだけで充分過ぎる動機だったのだ。

トダーロもそれはわかっていた、というより共犯なのだろう。死体は藤枝が見たビニールシートでくるんで、彼が舟で捨てに行ったのだろうし、カバンを農機具をしまった部屋に隠したのも知っていたはずだ。京介に向かって語ったように、彼もまた夫人の静かな日々を乱す人間たちを、誰より憎んでいたのだろうから。

（いわなくちゃ、京介に……）

蒼は思う。彼はたぶんまだこのことを知らない。藤枝に泣きつかれたときにも、小宮が殺されたとは思っていないようだった。いやこれは彼だけでなく誰も、スフィンジェ自身とトダーロの他は知らないことだ。

たとえどんな理由があったとしても、殺人が許されるはずはない。警察に知らせなくてはならないだろうか。しかしそう思った途端、蒼の中に迷いが生まれてくる。

仮説といえばすべては仮説だ。あのカバンも、写真に写っていた手も、小宮のものと確かめられたわけではない。蒼に向かってスフィンジェがいったことばも、どこまで本気だったかわからない。かりにも人ひとり殺した殺されたそんなことを、確かな証拠もないまま軽はずみに口にするのは嫌だ。

こんな逡巡《しゅんじゅん》は、自分が責任を取りたくないからなのだろうか。わからない。そうなのかもしれない、もしかしたら。でも、自分ひとりで判断を下すのはあまりに恐ろしすぎる。せめて、京介がなんというか聞いてから——京介？

蒼はいま始めて気づいたように、顔を上げてあたりを見回している。どうして彼はいないんだろう。ここが病院だってことは、きっとあの後警察が来て、みんな島から助け出されたんだ。別の部屋で寝ているか、治療を受けているか。だったら捜しに行かなくちゃ。

手を伸ばして掴もうとしたノブが、向こうから回転した。ドアが開いて眼鏡をかけた白衣の医師と看護婦らしい女性、そしてスーツ姿の中年の男性が足音も高く入ってくる。ベッドに腰を落として見上げたせいだろうか、やけに大きく見える。医師はがりがりのノッポで看護婦は体が四角、スーツの男はでっぷり太って上着から腹が突き出ている。三人とも無言のままだ。その遠慮ない視線が、蒼を頭から足先まで眺め回している。

看護婦は結構な年齢のおばさんだ。いかつい顔をそれでもにこりとほころばせてなにかいうと、指でひょいと顎を上げさせ、蒼の首を見ている。それから彼女は体温計を手渡して、脇の下にはさめという身振りをしてみせた。電子式じゃない、旧式の水銀体温計だ。ずいぶんクラシックな病院だな、と蒼は思う。

「Parla l'italiano？」

突然声が飛んできた。いかにもインテリという顔の医師が口を開いたのだ。『イタリア語が話せますか？』といっているのはわかる。会話帳に載っていたから。しかしこれには首を振るしかない。

挨拶のことばやこれはいくらですかといった決まり文句を暗記しているだけでは、イタリア語を話せるとはとてもいえないだろう。

「スクージ、ノー」

別にすみません《スクージ》なんて、謝ることはないのかもしれないが。

「ingrese？」

尻上がりに英語は、と聞いてからもう一度早口にいい直す。

「Do you speak English？」

「Yes. But little.」

「アー」

そう声を上げたのはスーツの大男だ。両手を胸の前で広げ、大きな顔を左右に振っている。顎は三重で首がないほど。分厚い唇は変な紫色。大きく後退した黒い髪を整髪料でてかてかさせ、いやに眉毛が濃く、ふくらんだ下まぶたの縁がただれたように赤い。あまり感じがよいとはいえない、どちらかといえば悪役面《づら》だ。

男と医師はそれきり蒼の方は見ず、ふたりで口早に会話している。たぶん自分のことをいわれているのだろうが、何回かジャポネーゼという単語が聞こえた他はなにもわからない。蒼は思いきって声を上げた。

「Excuse me. Where is my friend？」

「Your friend？」

医師が顔をしかめた。

「Yes. His name is Kyosuke Sakurai. He can speak italiano.」

医師がふたたびスーツの男になにかいう。男がいい返す。大口を開けて相手の鼻先に噛《か》みつかんばかりの勢いだ。医師は肩をすくめる。蒼の方を振り返ってなにかいう。英語だったかもしれないが、早口で全然聞き取れない。本気で伝えようと思っているなら、ずいぶん不親切だ。もっとゆっくり話してくれといおうとした。だがそれきりふたりの男は、回れ右をして出ていってしまう。

「あっ、あの」

ベッドから立ち上がろうとした蒼の肩を、看護婦がまあまあとでもいうように叩いた。ちょっとここで待っていなさい、といったのかもしれない。その笑顔は親切に感じられたが、彼女も体温計の目盛りを一瞥するとさっさと出ていってしまった。蒼はあわててドアノブを摑む。こんなわけのわからない状態で放って置かれてはたまらない。

だがドアを引いて蒼は愕然とした。その扉には鍵がかかっていた。


スーツの男が次に現れるまで一時間ばかりあった。その間にあったことといえば、若い看護婦が食事の盆を持ってきただけで、にこにこと愛想はいいものの、なにを話しかけても首を振るばかりでどうにもならない。冷めかけたトマトのパスタとチキンカツはおせじにも美味しくなかったが、空腹だったので全部食べてしまった。

今度は白衣の医師の姿はなく、妙に陰気な顔をした若い男がついてきている。折り畳み椅子を運んできていて、ベッドの脇にふたりして腰を下ろすと、その青年が蒼に向かって口を開いた。

「私は通訳です。日本語話します」

アクセントはかなり怪しげだが、蒼はうなずいた。取り敢えずは贅沢をいっても仕方ない。

「彼は公安警察の警部です。あなたからサンタ・マッダレーナ島で起こった事件のこと、聞きたいといっています。だからあなた話して下さい。私通訳します。どうぞ」

公安警察っていうのは、京介がいっていた内務省所属のやつだな、と蒼は思う。凶悪犯罪の捜査を行う国家公務員。

「その前に教えて欲しいんですが、ここは病院なんですね？」

「そうです。ヴェネツィアの市立病院です」

「今日は何日の、そしていまは何時ですか？」

通訳は腕時計を見ながら、

「十月三十一日。午後一時近いです」

蒼がアントネッラたちと島へ渡ったのが二十八日の夕方。翌日の夜にバンデネーレたちが乗り込んできて、翌朝あれがあって、ということはそれからまた丸一日経っていることになる。

「警察が来て、ぼくたちを助け出してくれたんですか？」

「そう、です」

「さっきもいったんですが、その島にぼくの友人ていうか、連れがいっしょにいたんです。日本人で、桜井京介っていう名前です。彼はいまどこにいるんでしょうか。イタリア語ができるんで、通訳もしてもらえると思うんですが」

通訳が警部に向かってなにかいいかけた途端、相手が大声でいい返す。というか延々と怒鳴りつけている。青年は露骨《ろこつ》にうんざりした表情でそれを聞きながらメモを取っていたが、やがて蒼の方に向き直った。手元に視線を落としながら、文章を棒読みするような口調でいう。

「警部は、あなた質問するのではなく我々の質問に答えるべきだ、といっています。それによって警察は事件の全貌を解明する。あなたいつからなぜヴェネツィアに来たか、そこから話すように、といっています。なにも隠してはいけない。すべて全部話すべきです。それからあなたがいまいった人物は、あなたの連れではない、です。なぜならあなたはホテルにはひとりで泊まっていたから、それも調べ済みである、だそうです。どうぞ」

そして蒼は自分が日本からヴェネツィアに来た旅のルートから、洗いざらい供述させられることになった。面倒なので旅行の目的は観光、京介と教授は大学での知り合いだが、出会ったのはまったくの偶然だといっておくことにした。別に嘘ではない。ふたりの後を追ってきた理由まできちんと説明するとしたら、自分の生い立ちのことから打ち明けねばならなくなる。

感じの悪い警部は、神代教授と桜井京介が羚子・レニエールに会いに来た、その目的に興味があるらしい。だがそれは蒼のあずかり知らぬことだ。島に行くことになったのも、知り合ったアントネッラから誘われただけだといって、後はなにも知らぬ存ぜぬで押し通す。しらを切るならことばの壁があった方が楽かもしれない。

しかし、あまり有能とは思えない通訳を通しての話は時間がかかる。おまけに蒼がしゃべっていても、通訳がそれをイタリア語にして聞かせていても、警部は始終途中で口をはさむ。ことばは通じなくとも、上目遣いにこちらを見る目つきや表情、差し挟む質問の内容で、彼が頭から蒼の供述を疑っていることは明らかすぎるほどだった。

二十九日の夜、夫人が誘拐犯から電話を受けたときにとても取り乱して、警察に電話してはいけないといったといえば、ほほー、と馬鹿にしたような音を出し、通報しようにも携帯電話が繋がらなかったと聞けば、それは本当かと幾度も念を押し、レニエールの秘書と料理女が目の前で射殺されたといったときには肩をすくめた。こんな失礼な警部っているものだろうかとだんだん腹が立ってくる。これじゃ日本の警察官よりよっぽどひどいぞ。

「警部さんにいってくれませんか。ぼくのいうことを疑うのは勝手だけど、昨日島にいたのはぼくだけじゃないはずです。ぼくは自分が見たことしかいっていません。それとも他の人が、ぼくと全然違うことをいってるっていうんですか?」

また通訳と警部との間で、あんまり友好的とはいえないやりとりがある。

「関係者の話どのように聞くかは、警察が判断すること、あなたの話の正確さ確保するために、途中で別の話聞かせるのは正しいことでない、だそうです。続きをどうぞ」

これはもう我慢比べかもしれない、と蒼は思う。向こうは蒼がなにか隠している、嘘をつこうとしていると思っているらしい。わざと怒らせたり苛立たせたりして、ボロを出させようという狙いなのだ。しかしこっちはもともと、出すボロなんてない。だから疑われていることに腹を立てるより、これ以上無用な誤解を増やさぬよう落ち着いて話すべきだ。京介ならきっとそうするだろう。

話し始めてからすでに二時間余り。やっと三十日の朝だ。基本的に自分が責任を持っていえることだけに絞ったので、京介がヴィラに残ったのが仮病だったらしいとか、藤枝が鈴子夫人に語っていたことばとか、それを見て感じたこととか、いっさい省いている。藤枝のことは藤枝自身に話させればいい。それにあの強盗団の事件と、小宮ヒロミの件はまったく関係ないだろうし。

だから藤枝と口論したことも、僧院の廃墟で旅行カバンを見つけたこともなし。トダーロが見張りのふたりをやっつけて閉じこめたので、そのまま逃げ出したこと。銃声を聞いて、その後走っていく賊のひとりを見たこと。アトリエが燃えていて、スフィンジェが格闘しているのに行き合わせたこと。ノックアウトされたふたりを燃えるアトリエから引きずり出して、それで——

蒼はふっと口をつぐむ。ここから先のことを話そうとすると、これまで省略してしまった藤枝と小宮ヒロミのことを、全部話さなくてはならなくなる。火事から持ち出した画板の裏から写真が落ちて、それを見て。

目の中にふたたび浮上する記憶の映像。——プラチナ・ブロンドが目の前にふわりと広がり、たくましい腕が体に巻きついてきた。まるで翼を広げて高みから舞い降りてくるスフィンクスのように。指が喉を締め付け、目の前が絞るように暗くなった。苦しかったのはほんの一瞬。それきりなにもわからなくなった……

たったいままで意識から、すっぽり抜け落ちていた。思わず首に手をやっている。触れた指の下で筋肉がずきっと痛んだ。腫《は》れているらしい。指の痕がついているのかもしれない。さっき看護婦が見ていたのはそれだったのだ。

(ぼくがあの写真を見てしまったから、彼女はぼくを殺そうとして……)

背筋を冷たい痙攣《けいれん》が駆け抜ける。ベッドに座ったまま体が小刻みに、自分のものではないように震え出している。しかし蒼は歯を食いしばり、両手を握りしめてかぶりを振った。

なんでもない、そんなこと。なにをされたにしろ死にやしなかった。昔自分にあったことなんか、思い出す必要はどこにもない。これとは関係ないことなんだから。そしてぼくはいまも、ちゃんと生きているんだから――

「あなた、どうかしましたか？」

通訳の声にはっとまばたきした。いいえ、とかぶりを振った。

「だいじょうぶです。それから後のことは、よくわかりません。なんで気を失ったのかも。気がついたら今日、このベッドの上にいました。お話しできるのはこれで全部ですけど」

口に出してそういってしまったことで、逆に蒼の気持ちは固まっていた。いまはスフィンジェのことはなにもいわないでおこう。彼女がぼくの首を絞めたことは事実だとしても、そのことに対する憎しみや怒りはなぜか湧いてこない。そんなのって変だろうか。でも少なくともこの警部になら、隠し事したって後ろめたくもなんともないや。

通訳のことばを聞き終えると、警部は椅子から身を乗り出した。黒い毛が生えた毛虫みたいな人差し指が、ぐいとこちらに突き出される。色の悪い唇がわめいた。息が臭い。数十秒遅れて通訳の棒読みじみた声。

「だったらあなたの首についた、その指の痕はどうしたのだ、といっています。どうぞ」

「わかりません。気を失っていたんだから」

「人は、なにもなしに気は失わない、と警部はいっています」

どうぞ、という前に警部の怒声がかぶさる。

「あなた嘘をついている。都合の悪いこと答えたくないから、気を失ったふりしているのだ。それが日本人の遣り口だとしても、自分はだまされはしない、だそうです」

「疑われても仕方ないかもしれないけど、ぼくはそのときくたくたで、おまけに空腹でしたから、そのためだけでも気絶したかもしれません」

イタリア人の真似をして肩をすくめてやった。こうなると、相手がいけ好かないやつだったのがかえって幸いな気がする。

「食べないと動けないのは日本人もイタリア人も同じです。あなただってしばらく絶食したら、簡単に気絶できるようになりますよ」

通訳がこれを訳すと、警部の顔にさっと朱が上った。こめかみに血管が浮いている。そのまま通訳の方を向いて一気にまくし立てた。ちょっと途中で止めてくれという手振りもかまわず、ひとしきりわめいてからようやく顎をしゃくる。通訳青年はむっとした顔で肩を揺すりながら手元のメモを確認していたが、

「ええ、警部はこういいました。あなたがそうしているか教えてやる。嘘ばかりいっているなら、自分たちがなにを考えているかということです、我々は、おまえたちの申し立て信じていない。鈴子・レニエールの絵を奪うための誘拐強盗事件というのは嘘であり、本当の目的はレニエール社社長アルヴィゼ・レニエールを殺すことだった、のである。

黒い仮面をかぶった強盗団、などというものは実際にはいなかった。すべては嘘、でっち上げられた

ものである。顔のわからない賊に社長殺害の罪を着せ、自分たちは助かるため、そのような陰謀が行われたのである。主犯は鈴子・レニエール、殺人の実行者はスウェーデン人セルマ・ラーゲルレーブ、島に滞在していた客はすべて共犯である。以上、だそうです」

2

「でっち上げ？　殺害って――」

まったく予想もしていなかったことばに、蒼はぽかんとしてしまう。いまの話だと、レニエール社長が死んでしまったとでもいうみたいだ。あの後急に傷が悪化したとか？　まさか。

蒼のひとりごとのようなつぶやきを通訳は訳しはしなかったが、警部は口を開いてさらに怒鳴ろうとした。だがそのとき外の廊下から、激しくいい争うような複数の声が聞こえてきた。イタリア語だから蒼に意味はわからないが、一際高い女の声に聞き覚えのある気がする。

（まさか？……）

声だけでなく、ドアのすぐ外でもみあっているような物音。警部が険悪な表情で椅子から立ち上がった。ノブをこちらから回そうとした。

その途端。

「いい加減にしゃあがれッ！」

びいんと響いたその声は紛れもない日本語だ。しかも見事な巻き舌の啖呵《たんか》。それだけでもう声の主は顔を見るまでもない。

「ぐたぐたぐたぐたなに能書き垂れてやがる。親がてめえの息子に会うのに、なんの理屈が要るってんだい。そこどけってのがわからねえかよ！」

その後にベラベラッとイタリア語が続いたのは、啖呵の内容の翻訳だったのかもしれない。

ばん！　と音立ててドアが開く。

「神代先生――」

「おう、蒼。無事だったか」

「蒼、良かった」

アントネッラがベッドのところへ駆け寄って、蒼の手を握った。

「だいじょぶ？　怪我は？」

「平気だよ。君は？」

「アラ、もちろん私はだいじょぶヨ」

「ね。京介がどうしたか、知ってる？」

「アア、あの人──」

彼女は急に苛立たしげな顔になった。

「ほんとにあの人って」

いいかけたことばが途中になる。アントネッラは蒼の手を握ったまま、顔を振り向けて通訳の青年を見つめている。

「あら、驚いた。こんなところでなにをしてるの、グイード」

彼女の冷ややかな視線を受けて、陰気な顔の青年は見る見る真っ赤になった。

「あなた、課題の提出が済んでないってドットーレ・ブルネッティがいってたわヨ。また落第するつもりなの。でなけりゃこんなところで遊んでいる暇はないんじゃない？」

なめらかな日本語で決めつけられた彼は、すっかり上がってしまったように、へどもどするばかりでことばが出ない。

「知り合いなの？」

「日本学科の劣等生よ。取り柄は親が裕福なことだけ。親戚に警察官がいるって聞いていたけど、きっとこの男なのね。ふうん」

アントネッラは視線を通訳から警部に転ずる。豊かな胸をさらに前に突き出し、波打つ金髪を掻き上げながら、彼の頭から足先までを一瞥して、ふっと笑ってみせる。神代《かみしろ》の啖呵も相当なものだが、美女の目に浮かぶ侮蔑《ぶべつ》の笑いというのもかなり応《こた》えるものじゃないだろうか、と蒼は思う。もちろん、同情するつもりはないけど。

それから先は神代と警部、それにアントネッラが横から口をはさむ大激論。怒濤《どとう》のようなイタリア語の応酬で、無論蒼にはまったくわからない。アントネッラに、

「なにをそんなに議論してるの？」

と尋ねると、

「呑気なこといわないで。あなたの身柄のことに決まってるじゃない。こいつ蒼をここへ、しばらく止めておきたいのヨ」

「え。だってまさかぼく、逮捕されたわけじゃないでしょ？」

「まあね。でも蒼がこんなことになるのも、みんな桜井サンが悪いの」

「京介がなにかしたの？　彼どこへ行ったの」

「それがわからないからいけないいんだワ」

（わからないって――）

がん、と恐ろしく乱暴にドアを開く音。例の警部が出ていこうとしている。通訳のグイード青年は、その体に隠れるようにこそこそと廊下へ滑《すべ》り出る。警部の方は捨てぜりふという感じでもう一言わめくと、音立ててドアを閉じた。

振り返った神代は、ほっとしたような顔だが眼が赤い。ずいぶん心配させちゃったみたいだな、と蒼は思う。

「警察の人、あんなに怒らせちゃって大丈夫なんですか？」

「なあに、気にするこたあない。こいつあどう見てもあの男の跳ね上がりだ」

「ソウヨ。容疑者でもない人間を拘束《こうそく》できる法律なんてないんですもの」

アントネッラはいまも憤然と、閉じた扉を睨み付けている。

「でもあいつきっとまた戻ってくるワ。自分ひとりの考えじゃないなんてほのめかしていたもの。蒼が平気なようなら、いまの内に退院してしまった方がよくない？」

「そうもいかねえや。少なくとも人ふたり死んでるんだ。正当な捜査になら協力しねえとな」

「アア、でも――」

「変に勘ぐられるとよけい面倒だ。羚子夫人だってほっておくわけにゃいかねえだろう」

「そうネ。羚子サンのこともあるのよネ……」

神代は警部の座っていた椅子にどかりと腰を落とした。

「久しぶりに大声でわめいたら、すっかり喉が嗄《か》れちまった。アントネッラ、そこらのバールで水買ってきてくれないか。ガス無しのやつだ」

「カッフェの方がいいんじゃない？」

「そうだな、両方頼む」

「蒼もなにか飲む？」

「できたらオレンジ・ジュース」

「ＯＫ！」

軽やかに出かけていくアントネッラの方を神代が見ている間に、蒼は大きすぎるパジャマの襟元を掻き合わせる。喉の指痕、もしかしたらもう見られちゃったかもしれないけど。

「どこも痛かねえか」

「ほんとに平気です。――先生と会うの、なんかすごく久しぶりみたいですね」

「まったくだ」

苦笑している。

「おまえもとんだ災難だな。せっかく初めての海外だってのに」

「でも、これで帰ってから友達に自慢できます。絶対誰も経験してないヴェネツィアだもん」

「はは、それくらい元気がありゃあ安心か」

「だけどぼく今日の昼前にやっと目が覚めたばっかりで、なにがどうなってるか全然わからないんです。さっきはただ聞かれるばっかりで、なにも教えてくれないし」

「そのへんはアントネッラに話してもらわなくちゃならねえなあ。俺はおまえらと連絡が取れなくて、ただもうひとりでおたおたしてただけだから」

「でも、先生が警察を呼んでくれたんじゃないんですか？」

「それが違うのさ。電話したことはしたんだが、まだなにがあったかわからない状態だったからな」

二十九日の晩、島へ一度連絡を入れた後も、神代は知り合いの弁護士に相談をもちかけたり、夜遅くまで電話をかけ通しだった。それがようやく一区切りついて、アントネッラの携帯にかけたのが十二時近く。妙な声が聞こえたなり切れてしまい、その後何度かけても繫がらないのは気になったものの、ヴィラの電話を鳴らすのは遅すぎるだろうとその晩は眠ったのだという。

だが翌朝になっても、電話はどちらもまったく繫がらない。不安になってきただけでなく、トダーロに迎えを頼めないのでは島に戻ることができない。警察にもかけたが、電話が通じないというだけでは取り合ってもらえなかった。連絡がつかないままいつまで待っている気にもなれず、水上バスでブラーノ島まで来た。だがその頃にはすでにヴェネツィアから、公安警察のボートがサンタ・マッダレーナ島に向かっていたのだ。

「それは、誰が連絡して」

「京介だ」

「でも——」

彼女の携帯は壊されてしまったし、二階の広間に置かれた電話のところまで、そう簡単に行けたとは思えない。

「もう一本携帯があったらしい。その辺は俺もまだ、あんまりちゃんと聞いていねえんだが」

偶然の発見というにはラッキーすぎる、と蒼は思う。それとも京介は、どこへ行けばそれが見つかるかわかってたのだろうか。そのあたりは当人に尋ねてみるしかない。

しかし、いまはそれより気になることがある。

「先生。さっきあの警部が、変なことといいました。

ぼくたちが巻き込まれた事件は、レニエール社長を殺すためのでっち上げだったなんて。主犯が羚子さんで、ぼくたちも共犯で、実行犯がスフィンジェだったとか、まるで本当にアルヴィゼ・レニエールが殺されちゃったみたいな——」

「ああ」

神代はなぜか浮かない顔でうなずく。

「でもそんなはずないですよね。ぼくたちは絶対に共犯なんかじゃないし、でっち上げどころか見てる前でふたりも殺されたんだし」

「蒼、これは俺も聞かされた話なんだがな」

「はい」

「アルヴィゼ・レニエールは殺された。サンタ・マッダレーナ島のヴィラの、羚子夫人の寝室で」

蒼は息を呑んだ。神代がこんなことで冗談をいうはずがない。

「それ、誰が」

「わからない。だがそのとき部屋にいたのは、彼と羚子夫人のふたりだけだったそうだ」


買い物から戻ってきたアントネッラを交えて、その午後蒼が聞かされた事件の経過は、なんとも奇怪なものだった。通報を受け、ヴェネツィアからボートを連ねて駆けつけた公安警察の人間にとってはなおのことだったろう。その立場に自分を置いて想像してみて、蒼は例の警部の猜疑心に満ちた質問の仕方にも、それなりの理由があったと思わずにはいられなかった。


一一三へ通報が入ったのが三十日朝の九時過ぎ。ミラノ、レニエール社の社長が武装グループに誘拐され、ラグーナの島に監禁されているというのだから、観光客相手のスリや置き引きはあっても、凶悪犯罪などめったに起こらないヴェネツィアの公安警察は色めき立った。

ヴェネツィア県の公安警察本署《クエストゥーラ》は、ヴェネツィア島ではなく大陸側の工業地帯マルゲーラにある。そちらへも連絡は回ったが、人員が駆けつけるまで待っているわけにはいかない。狙撃班を含む二十数名が分乗したボート三艘は、朝霧たちこめるラグーナを可能な限りのスピードで飛ばした。トルチェッロを過ぎてからは標識のないことと、いっそう濃い霧に悩まされて船足は鈍ったが、それでも十一時前にサンタ・マッダレーナ島の船着き場に接岸できたのは、ひとつには島の一角で上がっていた火の手が目印となったからだった。

しかし奇妙なことに、警官隊の駆けつけた島にはすでに武装グループの姿はなかった。いや、厳密にいえばそうではない。十三世紀の僧院の廃墟、その中の納屋として使われていた一室に、脳震盪《のうしんとう》を起こしてまだ意識のおぼつかないふたりが閉じこめられていた。彼らは確かに黒のつなぎに黒い仮面で顔を隠し、賊と呼ぶにふさわしい格好をしていた。

だがそれ以外の、少なくともあと十名はいたはずのグループは、自らバンデネーレと名乗ったボスを始め、完全に姿を消していたのだ。彼らがいたことの証拠は残された者の証言と、家捜しの跡をとどめたヴィラ。それしかなかった。

「逃げ出しちゃったんだ――」

だからあの警部は、全部でっち上げだなんていったんだろうか、と蒼は思う。

「でも、証拠っていうなら殺された秘書と、料理のおばさんは？」

だがアントネッラは難しい顔でかぶりを振る。

「少なくとも昨日の時点では、遺体は見つからなかったみたい。あのときバンデネーレは、ラグーナの泥に沈めれば見つからない、みたいなことといってたから」

「それにしたってメチャメチャだよね。ぼくたち全員が嘘ついてるなんて」

「もちろんヨ」

「あのさ、ぼくはさっきやっと目を覚ましたわけだけど、他の人もみんな同じ話してるわけでしょ？

鈴子さんに、スフィンジェに、トダーロに、藤枝さんも」

アントネッラはちょっとためらうような顔をしたが、

「あのネ、島からいなくなっていたのはスフィンジェとトダーロもなの」

「え――」

まさか、バンデネーレたちに連れていかれたんだろうか。

「それと、鈴子サンは昨日のうちに目を覚ましたんだけど、まだなにも話せないようなの。私も会わせてもらえないのヨ」

「じゃ、藤枝さんは?」

アントネッラはふたたびいい淀む。脇から神代が代わりに答えた。

「あの野郎も殺されていたそうだ。撃たれて糸杉の中に倒れていたとさ」

蒼は声を呑んだ。耳に霧の中で聞いた銃声がよみがえる。悲鳴のようなものも聞いた。それじゃやっぱりあのときだったんだ。そして、すぐ目の前を走り去っていった黒い影。たぶんあれはヴィラからずっと藤枝の背後についてきていた小柄なやつだ。ふたりの姿が廃墟から消えていたのは、彼を連れ出して殺すためだったのか。それとも彼が逃げようとして。あのときもっとちゃんと捜せば、助けられたかもしれない……

「――しかし、他のふたりは跡も残さないくらい始末していったのに、どうして藤枝の方はほったらかしでいっちまったのかな」

神代が首をひねった。

「それは時間がなかったからじゃないかしら。警察が来る前に逃げなきゃって」

「だが、なんだって警察が来るのがわかったんだ。連中、サイレン鳴らして来たか?」

「ううん、それはないワ。少なくとも私はなにも聞かなかった」

彼女も腕組みをして考え込む。

「ほんと。考えてみたら変ネ……」

「あの、それでレニエールさんが殺されたっていうのは?」

蒼が聞くと神代とアントネッラは、どうしようか、とでもいうように目を見合わせる。

「あんまり気持ちのいい話じゃねえぞ」

神代の逡巡の意味はわかる気がしたが、蒼は敢《あ》えて明るい顔でいってみる。

「だって先生、まさか教えてくれないなんていわないでしょ? ここまで来て後はナイショはないですよ。それに、ぼくが外に出た後、京介たちがどうしてたのかも知りたいし」

神代はなかなかうなずかなかったが、

「そうよネ、それじゃ私が見てたことだけでも話すわネ」

そういってアントネッラが語った話は以下のようなものだった。


蒼と藤枝、スフィンジェの三人が監禁されていた部屋から出された後、あまり時間の経たぬ内にバンデネーレが入ってきた。そして具合が悪そうなアルヴィゼを手当するからと立たせ、夫人が気遣うと彼女もいっしょに連れ出したのだという。階段を上る足音が聞こえたので、彼らが二階に行ったのだということはわかった。

京介とアントネッラが脱出したのはその直後。京介はアルヴィゼと話すつもりであったらしい。しかし三人が出ていってしまうと計画を変更し、アントネッラを肩に立たせて窓を開けさせ、ふたりしてそこから脱け出した。

監禁されていた部屋はヴィラの東側で、すぐ裏に別棟の厨房が建っている。扉は開いていて、バンデネーレたちが冷蔵庫や食糧庫を荒らした様子がある。厨房の二階は料理女の寝室で、そちらには手はつけられていないようだった。京介はただちに階段を上がり、家捜しを始めた。

「嫌だったのヨ、私は。そんな空き巣みたいなことするなんて。でもあの人って私がなにいっても知らないふり。そして化粧台の引き出しの奥にあったの、まだ新しい携帯電話が。私ビックリしたワ。だってあのネリッサって身寄りもない人で、島から外出も全然しないって、前に鈴子サンから聞いていたんですもの。そんな人がなんで携帯電話持っているのかしら。でも桜井サンたらなにも教えてくれない。警察に電話するから、君はここに隠れてて絶対どこにも行くなって一方的に命令して、出て行っちゃったの」

アントネッラはずいぶん腹も立ったが、外に出て武器を持った賊と出くわす危険を考えればさすがに動けない。二階の窓から覗くとヴィラはすぐ目の前で、階段の踊り場についた窓と、鈴子夫人の寝室の窓が正面に見える。寝室の窓の中に夫人とアルヴィゼらしい姿を認めて、以後はずっとそちらを注意していた。

黒ずくめの賊たちは依然ヴィラの中をうろうろと家捜ししていて、その姿は階段や他の部屋の窓からもちらついていたという。

「蒼も覚えているでショ。あのヴィラに階段はそこひとつしかなかったワ。私のいたところから、階段を上り下りする人は全部見えたの。あの真っ黒な服装で仮面をつけた連中が、行き来するのは何回も見たワ。でも、それだけだったの。寝室の方は途中でレニエール社長がカーテンを引いてしまったから、なにも見えなくなってしまった。

なんだか玄関の方から何人も出ていくな、とは思ったの。そして気がついたら急に静かになっていた。ヴィラの中も外も全然動く人影がなくて。それが昨日の、正午近くだったかしら。きっとあいつら出ていったんだって思ったら、もう我慢できなくて外に出たら、船着き場の方から桜井サンと警察が来た。さっきの警部が先頭にいたワ。彼が指揮官だったみたい」

警部に問われるままにアントネッラは、この島の主である鈴子・レニエールとアルヴィゼ・レニエール社長が、二階の寝室にいると答えた。社長は前夜から負傷していたので、そのまま動けなくなっているのかもしれない、と。

ヴィラの二階はひどく荒らされていたが、賊はすでにひとりも残っていなかった。寝室のドアを叩いたが、内部から応答はない。警部がノブを引くと鍵はかかっていなかった。警官たちの後について アントネッラも室内に入った。奥の壁につけて置かれた天蓋付きの寝台の上に、鈴子夫人が横たわっている。そしてその前の床にあたりを血まみれにして、アルヴィゼ・レニエールの仰向けの死体がころがっていた。

「死体って、初めて見ちゃった――」

アントネッラは笑ってみせようとしたが、その頬は青ざめて神経質に震えている。

「あんな男殺されてもいいなんて、ずいぶん軽率なことといったって思うワ。人間が死ぬ、殺されるって、なんていえばいいのかな、凄いことよネ。これは作り物じゃない、本物なんだって思ったら急に体が震えてきちゃって。いまも忘れられない、あの血の色と匂い……」

よくわかるよ、といおうとしてそれは止める。

「鈴子さんはなんともなかったの?」

蒼の問いにうなずいて、

「エエ。そのときは鈴子サンも死んでるのかと思って、ほんとに心臓が止まりそうになったワ。でも、昨日のうちに病院で目を覚まして、薬で眠らされていただけらしいって」

「だけど面会謝絶なんだ」

「精神的なショックだっていうんだがな」

「その部屋にふたりきりだったってことは、警察は鈴子さんがやったって疑っているんですか?」

「いや、そんなはずあねえさ」

神代はかぶりを振り、アントネッラも、

「そうヨ。それだけは絶対確か。だって私はっきり見たんですもの。羚子サンが着ていた白いブラウスにも、ストールにも、手にも、血なんて全然ついていなかった。バンデネーレか部下か、逃げ出す前に彼を殺していったのに決まっているワ。それを私たちが嘘をいってるって疑うなんて、どうかしているのヨ！」

だがそのとき、病室のドアはまたしても予告なしに押し開かれた。さっきの警部が背後に制服の部下二名を連れ、今度はコート姿で立っている。

「Buona sera, signori e signorina.」

誰もそれに答えはしなかったが、警部は色の悪い唇をゆがめてにやりと笑うと、内ポケットから一枚の写真を取り出した。

「皆さんに興味深いものをお見せしましょう」

そういいながら蒼のベッドの上に、指先で弾き落とす。そこには赤い血にまみれた、一丁の鑿《のみ》が写っていた。

3

「どうぞ手にとってごらんなさい、シニョリーナ。ドットーレもどうぞご遠慮なく。いかがです、それに見覚えがおありですか？」

いわれるまでもなく彼女の目は、その写真の上に釘付けになっている。蒼も見ていた。警部のことばはわからなくとも、それが意味するものはたぶん間違いようもない。蒼には見覚えがあった。スフィンジェのアトリエの作業机に、何本も置かれていた頑丈そうな鑿。あれとほとんど同じに見える。

神代が手を伸ばして写真を拾った。まがまがしい血まみれの映像を眉をしかめて一瞥すると、警部の胸元に突き返す。

「拝見した」

「で、どうですかな。ご記憶の方は」

「俺は知らん」

「シニョリーナと、そちらの坊やはいかがです」

アントネッラも首を左右に振った。だがその表情は固い。

「知らないわ。彼もね」

「ほう、そうですか。いいでしょう。しかし一応お知らせしておきますよ。これはアルヴィゼ・レニエール氏を殺害した凶器です。解剖の結果、氏は後頭部を強打された上に、頸動脈を鋭利でかつかなり肉厚な刃物によって切り裂かれ、出血多量のショック死を遂げたことがわかりました。

この解剖所見と氏の体のそばで発見されたこの鑿の形状は一致し、ここに付着した多量の血液も間違いなく氏のものと断定されました。ここまではよろしいですかな。なんでしたらそちらの少年にも通訳してておあげなさい」

「そりゃあご親切に」

いい捨てた神代は蒼に向かって、ごく手短に話の内容を伝える。

「これがアルヴィゼ・レニエールをやった凶器なんだとよ」

「よろしいですか。では続けさせてもらいます。昨日の時点でこれが凶器であることはほぼ明らかでしたが、我々は本日再度サンタ・マッダレーナ島へ現場検証におもむき、指紋の採取を行いました。その結果凶器とほぼ同型の鑿数点を発見し、凶器の柄の部分に残された指紋の持ち主を特定するに至りました。そういえばもはやおわかりでしょう。レイコ・レニエールがパトロンとして援助していた自称彫刻家、スウェーデン人セルマ・ラーゲルレーブです。我々は彼女をレニエール氏殺害の実行犯と考えるに至っています」

「嘘だわ。スフィンジェは彫刻家ですもの、鑿は何本持っていたって不思議じゃない。彼女の指紋のついた鑿を、バンデネーレの部下がアトリエから持ち出してきたってだけじゃない」

「バンデネーレねえ」

警部は馬鹿にしたように鼻で笑った。

「何度も名前だけはうかがっていますが、彼らはいったいどこへ消えたんでしょうなあ」

「それを捜すのが警察の仕事でしょう。それに私昨日から、聞かれるたびにはっきりといっているわ。私は厨房の二階から、ずっとヴィラの階段を見ていた。二階に上がったり降りてきたりした人間は、必ず見えたわよ。でもスフィンジェの姿なんて見なかった。あの真っ黒な格好をした賊の仲間以外、階段を上り下りしたのはいなかったわ。だからレニエール社長を殺したのもあの連中よ。それ以外考えられない」

「しかしそう証言するのは、シニョリーナ、あなただけなんですな」

「私が、嘘をついているというの？」

警部は今度は歯を剝いて、にやりと笑った。

「そうはいいません。しかし我々は真実を見定めなくてはなりませんからな。Aだという人間とBだという人間がいたら、物証と照らし合わせてどちらが真実をいっているか、それを決めなくちゃあならんのです。

あなたは容疑者が現場に出入りするところを見ていないという。しかし現場には容疑者の指紋の付いた凶器が存在し、それによって殺害された人間がいる。証拠は嘘はいわないが人間はいいます。となればどちらを信ずるか、これは明らかでしょう」

「証拠だって解釈の仕方で意味が変わるわ」

アントネッラはすかさずいい返す。

「凶器として使われたのがスフィンジェの鑿でも、それを使ったのが彼女である証拠にはならないじゃないの」

「確かにその通りです。だが、ならばこちらからお尋ねしたい。レニエール氏を殺害したのが黒仮面の賊の仕業だとしたら、なぜ鑿が凶器に使われたのですか？」

「なぜ？――」

「そうです。あなたの供述によれば、彼らは武装していたのではありませんか。至近距離から人の命を奪うなら、刃物などより拳銃の方がはるかに簡便で威力がある。そう考えればやはり鑿は、本来の持ち主によって使われたと考える方が理屈に叶うのではありませんか」

アントネッラは唇を嚙んだ。警部はここぞとばかりにことばを継ぐ。

「しかもあなた自身がおっしゃったことですな。彼女はその朝ヴィラを出てアトリエに行ったと」

「あれは、賊に脅されて――」

「ジョルジョーネを捜しに行かされた、そうおっしゃいました。ですがその直後、アトリエは放火されている。獲物を捜すためにその場に火を放つ強盗はおりませんな。

だがあれが容疑者による証拠隠滅のための放火だった、と考えるとこれまた理屈に合うわけですよ。霧で湿っていたためか半分程度で鎮火していましたが、もしもあれがすっかり焼失していたとしたら、指紋の照合もそう簡単にはいかなかったことでしょうからな」

口を引き結び、それでもきつい目をそらそうとしないアントネッラに、警部はねちっこい口調でさらに続けた。

「いかがです、シニョリーナ。そろそろ本当のことをいって下さいませんか。武装した仮面の強盗団なんてものは初めからいなかった。ごく平穏にレニエール氏がレイコ未亡人を訪問し、翌日無惨に殺害された。恋人の寝室にいるところを、彼女の裏切りを知らされて愕然とする暇もなく。

それともあなたはなにも知らずに、この茶番劇の目撃者にさせられていたと、こうおっしゃるつもりですか。それならそれでも結構ですが、やはりあなたは嘘をついておられます。あのスウェーデン女が寝室に出入りするのを、見なかったと主張なさる。だがそんなことはあり得ない。だから嘘なのです。

違いますか。変な意地を張らずに認めておしまいなさい。いまなら間に合います」

神代が口早に訳してくれる警部のことばを聞いていた蒼は、ついにこらえきれずに声を上げた。

「ちょっと待って下さい。さっきもいったけど、ぼくたちは嘘なんかいってない。武装グループは本当にいたんです」

神代がそれを同時通訳並のスピードでイタリア語にしていい返す。警部が口を開くのを待たず、蒼は続けた。

「トダーロがぶん殴って、廃墟の納屋に閉じこめたふたりは捕まえたんでしょう？　どうして彼らを尋問しないんですか。ぼくたちを嘘つき呼ばわりするよりも、その方がずっとまともな捜査じゃありませんか。変だ！」

だが蒼のことばが訳されるのを聞いた警部は、ふたたび唇をゆがめてにやりと笑った。

「尋問はちゃんとしていますとも。とはいってもいまのところ、ふたりとも名前さえいおうとしていませんがね。だが口をきいてくれないといえば、レイコ・レニエールも同様なわけです。殺人の現場では都合良くお眠りあそばして、今度はショックで口がきけませんとは、つくづく器用なお方だ。それが通るなら警察は不要です」

「仮病呼ばわりする気か？」

今度は神代が嚙みつく。

「夫人の診断はこの病院がしていることった。それも信じられねえたあ、ヴェネツィアの医者ってのはよほどヤブ揃いなんだな」

「仕方ありませんな」

ため息をついてみせた警部の顔には、依然余裕がある。

「では私も、もう一枚カードを切ることにいたしましょう。廃墟の瓦礫の中で、本日我々は拳銃を二丁発見しました。ベレッタ社の三二口径、極めてありふれたものといえます。双方とも弾丸は弾倉に七発入っていた、つまり装塡《そうてん》されたまま発射されてはおりません。しかしその弾は」

一度ことばを切って、

「すべて空包でした」


一瞬の空白が室内を流れた。

「先生！」

蒼はじれて神代の腕を引っ張る。

「先生、あの人はいまなんていったんですか？」

「見つかったピストルの中身は空包だったんだと」

蒼は茫然とした。そんなこと信じられるわけがない。だってそれじゃ、目の前で処刑されたあのふたりは。

「嘘だわ！」

アントネッラも叫んだ。

「フジエダは射殺されていたっていったじゃない。彼はそれじゃいったい、誰に殺されたっていうつもり？」


「それはこちらがぜひ、教えていただきたいことですな」

警部は肩をすくめる。

「ですがこれでおわかりでしょう。あなたたちは島に武装した強盗団十人以上が現れたと主張される。彼らによって目の前で、レニエール氏の秘書と料理女、二名が射殺されたといわれる。しかし駆けつけた我々が見つけたのは、たったふたりの、それも犯罪者リストのデータベースにも出てこない男と女ひとりずつ。武器といわれて発見したのは空包しか入っていない拳銃。それだけだ。

死体はふたつころがっているが、それはいずれもあなたたちが見たという被害者ではない。容疑者としか思われぬ人間はどこへ消えたか行方知れず、現場にいた人は口がきけず、唯一の目撃者は容疑者を見ていないといい張る。これだけの支離滅裂《しりめつれつ》、証拠の欠如、いや反証ぞろいで、どうやってあなたがたのいうことを信じろというんです」

「だからってどうしてそれが、レイコ・レニエールの仕組んだことだって話になるんだ！」

「殺されたのがアルヴィゼ・レニエールだからですよ、ドットーレ。レイコ未亡人はレニエール氏から熱烈なプロポーズを受け、しかしこれを嫌ってミラノから逃げ出されたそうではありませんか。だがまだ氏は彼女を諦めていなかった。そして女彫刻家も日頃から、レニエール氏を嫌悪していた。彼女たちふたりの間には、通常のパトロンと芸術家以上の関係があったのかもしれませんな」

警部の口元に下卑《げび》た笑いが広がる。

「もちろん我々は現在のところ、すべての状況を把握してはおりません。シニョリーナもいわれた通り、フジエダが誰によって殺害されたのか、といったことにはまだ疑問が残りますし、他にもいくつか不明な点はあります。

しかしこれ以上よく状況に適応する仮説が立たぬ限り、我々は現在の線で捜査を進めたいと考えます。ここまで包み隠さず私がお話しした、誠意を汲《く》んでいただきたいものだ。いかがです。いまのうちに腹を割っていただくわけにはいきませんか」

「——では警部、それ以上によく状況を説明できる仮説がある、と申し上げたら耳を傾けていただけますか？」

その声はドアの外から聞こえた。男のそれにしてはやや高く細い、だが弱々しさは少しもない静かな口調。警部が声を発するより早く、外から開かれた扉がふたりの制服警官を押しのける。すべりこんできたのはほっそりした人影。古ぼけたモス・グリーンのウィンドブレーカーが振り向いた。霧を含んで湿った前髪を、頭から払うように一振りして、

「ただいま」

これは日本語。唇からわずかに白い歯が覗く。

京介、と蒼が声を上げるより早く、アントネッラが叫んだ。

「桜井サン、いったいいままでどこへ行っていたのヨ。わけもいってくれないで、ひどいワ！」

「それは失礼。何分にも時間がなかったのでね」

アントネッラの抗議をあっさり片づけて向き直ると、ことばをイタリア語に切り替えて、

「僕は一日で戻ると申し上げていきました。いまが午後四時二十分、サマータイムが終わって今日から一時間時計を戻したことを別にしても、いただいた二十四時間にはまだ二時間近くあります。では、僕の仮説を聞いていただけますか、警部？」

いわれた警部は、口に苦い物をつっこまれたような渋面《じゅうめん》になった。

「シニョーレ・サクライ、私はなにもあなたに約束した覚えはない。あなたは我々の要請《ようせい》を無視し、ろくな供述もしないまま姿を消した。場合によっては公開捜査も考えていたところだ」

「そのお詫びにこれから、貴重な情報を提供いたします。結果としてあなたがたは誤った仮説を放棄し、これ以上必要な初動捜査を遅らす危険を回避できます。三十分とかかりません。それを聞いてまだ納得できぬとおっしゃるなら、僕を捜査妨害の疑いで逮捕されればいい。いかがです」

「ふふん。それほどいいたいことがあるなら、いってみるさ」

下まぶたの赤くただれた猛悪な目で睨み付けながら、口調だけは余裕ありげに答えた警部に向かい合って、京介は唇から薄い笑みを消さない。

「まず最初に申し上げたいのは、僧院の廃墟に監禁されていたというふたりのことです。尋問はされているとして、彼らにアルヴィゼ・レニエールが死亡した事実は伝えてありますか？」

「いや、そんなことはいっていない」

「そうでしょうね。ではなにをおいても、そのことを教えてやることをお勧めします。たぶんそれだけで早晩、ふたりは口を開くでしょう」

「どういう意味だ」

警部は探るような目つきになる。

「それさえ知れば彼らも、これ以上黙秘してもなんの利益も得られないということがわかるからです。しかし僕はたぶん彼らの名前を知っています」

「だったらもったいぶらずにいってみろ！」

「男女ふたりということでしたね。男はマッシモ・ヴィスカルディ、そして女は、本名かどうかわかりませんがネリッサと名乗っていたはずです」

神代の通訳でそれを聞かされたとき、蒼は今度こそぽかんと口を開いてしまう。だってそのふたりはぼくらの目の前で処刑された。京介も見ていたはずだ。そして死体はどこかに運び出された。

でも見つかった拳銃の弾が空包だったたってことは、あのときに発射されたのもやっぱり空包で、ということは……

「するとおまえたちの供述は嘘だったということを、認めるというんだな――」

目玉をぎらつかせて詰め寄る警部に、京介は微笑んだままかぶりを振る。

「嘘ではありません。それは実際シニョリーナ・アントネッラたちが供述した通りに起こりました。僕たちはみなそれが実際の残忍な処刑だと信じ込まされました。しかしそれは犯人と被害者の共演による芝居でした。その意味で警部の推理は正しかったといえます。ただそれが誰によって企画されたものなのか、そこを間違えておられるのです。――ちょっと失礼。駆け回ってきたので疲れました」

すっと体を巡らせてベッドの端に腰を下ろした。軽く足を組むと、顎を上げて警部を見上げる。

「なぜ僕がそれに気づいたか、ということをお話ししておきましょう。マッシモの銃殺のとき、銃声と彼の倒れるタイミングがわずかにずれているように感じたのがきっかけでした」

ついでネリッサがいきなり恐怖の悲鳴を上げ、庭に向かって走り出した。ロッジアの端の柱の陰に隠れるように立っていたにもかかわらず、いきなり自分が次の被害者と指定されたように叫び出したのも奇妙でしたが、なにより庭へ走ったことが不自然すぎました。僕たちの背後かヴィラの中へでも飛び込むならともかく、銃を持った処刑者たちが待ち受けている、まさにそちらに向かって逃げ出したことになるのですから。

その時点ですべてが仕組まれたものであることはほぼ明らかでしたが、もうひとつ確信が欲しいところでした。ちょうどそのときシニョリーナ・アントネッラの携帯が鳴り出した。それをチャンスに僕はバンデネーレと名乗る男を挑発してみることにしました。しかし彼は撃たなかった。せっかく拳銃を手にしていながら、その代わりに彼がしたことがこれです」

京介の右手が眼鏡を外す。左手が顔にかかる髪を掻き上げる。露わにされた白い顔。そのこめかみ、長く切れたまなじりと生え際の間に、まだ乾ききらない赤い傷痕が刻まれている。

「人質の人数なら充分すぎるほどでした。殺さなくともレニエール社長のように、利き腕を撃って行動力を奪うこともできたはずです。しかし彼はそうしなかった。なぜでしょう。

殺人は彼らの望まないところでした。マッシモとネリッサの情け容赦ない処刑は、ただレイコ・レニエールを脅迫して秘蔵のジョルジョーネを奪うために演じられた芝居でしかありませんでした。よけいな罪は犯さず、絵だけを手に入れて姿を消すのが当初の計画でした。主犯の正体には最後まで気づかせることなく、無論自分たちの正体も知られることなく。つまり」

一息ついて京介は続けた。

「これらの狂言を仕組んだのは、アルヴィゼ・レニエールです」

謀略のゲーム

1

「ばっ、馬鹿なッ！」

警部は唾を飛ばしてわめいた。その顔がみるみるどす赤く染まっていく。

「いったい彼がなんのためにそんなことをする。どこからあんたはそんなとんでもない、馬鹿げた話を思いついたんだ！」

「ああなるほど、警部殿は以前からレニエール氏をご存じなわけですね」

京介は穏やかにうなずいた。

「目的は無論、レイコ・レニエールの所蔵するジョルジョーネを奪取することです」

「なにをいうか。レニエール社の社長ともあろう者が、そんな下らぬことで——」

「そう思われるのも無理はありませんが、もうしばらく耳を貸していただけませんか。僕はまだ五分しかしゃべっていない」

「これ以上聞くまでもないさ。捜査妨害でしょっぴいてやる。——おい！」

背後の部下に顎をしゃくったが、京介はあわてる様子もない。

「聞いておかれた方があなたのためでもありますよ、エンツォ・パッタ警部殿」

さらに怒鳴ろうとした彼の口が中途で止まる。それがこれまで誰も口にしていない、彼の本名なのだろうか。

「いくらあなたがレイコ・レニエールと我々との共謀によるレニエール氏殺害というシナリオを主張されても、それだけで公訴にこぎつけるのは無理というものです。公安警察の鑑識がきちんと仕事をすれば、バンデネーレ一味が存在した物証はいくらでも発見されるはずだ。そのときになってあわてられぬように、お気障《きざわ》りならあくまで単なる仮説として聞いていただければいい。どうぞ、お座りになられたらいかがですか？」

警部は一声凶暴なうなり声を立てると、それでもアントネッラが立った後の椅子にどかりと腰を落とした。

「僕はミラノまで行って来たのです。少々手間取りましたが、レニエール社の顧問弁護士とも会うことが出来ました」

「なに弁護士だと？　――あんた、なにを聞き込んできたんだ」

身を乗り出す警部に、京介は視線を合わせない。あくまで涼しい顔で、外した眼鏡を服の裾でゆっくりと拭いながら、

「無論弁護士には守秘義務があります。ですから僕が聞いたのは、匿名某社とその社長を巡るエピソードに過ぎません。というわけで、これは身内での単なる雑談として聞いていただきたいのですが」

「ええい、さっさといえ！」

「A・L氏が亡父の後を継いで社長に就任して以来、L社の業績は悪化の一途を辿っているそうです。最大の顧客であった日本市場の、不景気による低迷といった不可抗力は無論ありましたが、危機を招いているのは前社長の堅実な方針をことごとく覆《くつがえ》す新社長の采配《さいはい》それ自体だ、というわけで社内では不平の声が高まっていました。ヴェネツィアの歴史的パラッツォを購入し、修復に多額の費用をかけるといった派手な金遣いにも批判が出ていたようです。ご存じでしたか？」

「――私がなぜそんなことを、知っているというんだ」

京介はちょっと肩をすくめて、拭い終えた眼鏡を顔に押し込む。

「A・L氏は前社長の長男ですが、同族企業であるL社には、創業者である先々代の兄弟の息子などが重役として席を連ねており、そこからA・L氏下ろしの動きも出ていました。祭日明けの明後日には重役会議が開催され、氏は社長を解任されることになっていたそうです」

「それが、どうした」

警部はいい返したが、妙に顔色が悪い。

「それがどうした。彼がそう簡単に辞めさせられるわけがない」

「もちろんA・L氏自身もそう考えていたでしょう。しかし事態は予想以上に切迫していた。進んで辞任するならよし、承諾しなければ社に対する背任の罪で告訴も辞さない、というわけです。それがいわれない汚名なのか、事実犯された罪なのかまでは僕は知りません。しかし彼が会社の資金を個人的に流用し、会社所有の不動産を担保に借金を重ね、さらに犯罪組織がらみの汚れた金にまで手を出していた、というのが告発の内容で、重役会議の意向は開催前からすでに固まっていたそうです。

A・L氏は辛うじて事前に情報を入手した。対策を講じるには時間はないに等しく、不利というも愚かな状況を覆すのに取れる手段はあまりに少ない。だが自分の解任に票を投ずる重役の過半数を買収できれば、取り敢えずの危機は逃れられる。

必要なのは少なからぬ資金、それも表沙汰にならない金です。いますぐ自由になる彼自身の資産はもはやない。かといって銀行から借りるわけにはいかない。買収工作は秘密裏に行うのでなくては無意味ですから。

それでもようやくある人物が、必要なだけの金を調達してくれることになった。だがそのためにはやはり担保が必要でした。それもL社の資産とは関わりない、つまり彼が社長を解任されたとしても取り返される心配のない、しかも相応の価値の保証された担保が。

いかがでしょう、パッタ警部殿。これがA・L氏ほどの地位にある人間が突然、極めて強引な手段を用いてもあの絵を入手しなくてはならないと考えた理由です。しかし彼はおそらくそのことを、犯罪であるとは考えなかった。絵はもともと自分の家にあったものだし、相手は亡き父の妻、そして一度は我が恋人とも考えた女性です。そのどちらも本来は自分のものだ、と彼は考えていたのかもしれない。まことに身勝手な理屈ですが、思いこめば当人には真実です。

無論このような事態が起きる以前から、彼はその女性に求愛を繰り返してきた。けっしてジョルジョーネだけが目当てだったわけではなく、彼としては心から彼女を愛しているつもりだったのでしょう。ただが極めて不本意なことに、女性は彼が差し伸べる好意をことごとく拒み続けていた。それを不当であると考えた氏は相手の翻意《ほんい》を待つよりも、もっと積極的な企みを巡らせて、彼女を我が物にしようとしてきました。まるでチェスをさすように、自陣に閉じこもって動こうとしない女王を狙って駒を配置してきた、とでもいいましょうか。しかもその駒はみな仮面をつけていた。

今回の狂言に料理女を利用できたのも、彼女がもともと彼の送り込んだスパイだったからです。島に住み込ませて女性の日常を探らせ、携帯電話で報告させていた。無論ジョルジョーネの保管場所を調べるのも重要な任務だったでしょう。

女性がヴェネツィアに現れるときには必ず尾行をつけ、彼女に接触する人間をチェックし、可能なら自分の手先として使おうとした。これは僕たち自身も経験したことです。

そして僕らがヴェネツィアに来ることとなったサンタ・マッダレーナ島の売却話、所有者にはまったく覚えのないまま進行していた契約も、その背後にいたのは氏であったと考えられます。時間がなくて確証を掴むまでには至りませんでしたが。

それだけでなく自分の愛人であった女性を、偶然を装わせて近づけたりもしたようです——」

「まっ、待てッ！」

淡々と、だが留まることなく続く京介の弁舌に、警部はとうとう悲鳴のような声を上げる。

「もしもあんたのいうことが正しいんだとしたら、いったいなぜ、誰がレニエール社長を殺したというんだ？」

「その前に確認させて下さい、パッタ警部殿。レニエール氏の右腕に傷はなかったのではありませんか。それはあなたが先程ほのめかしておられた、不明な点のひとつだったのではありませんか？」

蛙を踏みつぶしたような、ぐふという音が警部の喉からもれる。

「そうだ。だが——」

「バンデネーレと名乗った賊のボスは、レニエール氏の負傷を進んで治療することで、レイコ・レニエールにそれが偽の傷であると知られぬように計っていました。これが彼らの共犯関係の証明でなくてなんでしょう。

無論それは僕たちの目撃証言に過ぎず、信ずるに足らないといわれるかもしれません。しかしたったいま肯定していただけたように、レニエール氏の死体の腕は無傷だった。それを包帯を巻き、偽の血糊で汚してあった。これこそ今回の事件が、レニエール氏の計画した狂言である証拠です。なぜ彼はそのようなことをしていたのか、他に説明のしようがありますか」

「だから、それはいいから誰が社長を殺したか教えてくれというんだ！」

「知りません」

京介は平然といってのける。唖然としたのは警部だけではない。

「な、なんだとッ？」

「あるいは現在のところ、犯人を特定するだけの証拠がない」

「証拠ならある。あのスウェーデン女の指紋がついた鑿だ」

「ですが警部殿、それでは犯人を特定するための条件を満たしているとはいえません」

京介は微笑みながらかぶりを振る。

「あなたのスフィンジェ犯人説は、今回の事件がレイコ・レニエールによるアルヴィゼ・レニエール殺害の謀略であるという仮説によっていました。しかし僕がこれまで論じてきたレニエール氏による狂言説を取るとき、もはや凶器の所有者ということでスフィンジェを犯人呼ばわりすることはできないのです。

考えてみて下さい。なぜレニエール氏はレイコ夫人とふたり寝室に入ったのか。当初の計画では、賊の脅迫に震え上がって簡単にジョルジョーネを差し出すだろうと考えられていた夫人が、意外にも頑強に口を開かなかった。時間は刻々過ぎていきます。いつ邪魔が入って、もろいタロッキの城が崩れ去るかわからない。レニエール氏以上に焦っていたのは、実行犯であるバンデネーレでしょう。警官隊の突入ということにでもなれば、真っ先に標的にされるのは自分ですから。

レニエール氏は最後の手段として、極めて卑劣な方法を取ることにした。夫人に薬を飲ませて抵抗する力を奪い、女性の誇りを汚し、ジョルジョーネのありかを告白させる。もはや彼女に恨まれようとかまわないと考えるにいたったのか、あるいはそのような振る舞いに及んだ後でも、彼女に自分を受け入れさせられると考えたのか、そこのところはわかりません。ただ彼は自分という人間の魅力に、たいそう自信があったようです。

当然ながら焦燥《しょうそう》に居ても立ってもおれぬバンデネーレは、ふたりが寝室に入った後、時計を睨みながら扉の外で待ち受けていたはずです。どこを捜せば肝心のお宝が見つかるのか、その情報を待ち受けていたわけです。

部下たちもそのほとんどがヴィラの中に待機していた。目的を達したならただちに逃げ出す必要がありますから。それほど貴重なものを廃墟やアトリエに置いてあるとは最初から考えていなかったはずで、人質たちをヴィラから追い出したのは、夫人に対して卑劣な振る舞いに及ぶところを、間違っても邪魔されないようにとの用心からだった。

そんな状態でどうやってスフィンジェが、一ヵ所しかない階段を上り寝室に近づけますか？　シニョリーナ・アントネッラの目撃証言がなくとも、そんなことは明らかではありませんか」

「ハッ！」

警部は口を開けて、馬鹿にしたような声を吐き出した。脂ぎった顔には汗の粒が浮いていたが、表情はそれまでよりははるかに落ち着きを取り戻しているようだ。

「あんたがいくらそうやって机上の空論を積み重ねようと、レニエール氏が殺されたことに変わりはないんだよ。鑿が自然に飛んで彼の喉に刺さったのでもない限り、犯人はいる。だがそれはレイコ・レニエールではない。手にも体にもまったく血痕はなかったからな。

しかし夫人は彼が殺されるのを見ていて、止めようともしなかったわけだ。そしていまも口をつぐんでいる。彼女がそんなにまでしてかばう人間といえば、スウェーデン女しかいないだろう。おまけにあの女は、いまも行方をくらましたままだ。人を殺したのでもない限り、どうして姿を消しているんだ。え、それはどう説明する」

しかし京介はそれには答えず、

「警部殿はスフィンジェに対して、一定の心証をお持ちのようですね」

警部はまたぎくりと顎を引いたが、思い直したように京介を睨み返す。

「そうとも、俺にはわかっている。あの女は殺人犯、それも例のサイコ・キラーというやつだ。ストックホルムで十人以上若い娘を殺して、ヴェネツィアに逃げてきたんだ」

「――嘘！」

アントネッラが声を上げる。

「絶対に嘘よ、そんなの。あの人はそんな人間じゃない！」

「なるほど――」

京介が低くつぶやいた。

「レニエール氏に依頼されて、スウェーデンまで調査に出かけたのはあなただったのですね。民間人が警察資料を手にするのは、それほど容易いことではないと思っていました」

「それがどうした。実際あの女は怪しいんだ。ヴェネツィアに来てからも人を殺している。レイコ・レニエールに招かれてサンタ・マッダレーナ島に渡った後、行方不明になっている女がいるんだ。シニョーレ・サクライ。さっきあんたがいったレニエール氏の知り合いの女だよ。フジエダという日本人の恋人だった女も、どうやら同じ運命をたどらされたらしいな」

「違うわ。フジエダはその女性のことを口実にして、島に乗り込んできただけよ。レイコから強引にインタビューを取ろうとして」

「ほーお。そして彼も殺されたわけですか。やはり動機はありますな」

アントネッラの方へ警部は歯を剝いて笑った。

「長々と聞かせてもらったが、やはりレニエール氏殺しの本命はセルマ・ラーゲルレーブで動きようもないですな。サクライ氏のいわれたような狂言を彼が企んだとしても、いまの状況では証明のしようがない。そして彼が殺されているという、そればかりは動かしようのない事実だ。シニョリーナ、もしもあなたが彼女の疑いを晴らしたいと思うなら、さっさと我々のところへ出頭させるのが早道ですぞ」

いい捨てて重たそうに体を巡らした警部の背に、京介が声をかけた。

「お帰りですか？」

「今日のところはな」

「手配されるなら、どうぞバンデネーレのこともお忘れなく」

「ふん、なんの容疑でだね。仮面をつけて茶番を演じた罪か？」

「日本人セイジ・フジエダ殺害容疑ですよ」

京介はさらりといってのける。

「さっきもいったように、レニエール氏はレイコ夫人に近づく人間を見逃しませんでした。島に閉じこもろうとする夫人を、絶えず動揺させることで自分に振り向かせようという考えだったのでしょうか、フジエダにもどうすれば夫人と接触できるかといった情報を与えたようです。彼は夫人が僕たちを島に招待してくれる、それをあらかじめ知っていたようにフォンダメンタ・ヌオヴォに現れました。そんなことは事前にどこからか知らされていなくては不可能です。

フジエダと接触してそうした情報を手渡したのがバンデネーレだったとすれば、事破れたりとなって脱出する前、自分の声に気づいたかもしれぬ男の口をふさいでいったのも当然でしょう。賊たちの持っていた銃に装塡されていたのがすべて空包だったとしても、ボスである彼は実弾を用意していたはずです」

「またお得意の屁理屈か」

警部は笑い飛ばした。

「たとえそんな人間がいたとしても、顔すらわからない男が見つかるとは思えんな」

「そうでしょうか。レニエール氏の極《ごく》身近にいて、犯罪社会に片足をつっこんでいる人間です。しかし完全に向こうへ行ってしまった玄人ではない。これだけのへまを犯したなら、いまごろは恐慌状態だ。これきっと尻尾《しっぽ》を出します。

身長百六十センチ程度、体型は太めで年齢はたぶん三十以上五十以下。そして僕だったら、トスカーナカロマーニャ生まれのジョバンニという男を捜します。お手持ちの情報屋にでも、当たってみられたらいかがですか？」

「なにを？——」

さすがに気になったのか、警部は太い眉の片方をぐいと吊り上げた。

「なんなんだ、それは。誰だかわかっているというのか？」

しかし京介は軽く首をかしげて、はぐらかすような口調で答えた。

「民間人の協力が必要でしたら、いつでもご連絡下さい。僕にできることでしたらご相談に乗ります。けれど尊敬すべきパッタ警部殿、あなたもそろそろ頭を切り替えなくてはいけませんね。どれほど長いつきあいの有力者でも、死んだ人はもう守ってはくれませんよ」

2

「京介、ねえ、京介ったら！」

警官たちが出て行った途端、蒼はベッドの端に腰かけた彼に飛びついている。両手でセーターの胸を摑んで、

「いま最後にいったのってあれなに？　それとどうしてバンデネーレの名前とか知っているの？　昨日からずっとどこ行ってたの？　いましゃべったことみんな、たった一日で調べたの？　あ、それから島ではアントネッラと別れてからどうしてたの？」

「蒼、二十歳の人間のしゃべり方じゃないぞ」

ベッドのフット・ボードに背中をもたせたまま、京介は苦笑した。

「質問は一度にひとつずつにしてくれないか」

「だって、これだって聞きたいこと我慢してる状態なんだから！」

自分でも幼稚だな、と思わないではなかったが、ずっとイタリア語で交わされていたやりとりを、神代教授のやたらと省略の多い通訳だけで聞かされてきたのだ。固有名詞だけはときどき聞き取れるし、声の調子や表情はわかるのだから、なおのこと気になってたまらなかった。欲求不満は嫌というほどたまっている。

「ひとつずつでいいから。待ってるから！」

「はいはい。といってもどこから話そうか……」

「——チョット、桜井サン！」

今度はアントネッラが声を上げる。彼を見つめる目がとげとげしい。

「あなたはネリッサがレニエールのスパイだって気づいていたから、彼女の部屋には携帯電話があると思ったのネ。でも、だったらどうして一言そういってくれなかったの？」

「もしもあれが狂言だとわかったら、君はあそこにじっとしていた？」

「いいえ！」

とんでもないというように頭を振る。

「だろうね。で、藤枝氏の替わりに君が撃ち殺されていたかもしれない」

「そんなの、わからないじゃない……」

さすがにひるんだ顔で、それでもいい返すアントネッラに、

「そう、わからない。まさかあのときすぐそばで殺人が起こっているなんてわかっていたら、もう少し違った動きようがあったろうにね——」

ひとりごとめいてつぶやく京介の、その口調がひどく苦々しい。

「ね、京介はアントネッラと別れてからどうしていたの？」

「警察に連絡した。それから、バンデネーレの部下をひとり捕まえられないかと思って、それがずいぶん手間取ってしまったんだ。慣れないことをしようとするとね」

「捕まえるって、なんで?」

「もちろん、警察が来るということを教えてやるためさ」

当たり前の口調でいわれて、蒼たちはあっけに取られてしまう。

「おい、京介——」

「どうして?」

「神代さんもわかりませんか?」

「わからねえよ!」

「つまり、本来はアルヴィゼ・レニエール氏と交渉して、穏便《おんびん》に退去してもらうつもりだったんです。狂言は狂言であることがばれた時点で、意味をなくしますからね。ただあまり騒ぎを大きくしたり、レニエール氏の面目を潰《つぶ》すような状況にして、混乱を起こすのはかえって危険だと思いました。彼にしてもよほど追いつめられたのでなくては、あんなことはしでかさないでしょうから。

というわけで、話すなら藤枝氏やスフィンジェがいなくなってからと考えたのが裏目に出て、時機を逸《いっ》してしまった。警察に連絡するのはやむを得ないとして、ご本尊《ほんぞん》を置いてバンデネーレと彼の部下たちが逃げ出してくれれば、レニエール氏ひとりではなにもできません。僕さえ黙っていれば、彼が被害者を装うのは簡単ですから、この場合でも失敗した狂言については口を拭《ぬぐ》っていられます」

「だけど、わざわざ逃亡させるなんて——」

アントネッラは納得できない顔だ。蒼にしても、この場合は彼女に同意したい気がする。しかし京介はゆっくりとかぶりを振って、

「前日は空包しか使わなかったからといって、彼らに実弾の用意がないとはいえない。あれだけの人数が駆けつけた警官隊と撃ち合いにでもなれば、誰が巻き込まれるかわかったものではない。それくらいならいっそ逃がしてしまった方がリスクは少ないだろう。実際に起こったことといえば、脅迫と少々の暴行だけなんだから。

僕としてはそこまで考えて、一番安全な道を選んだつもりだったんですが、まさかその間に当のレニエール氏と、藤枝氏までが殺されているとは思いませんでした。まったく不手際の限りです——」

最後はまたため息になってしまう。ずいぶん疲れているようだ。顔色も悪い。

「それにしてもあの警部、アルヴィゼ・レニエールの息がかかってたとはな」

「ええ。神代さんから紹介状をいただいていたおかげで、弁護士ともスムーズに会えました。彼が教えてくれたんです。あの警部もヴェネツィア生まれで、母親の実家から繋がったコネのようですね」

「するとレニエール家というより、アルヴィゼ・レニエール個人のつき合いだな」

「そうです。そういう手駒があるからこそ、ここまで思い切った狂言も打てたんでしょう。事前に知らされてはいなくとも、彼に不都合な証拠のひとつやふたつ握り潰してくれそうですよね」

聞いていたアントネッラが声を上げた。

「大変。それじゃきっとあの警部、なんとしてもスフィンジェを殺人犯に仕立てるつもりだワ。彼女がスケープゴートにされてしまう！」

「それは大丈夫だ、アントネッラ。死んだ人間のために働いたってなんの得にもならねえくらい、あの警部だっていまごろ気がついてるさ」

神代のことばにも彼女はかぶりを振って、

「でもパパ。アルヴィゼ・レニエールが鈴子サンの絵を狙って狂言を仕組んだなんて、残されたあの家の人間だって認めたくないに決まっているワ。警部がこれからもレニエール家のために働こうとしたら、きっと——」

「たぶんそれはないと思う」

ぼそりといった京介に、

「なぜそんなことがいえるの？」

アントネッラはすかさず聞き返す。気休めなど聞く耳持たぬという顔だ。

「エンツォ・パッタがアルヴィゼ・レニエールの手駒であることは、少なくともミラノの重役たちには完全に知られている。そんな男にすり寄ってこられたら、むしろ向こうは警戒するだろう。無論彼の力でこの事件が、レニエール家の醜聞《しゅうぶん》をもみ消すかたちで決着がつけられれば、恩を着せて売り込みのしようもある。だが迷宮入りにでもしてしまえば、それ以前に彼の地位が危うい。

逆にこの事件を解決して派手な手柄でも立てられれば、彼にとっては災《わざわ》い転じて福となる。名警部という評判が立てば、売りつけるにも値が上がる。いますぐあわてて新しい主を探すより、その方が自分にとっても好都合だと気がつくだろう。そのためにあれだけハッタリを利《き》かせておいたんだ。そのうち帰国してしまう外国人なら後腐《あとくさ》れも気遣いもない。今夜の内か遅くとも明日には、民間人に協力の要請が来ると思うな」

「ハッタリって——」

それは確かに警部に向かってしゃべっている彼ときたら、いつもとはまるで違う、ドラマの中の『名探偵』みたいだったけど。

「占い師のご託宣《たくせん》といっしょさ。ひとつでもずばり当たれば、はずれた残りは忘れてもらえる。藁《わら》をもすがる気になっていればなおのことね」

「なんでえ、やっぱりそうか」

神代がふふんと笑った。

「いくらおまえでも、たった半日であそこまで調べがつくとは思わなかったぜ。社長解任劇は事実でも、買収資金調達の担保がジョルジョーネだ、なんてのは大風呂敷《おおぶろしき》の想像だろうがよ」

「せめて妥当な推理、くらいにしておいて下さい。仰《おっしゃ》るとおり付《つ》け焼《や》き刃《ば》の探偵ごっこですが、風呂敷を引っかける釘程度のものは見つけてきましたし、それほど的外れはなかったと思いますよ」

「そんなにあちこち調べてきたの？」

「まあね。おかげで昨日は寝ていない」

「京介、いったいどうしたの？――」

蒼は聞かずにはいられなかった。建築とも関係ない話をあんなにたくさんしゃべるなんて、それだけでもすごく珍しいのに。

「いつもはなまぐさい事件なんて自分は興味ない、なんていってるのに。まさか頭殴られて、心境が変わった？」

「――かもしれないな」

それだけ答えて横を向いてしまう。全然返事になっていない。

「おう、京介。じゃあトスカーナ生まれのジョバンニってのは、ただのヨタかよ」

「まあハッタリ、といっても案外正解じゃないかと思うんですが」

なんでもないことのようだ。

「どうせなら母親の名はカテリーナ、父の名は同じジョバンニ、事情あって結婚できないふたりから生まれ、幼くして父を失った、くらいいってやればよかったかもしれませんね」

「馬鹿野郎、そこまでいやあ見え見えだ」

なんの話だか全然見えない。アントネッラも面食らっている。

「もう、パパも桜井サンもなんの話してるのヨ。全然わからない。バンデ・ネーレってファシストの党派じゃやなかった？」

「ムッソリーニが率いたのはカミーチェ・ネーレ、黒シャツ党。バンデ・ネーレはルネサンス期の傭兵部隊さ。目印として黒絹のリボンを身につけていた。その部隊を率いたのがジョバンニ・デ・メディチ、別名デッレ・バンデネーレだ。

フォルリの女傑カテリーナ・スフォルツァとフィレンツェのジョバンニ・デ・メディチの息子で、父ジョバンニは息子が一歳になる前に病死した。バンデネーレも二十八歳の若さで戦死したが、その武勇はアルプスの北にまで鳴り響いていた。

彼の息子はその後、直系の絶えたメディチ家の主となってコシモ大公を名乗るんだが、バンデネーレが健在だったらその後のイタリアの凋落《ちょうらく》もずいぶん違ったものになっていただろうとさえいわれる。つまりそれだけの有名人さ。地元の人間にしてみれば英雄といっていいだろう」

蒼はあきれてしまう。どうして京介って聞いたことにはろくな返事してくれないくせに、こういう変なことになるとやたらと雄弁なんだろう。

「そしてバンデネーレは生前、人に抜きん出た勇猛さから悪魔《ディアボロ》と呼ばれた」

アントネッラはなにか思い出したように、アラッとつぶやいた。

「そう。君が彼を悪魔と罵《ののし》ったとき、妙に嬉しそうに笑っただろう。黒服に身を固めてきたのは正体を見せないための実用だったんだろうが、敢えてバンデネーレの名を使ったということは、生まれた土地の英雄という以上に、なんらかの思い入れがあったのじゃないかな」


「アントネッラ、おまえも少しはイタリアの歴史くらい覚えておいた方がいいぞ。いくら大学出たら日本に来るつもりでも」

神代にいわれて彼女は頬を赤らめたが、

「いまはそんなことといってる場合じゃありません。私はスフィンジェのことで頭がいっぱい。あの警部が桜井サンを信用するようになったら、なにかいいことがあるの？　これから私たちどうすればいいのか、それを考えてヨ！」

「しかしなあ、アントネッラ。彼女が姿を消してるってのはどうにもうまくない」

「それどういう意味なの、パパ・ソウ」

アントネッラはきっとして彼を睨み付ける。

「俺があの女性とまともに口をきいたのは、羚子夫人とも初対面のときだけだが、正直な話ずいぶんとエキセントリックな人間だと思ったよ。それと、アルヴィゼ・レニエールを徹底的に毛嫌いしている、それも印象に残った」

「だって、それは」

「まあ聞けって。その他に俺がもうひとつ感じたのは、彼女が羚子夫人を慕《した》っているっていうか、えらく真摯《しんし》な愛情を持っているってことだ。パトロンと芸術家っていうより姉妹、いや母親と娘みたいに見えたな」

「ええ、それは私もそう思うワ」

「だったらなおのこと、いまスフィンジェが行方をくらましてるのは変だと思わないか？　おまえが窓から覗いてる間、ずっと彼女の姿が見えなかったってことは、彼女は羚子夫人が無事かどうか、それも確かめないで逃げ出したことになるぜ」

「――――」

「トダーロもたぶんいっしょだろう。ラグーナで舟を走らせるのは、そう簡単なことじゃないからな。あの男が誰より羚子夫人に忠実だったろうってのは、藤枝が現れたときの様子からもわかる。そのふたりがふたりとも、なんだってこんなときに羚子夫人をほっぽり出して姿を隠しちまったんだい。変だろう」

アントネッラは途方に暮れた顔になる。

「なぜだって、パパはいうの？……」

「おまえの方がスフィンジェのことを知っているんじゃないのか。そうかりかりしねえで、少し頭を冷やして考えてみろよ。いったいどんな理由だったら、彼女がそういう行動を取ると思う」

両手で胸を抱え込んで、アントネッラは思いに沈んでしまう。その顔を眺めながら、蒼は迷っていた。もしかしたら自分は、その理由を知っているのではないだろうか。

スフィンジェが、羚子夫人を守るために人を殺したとしたら。そしてその証拠を蒼に見られてしまい、しかもなぜかはわからないが、蒼の口をふさぐことは断念したのだとしたら。これ以上夫人のそばにいてはかえって迷惑をかけると、姿を消すこともあり得るのではないか。

「ね、アントネッラ」

蒼は思いきって顔を上げた。

「君がいつか船の上でいっていた、好きな人ってスフィンジェのこと？」

アントネッラがはっと息を呑んだ。その顔に見る見る赤く血が昇っていく。見開かれた目が潤んでいる。だが彼女は唇を嚙みしめると、挑むような目で蒼を見返した。

「だったらなに。私は嘘なんかついてないワ。彼女を見たのに見てないなんていっていない。信じてくれなくたって本当なんだから！」

「——でも、もしかして彼女が殺人を犯していたとしたら、君はどうする？」

「なんですって？」

「待って。君が嘘をついてるとか、そんなことといってるわけじゃないんだ。別の話の方」

「同じだワ、そんな！」

アントネッラは一歩も退こうとしない。

「ひどいワ、蒼。なんの証拠があってそんなことというの？」

「でも、ぼくは見たんだ。島の修道院の廃墟で、若い女の人の持ち物と携帯電話が入った旅行カバンが、物置の中に隠してあったの」

「どうしてそれでスフィンジェが、人を殺したことになるのよ」

「それと、写真が」

「写真が？」

「アトリエの彼女と、その足元に硬直した女の人の手が写ってた。彫刻なんかじゃなくて、死んでいるように見えたんだ」

「——嘘つき」

蒼を凝視する強ばった顔から、低く震える声が聞こえた。

「どうしてそんな写真があったのよ。スフィンジェが人を殺したとして、なんでわざわざそんな写真がとってあるの。あなたはどこでそれを見たの」

蒼が答えるより前に、顔をゆがめてアントネッラは叫んだ。

「嘘つき、もうイヤ、なにも聞きたくない！」

波打つ金髪をひるがえし、高くドアを鳴らして駆け去ってしまうのを、

「しょうがねえな」

舌打ちして神代が追いかけていく。取り残された蒼は肩を落とすよりない。

アントネッラ、泣いていた。あんなことをいわなければよかっただろうか。だけどあの写真がなんでもなかったら、スフィンジェが蒼の首を絞めるようなことをしたはずはない。どうしてそれを絵の裏になんか、隠してあったのかはわからないけれど。

だからといって彼女が殺人者だと、決めつけたつもりもなかった。そして、どんな理由があったからといって、殺人が免罪《めんざい》されるわけもないが、それでも人は人を殺すことがある。殺さずにはおれなくなってしまうことが。信じたくない気持ちはわかるけれど、アントネッラが本当に彼女のことを好きだというなら、なにがあったか、事実を知っておくべきではないかと思ったのだ。

「――蒼」

声がした。ベッドの端に腰かけていたはずの京介は、いつのまにか仰向けにシーツの上に寝転がっている。顔の両側に散った髪。両手を頭の後ろに組んで、眼鏡の奥から少し眠そうな目がこちらを見上げている。

「大丈夫だったか？」

その目を見て、蒼はこくんとうなずいた。

「警部に、いわなかったんだな」

「うん。なんでかわからないけど、いいたくなかったんだ」

目的語の抜けた会話。しかしふたりともなんの話をしているかはわかっている。手でまた首に触れかけて、止めた。目で見て確かめてはいないけれど、たぶんそこにいまも、くっきり赤く記されているの

だろう指の痕。

「最初思い出したときはぶるっちゃったけど、落ち着いてみるとね、スフィンジェに対して恐いとか憎らしいとかいう気が全然湧いてこないんだ。かえって、なんていうんだろう、ぼくの方が悪いことしたみたいな——」

「………」

「そんなのって、変だと思う？」

「いや」

眼鏡を額に押し上げながら、京介は答える。

「蒼がそう思うなら、それでいい」

「うん——」

蒼はほおっと息を吐いた。なんだかすごく久しぶりに、胸のあたりが楽になった気分。

おかしいな。どうして京介がひとこと『それでいい』といってくれただけで、こんなに心底安心できるんだろう。

情けない話だけれど、やっぱり自分はまだまだ子供なのだ、と蒼は思う。普通のときはどうにかなっていても、なにかあると京介に頼らずにはいられなくなってしまう。

（それはでも、仕方がないや。これから少しずつでも、どうにかなってきゃいいんだし——）

「だけどこれからどうなるの？　ぼくらが帰るまでに、なんか決着がつくのかな」

しかし答える声はない。

「京介？」

振り向いてみれば返事しないはずだ。彼のまぶたが閉じている。眼鏡が伸びた指の先に落ち、上を向いたまつげの先が息の音に合わせて震えている。蒼はあわてて両手を胸にかけ、力一杯揺さぶる。

「駄目だよ、こんなとこで寝ちゃあ。まだ夕方だよ、京介！」

「悪い、一時間だけ……」

寝ぼけた返事が聞こえた。

「四十八時間、まともに寝ていないんだ——」

「駄目だってば。ぼくもうこんなとこにいるの嫌なんだから。置いていっちゃうよ。またあの警部が来ても知らないからね！」

だが後は答える声もなく、胸がゆるやかに上下するばかり。不思議と気持ちよさそうな寝息をたてて、京介はすでに熟睡していた。

3

京介の読みをなぞるように、その後事態は急転を続けた。事件発覚からわずか二日後には、数多い物証によって、もはや黒衣黒仮面の賊たちの存在は否定しようもなくなっていた。

サンタ・マッダレーナ島付近の海域で、標識代わりに投下したと見られるブイ多数が発見された。ブイには蛍光塗料《けいこうとりよう》が塗られ、夜間でも浅瀬を避けて航行することを可能にするタイプのものだった。

ラグーナ一帯に広げられた捜査の手が不審なモーターボートの洗い出しに奔走し、その結果リド島の外れに放置された二隻の中から同型のブイを発見。さらにビニール袋に詰めて捨てられていた黒い仮面数枚が見つかるに及んで、このボートがサンタ・マッダレーナ島に現れた一味の使用したものと考えられるに至った。ただしいずれも登録は抹消されており、所有者からの手がかりはない。

島の廃墟で身柄を拘束された男——マッシモ・ヴィスカルディが自白を始めた。その内容はアルヴィゼ・レニエールの陥《おちい》っていた危機的な事態からして、京介が語ったのとほとんど同じだったが、彼の供述によってバンデネーレと名乗っていた男の正体が明らかになった。

その名はジョバンニ・バルキエーリ。生まれはローマーニャのフォルリ。前科はないが二十代のとき、地元企業相手の大規模な取り込み詐欺に、犯人グループのひとりとして関わった疑いで取り調べをうけている。

どのようにしてアルヴィゼ・レニエールと知り合ったのかはヴィスカルディも知らなかったが、レニエールが社長に就任してからはヴェネツィアで自家用モーターボートの運転手を務めていた。つまりレニエールの招待に応じたとき、京介は少なくとも彼の背中だけは目にしていたことになる。

サンタ・マッダレーナ島ではさらに現場検証が行われているが、スフィンジェとトダーロの行方を示す手がかりは見つかっていない。ふたりともその住居には、島外との繋がりを示すもの、手紙や写真といったものはまったくなかった。トダーロは姓をチアルディといい、ブラーノ島の漁師の家の生まれだったが、両親兄弟ともにすでに死に、親類血縁は付近の島に数家族残っているものの、彼らとはいっさい交際してはいない。

鈴子・レニエール所有のモーターボートは船着き場に係留《けいりゅう》されたままであったので、スフィンジェとトダーロは彼の小屋付近に陸揚げされていた手漕ぎの小舟で島を離れたものと推定される。しかしモーターボートと違って、喫水の極めて浅い平底舟《ひらぞこぶね》は葦の繁る湿地の奥まで航行可能であり、またトダーロはそうしたラグーナの水路を知り尽くしていると見られ、彼らの乗った小舟の行方を尋ねることはほとんど不可能といってよかった。

鈴子・レニエールは依然としてヴェネツィア市立病院に入院している。外傷はないものの精神状態は不安定で、当面安静が必要と見られている——

十一月二日、火曜日。

蒼がヴェネツィアに来て、この日でちょうど一週間になる。日本にいるときはもちろん、びっくり仰天続きだったサン・マルコ広場での最初の日にさえ、まさかその先こんな目に遭うとは想像もしなかった一週間だった。

しかし一昨日病院で京介が語った読みは、恐いくらい的中している。

アルヴィゼ・レニエールの手駒だったエンツォ・パッタ警部は、マッシモ・ヴィスカルディが自白を始めた時点で白旗を揚げた。警察が民間人の協力者に門戸を開く。日本ではミステリの中でくらいしかあり得ないことが、この国ではたとえ例外的ではあってでも実際に起こるらしい。

といってもそれはあくまで警部個人の都合、というのがいかにもイタリアらしいのだが、京介もそれをせいぜい利用するつもりのようだ。今日も朝からサン・ロレンツォ近くの分署に置かれた捜査本部へ出かけていった。

しかし蒼はいまだに、よく京介のつもりがわからないのだ。いくら乗りかかった船ではあるにしても、なんで彼はそんなに熱心なのだろう。だが尋ねてみたところで、まともな返事は戻ってこない。

いま蒼は鈴子夫人の入院している市立病院に向かっている。彼女の見舞いというのがひとつの目的だが、それだけでなくアントネッラと待ち合わせをしていた。神代に頼んで連絡をつけてもらったのだ。もう一度会って話したいから、と。あの晩は追いついた彼がなんといっても戻らず、そのまま帰ってしまったのだが。

サンティ・ジョバンニ・エ・パオロ広場に建つ市立病院の、広場に面したファサードはスクオーラ・ディ・サンマルコという十五世紀の建築がそのまま使われている。上部には左右不対称に半円アーチの装飾をいただき、さまざまな色や模様のある石で絵画的に飾られた玄関は、とても病院には見えない。ビザンチン風の華麗さの中に、ルネサンス的な遠近図法の壁画を色石《いろいし》で描いた姿は、ヴェネツィア建築の精華ともいえる。だがそこから奥へ続く病院は十九世紀の建築で、それも日本の現代的な病院を見慣れた目には、かなり古びて感じられた。

三階の、玄関からは一番遠い端に鈴子・レニエールの病室はあった。このあたりまで来ると、廊下にもあまり人がいない。ドアの前に椅子を置いて刑事がひとり座っていたが、蒼のことは京介を通じて話が行っているらしく、咎《とが》められることもなしに中に入れてもらえる。

蒼が目を覚ましたより、ずっと広くきれいな部屋だった。窓には薄布のカーテンがかかり、ベッドも白い天蓋《てんがい》で包まれて、そこに寝間着の肩にストールを掛け、上半身をまっすぐに起こして座っている羚子夫人の姿が見えた。

「こんにちは」

挨拶すると顔がゆっくりと回ってこちらを見る。

「いらっしゃい……」

そういいながらふうわりと微笑んだ顔は、血色こそ良いもののどこか普通ではない。誰が来たか、わかっているのだろうか。

「お加減はいかがですか?」

「ありがとう、とってもいいのよ。こんなふうに寝ている必要なんかないくらい。トダーロが迎えに来てくれたら、すぐに島へ帰るつもりなの」

いいながら窓の方を指さした。窓越しにラグーナの海が見えるのだ。

「でもなかなか来てくれない。困ったわねえ。ボートが壊れたのかしら」

「あの、そんなに島が好きなんですか?」

蒼が尋ねると、夫人は考えるように首を大きく傾げたが、

「——ええ、好きよ。だって私の家ですもの。あそこが世界でたったひとつ、私が自由でいられるところなの」

「でも、淋しくないですか」

「どうして?」

幼女のような口調で聞き返す。

「淋しくなんかないわ。私にはスフィンジェがいるもの。あんなに強くて美しい人、他にいやしない。だから、そうね、スフィンジェがいなかったらきっと淋しいかもしれない。でもそれは島だからでなくて、どこにいてもよ」

夫人の目はもう蒼を見てはいない。明るく輝くま
ま、なにもない宙空に向けられている。
「けれどヒロミも好き」
その名に蒼は思わずはっとした。
「あの人はとても可愛い。そしてとても傷ついてい
る。私と同じ。だからあの人もいっしょに、あの島
に暮らしてくれたら嬉しい。ずっといっしょに、そ
うすればほら、なんにも淋しくなんかないわ」
夫人の心の中では、過去と現在がごちゃまぜにな
っているようだ。そしてバンデネーレが現れた以降
の出来事は消えてしまっている。彼女にとってはそ
の方が幸せなのかもしれない。けれど――
「ねえあなた、ポーの『赤き死の仮面』ってご存じ
でいらっしゃる？」
夫人はいきなりそんなことをいった。蒼が面食ら
いながら、
「え、ええ」
うなずいたのもわかっているのかいないのか、

「スフィンジェは昔映画女優だったの。若手の監督
が恋人で、いつか彼女をヒロインに『赤き死の仮
面』をモチーフにした幻想映画を撮るっていってい
たのですって。そのとき暗記した原文を、よく朗唱
してくれた……」
夫人はベッドを降りて床に立つ。小さな両手を胸
の前に組むと、頭を上げ、詩を朗唱するように節を
つけながら口ずさんだのは、蒼の記憶にもある、
『赤き死の仮面』の書き出しの一行だ。
――The “Red Death” had long devastated the
country.――
「『赤き死』がすでに久しくその国を荒れ狂ってい
た……」
和訳をつけくわえて、また原文に戻る。
――But the Prince Prospero was happy and
dauntless and sagacious.――
「けれどプロスペロ公は幸福で、不屈で、賢明だっ
た――」

そしてふいに夫人は楽しげな笑い声を上げる。

「そうなの。でも私は彼が嫌い。だから私の『赤き死』が殺してくれたんだわ。気がついたら床の上が血で真っ赤だった……」

蒼は息を呑んで鈴子夫人を見つめている。プロスペロ公ってもしかしたら、アルヴィゼ・レニエールのことだろうか。それなら、彼女のいう『赤き死』というのは——

「スフィンジェの恋人だった映画監督にはね、でも奥さんがいて、彼女のことを憎んで殺そうとしたのですって。殺されはしなかったけど、体にひどい痕の残る傷を負わされて女優を止めるしかなかった。それが悔しくてあの人、何人も自分と似た若い女の子を殺したりしたのよねえ——」

しかし彼女は自分が口にしていることの意味を、少しも理解していないようだ。うっとりと微笑みながら、宙を見ることをやめない。思い切って蒼は聞き返した。

「それ、本当ですか?」

「え、なあに?」

夫人は振り向いたが、その目はあらぬところを見ている。

「本当といえば全部本当、お話といえばみんなお話。ね、物事ってそういうものじゃない? お話も信じれば本当になるわ。あなたが信じたいことを信じればいいの。私はスフィンジェが好きだから、彼女がどんな罪を犯していても平気よ……」

がたん、と背後で扉が鳴った。そこに赤いダウンのコートを着たアントネッラが棒立ちになっていた。後ろ手にドアを閉めたまま、目を見開いて唇を震わせている。蒼が、出ようかと顔を動かすと、辛うじてうなずいた。

「あの、失礼します。お大事に」

「ありがとう。あなたもね……」

閉じかけた扉の中から、やさしい声が背中に聞こえた。

「私に、あれを聞かせようとしたの？」

病院の玄関を出てようやく口を開いたアントネッラは、だが穏やかならぬ切り口上だ。蒼はあわててかぶりを振った。

「違うよ。第一予想もしてなかった」

しかし彼女は張りつめた表情を崩さない。その場に足を踏ん張って、蒼を正面から睨み付けている。レオナルド・ダ・ヴィンチの師匠ヴェロッキオの手になる、傭兵隊長コッレオーニの青銅騎馬像が立つことで知られた広場も、冬近い季節の夕暮れ時は冷え冷えとした風が吹きすぎるばかりで、人通りも乏しい。

「でもあれ、警部がいった話だワ。スフィンジェがスウェーデンで、って」

「アルヴィゼ・レニエールから聞かされたって、神代先生もいってたね。ぼくも驚いたよ、羚子さんがあんなことというと思ってなかったから」

「羚子サンは、いま普通じゃないんですもの」

「うん、そうだね」

口をつぐむと吹き抜ける風がなお寒い。蒼は思わずコートの襟元《えりもと》を掻き合わせる。ヴェネツィアに来たばかりはあんなに蒸し暑かったのに、この数日で急に季節が冬めいてきたようだ。

赤みは薄れたもののあの指痕は、まだ喉から消えてはいなかった。そんなつもりではなかったのだが、その動作が彼女の目を引いてしまったのかもしれない。

「蒼、スフィンジェに首を絞められたって——」

ようやくにためらいを振り切ったらしい、口調であり表情だ。

「先生から聞いたの？」

「エエ。あなたは、いい加減な気持ちでああいうことを口にする人間じゃないっていわれたワ」

「うん、少なくともいい加減なつもりはないよ。だけどあの警部には一言もいってないし、ぼくのことは別にもういいんだ」

「ほんとに?……」

「ほんとさ。だから彼女、捕まる前に警察に出頭した方がよくないかな」

蒼のことばを聞いたアントネッラの眉が、ふたたび険しく吊り上がる。

「絶対駄目よ、そんなの。日本の警察とは違うのヨ。イタリアの警官がどんなかはわかったでショ。無実の罪を着せられるのがおちだワ!」

「でも、いつまでも逃げているわけにはいかないよ。羚子さんだって心配していたし」

「いつまでもじゃないワ。レニエールを殺した犯人が捕まればいいのヨ。そのために桜井サンは警察に協力しているんでショ、違うの?」

「それは、そうだけど——」

しかし蒼の方を向いたまま、アントネッラは一歩後ろに下がる。すぐそこは橋だ。蒼がついていこうとすると、彼女は首を振った。

「来ないで」

「アントネッラ」

「悪いけど、やっぱり私は私が思うようにするワ。スフィンジェを警察になんか渡さない。彼女は無実だって信じてるもの!」

身をひるがえすと橋の階段を駆け上がって、たちまち向こうの路地に走り込んでしまう。しかし蒼は距離を見計らって後を追った。すでに黄昏《たそがれ》が薄闇に変わろうとしている時刻。だが見失うことはない。東京のようなけばけばしい色彩とは無縁な石の小路に、アントネッラの波打つ金髪と、真っ赤なダウンはあざやかに浮かび上がる。

アントネッラと会ったら後を尾行《つ》けろと京介からいわれていた。彼女はきっとひとりでスフィンジェを捜している。そしてスフィンジェの方も、彼女と接触しようとしているのではないか。バンデネーレは警察が捕らえるだろうが、スフィンジェはそう簡単には見つからない。しかし彼女抜きではこの事件は終わらないと京介はいうのだ。

アントネッラはリアルト橋に向かっている。得意の視覚的記憶力で、ヴェネツィアの地図はもう頭に焼き付けた。平面に描かれた複雑な路地のネットワークを、三次元である現実の街に直すのは少し難しいが、コツらしいものは摑めた気がする。いまなら彼女と食事をした夜のように、迷いまくる心配はなさそうだ。

今夜もリアルト界隈《かいわい》は祭のような人出で賑わっていた。早い夕暮れがショーウィンドーの輝きを、いっそう華やいだものに感じさせる。橋の上から眺めるカナル・グランデには観光ゴンドラや水上バス、大小の船やボートが行き交い、河岸のレストランは明るい電飾をひからせる。橋を渡りきれば、広くもない路地の両側に土産物屋の屋台が並び、観光客も地元民も区別のつかぬ人混みの中を、蒼はアントネッラの背中だけを目印に歩き続けた。

だがリアルト地区から離れるにつれて、人通りは見る見る減っていく。地図を暗記して道はわかったつもりでも、やはり心細さは抑えられない。アントネッラと食事をした後の帰り道、仮面とマントをつけた奇妙な尾行者のことが生々しく思い出されてくる。結局あれはなんだったんだろう――

開いている店がなければ、ヴェネツィアの街灯はあまりに暗かった。道がときおり狭い広場に出会ったり、運河にかかる橋で大きく曲がったり、そのたびに別の部屋に入り込むようだ。ヴェネツィア全体が大きな迷宮建築で、その中の曲がりくねる迷路をたどっているような感じがする。

(そういえば『赤き死の仮面』の仮装舞踏会も、そんなところで開かれるんだっけ……)

目は前方に見開き、ひたすら歩き続けながら、蒼はいつかそんなことを考えていた。舞踏会といえばなんとなく見渡す限りの大広間が当然みたいだけれど、あの話では違っていた。会場として七つの続き部屋が用意されて、それぞれ違う色の装飾がされたが、続き部屋といってもその配置は非常に不規則だったので、一度に一部屋ずつしか見通せなかったという。

ポーがヨーロッパに旅行したことがあるかどうかは知らないが、彼は少なくともヴェネツィアを念頭に置いて、あの一節を書いたのではないだろうか。

『二、三十ヤードごとに鋭い曲がりがあり、その曲がりのごとに珍奇な趣向があった。――』

確かそんな文章があった。まるでいま歩いている街そのものだ。そう思うと闇に浸された小道や建物の隅から、ポーの筆が描いた極彩色の幻影が湧き出してくるようだ。

（部屋の装飾は青、紫、緑、橙《だいだい》、白、菫《すみれ》、そして最後、七番目は黒と緋赤《ひあか》――）

ヴェネツィアの街がそのままあの城の広間なら、蒼は自分でも気づかぬ内に、ここに来てからずっと奇妙な仮装舞踏会に巻き込まれていたことになる。周りに現れる人間は誰もが仮面をつけていて、仮面を剝《は》いだ後にもまだ仮面があって……

領民を跋扈《ばっこ》する疫病の中に見捨てて、お気に入りの廷臣たち千人と、巨大な城塞に閉じこもったプロスペロ公。城壁の外には地獄が広がっていただろうに、彼は平然と幸福だった。けれど彼の開いた仮装舞踏会のさなかに、溶接された鉄門の守りをものともせず、刺客のように『赤き死』は現れた。

黒い仮面の従者たちを引き連れて、聖域の島を侵したもうひとりのプロスペロ公は、しかしその従者に守られていたはずの部屋で、無惨に喉を裂かれた。彼に懲罰《ちょうばつ》のような、血まみれの死を与えたのは誰だったのだろう……

そのとき――

闇に満たされた細い路地から、いきなり伸びた手が蒼を捕らえた。声をたてる暇もなく、腕を摑まれて引き込まれる。そこに立っていたのは真っ黒なフード付きのマントと、白い仮面に包まれた、

（あのときの？……）

いや、違う。いまそこに立っているのはずっと長身の、

「教エテ。羚子ハ無事？」

仮面をわずかに上へ持ち上げて、スフィンジェの青い瞳が見下ろしていた。

仮面の終焉

1

蒼はまっすぐに目を上げてスフィンジェを見た。そして尋ねた。

「日本語でわかりますか?」

自分でも落ち着いた声だと思う。ちっとも震えていない。彼女の目が大きく見張られる。そんな蒼の反応は予想していなかったのかもしれない。だが、無言のままうなずいた。

「鈴子さんはいまジョバンニ・エ・パオロ広場の市立病院にいます。病室は奥の三階だけど、行かない方がいいかもしれません。廊下に刑事が見張っていますから」

「ドコカ怪我ヲシタ?」

蒼はかぶりを振る。

「いいえ。ただ、よくわからないけどやっぱり、精神的なショックがあるみたいで——」

ことばの意味が理解できないのか、彼女は眉をしかめる。

「ドウイウコト?」

「あの、あなたは彼女になにが起こったか、全然知らないんですか?」

「知ラナイ」

「アルヴィゼ・レニエールが殺されたんです。喉を切られて。ヴィラの二階の寝室で、鈴子さんがいっしょのときに」

目がかっと引き剝かれた。

「アノ男ガ——」

一度下ろしていた手が、ふたたび両側から蒼の二の腕を摑む。

「誰ガヤッタノ。羚子ガ?」

「違うらしいです。羚子さんの体には、全然血がついてなかったからって」

「ソレナラ羚子ガ見テイタハズダワ。彼女ハナンテイッテイルノ」

さっき羚子夫人が楽しげにいったことばが、蒼の耳によみがえる。——私の『赤き死』が殺してくれた……だがそれを口にする気はしなかった。

「警察には、あなたがやったという見方もあるみたいです。——でも、違いますよね?」

スフィンジェは答えない。両手に蒼を捕らえたまま、しかしそこに蒼がいるのを忘れてしまったかのように、目を上げて闇を見据えている。違う、というように頭が左右に振られ、やがて白っぽけた唇が動いた。

「ドウシテ私ダト? アナタガイッタノ?」

こちらを見ないまま聞こえたことばに、蒼は思わず大声で反論していた。


「違います。そうじゃない。ぼくは警察にいろいろ聞かれたけど、あなたのことはなにひとつ話していない。写真のことも。本当です!」

そむけられていた顔が、またゆっくりとこちらを向く。頭の上にぽつんとひとつ点った街灯に、ぼんやり照らし出された彼女の顔。仮面よりもまだ白いその顔から、感情をうかがわせない青い眼が蒼を見下ろしていた。

「ドウシテ話サナカッタノ」

疲れ切ったようなささやき声。右手が腕から離れて、肩にかかる。コートの襟を探り、その奥の喉に触れる。

「私ハ、アナタヲ殺スツモリダッタワ」

その指先が震えているのを、蒼は皮膚《ひふ》の上に感じた。無表情な顔、押し殺された声を裏切って、スフィンジェの手は小刻みにわなないている。

ふいに蒼は思った。自分は彼女と良く似たひとを知っている。だから初めは恐かった。けれど、だからこそ憎むことも、嫌うことも、否定することもできなかった。

「それでもあなたはぼくを殺さなかった。殺せたのに殺さなかった。それがわかっていたから、なにもいいたくなかったんだと思います」

蒼は自分の右手を上げて、喉にかかったスフィンジェの手に触れた。びくりとして引きかける手を、そっと握った。

彼女は怯えているのだ。あのときもそうだった。写真を見てしまった自分に向かって跳びかかってきた彼女。首に手を巻きつけ、喉を締め上げながら、それでもその目の中にあるのは恐怖と、そして悲しみのようなものだった。蒼にはそれがわかった。昔同じような目の色を、同じようにして見た記憶があったから。

「アナタハ殺サナカッタ——」

蒼に手を握らせたまま、スフィンジェは低くつぶやく。

「アナタノトキハ。デモ私ハソノ前ニ、人ヲ殺シテイル。私ガ恐クナイノ」

蒼に向けられた彼女の双眸《そうぼう》。それは暗い淵のような目だ。見つめているだけで吸い寄せられ、呑み込まれてしまいそうな虚無の深淵。しかし蒼はその目に耐えて、一瞬でも視線を逸《そ》らすまいとする。

「人が人を殺すことは、どんな場合だって罪には違いないけど、そんなことは百も承知でいて、それでもやってしまうことだってあります。ぼくはそのことを、わかっているつもりです。

そうして殺された人が、自分にとってかけがえない大切な人間だったら、きっと殺したやつを殺してやりたいと思うでしょう。でも、そういうことでもない限り、法と正義を振りかざして人を糾弾《きゅうだん》する資格は、少なくともぼくにはない」

スフィンジェの瞳に怪訝《けげん》そうな表情が浮かぶ。しかし蒼はそれ以上自分のことは口にせず、いまいおうとしていることを続けた。

「だからスフィンジェ、お願いだから警察に出頭して下さい。あなたの意志であなたの罪をつぐなって下さい。たぶんそうすることが、誰にとっても一番いいことなんだと思います。ぼくのいう意味、わかりますか？」

蒼の指の中から、彼女は静かに自分の手を引き抜いた。立ち去ろうとするかに視線を外し、横を向く。その横顔にこれまでなかった、迷いが生まれている気がする。蒼は片手をポケットに入れて、そこに入っているものを引き出した。昨日京介から預けられたもの。アントネッラを尾行して、スフィンジェとうまく接触できたら渡せといわれていた。大急ぎで新しく契約した携帯電話。

「京介があなたと話したいっていってます。彼しかこの番号は知らないし、警察にそれを告げることも絶対ありません。信用できないなら、このまま捨ててくれていいんです。でも京介は絶対に、あなたを警察に売るようなことはしませんから」

答えないスフィンジェの右手に、強引に携帯を握らせた。そして驚いたようにこちらを見返る彼女に、蒼はにっこり笑いかけた。

「羚子さんもあなたと島に帰りたいっていっていました。このままじゃみんな辛すぎるでしょう？　羚子さんも、あなたも」

「――警察ニ行ッテ、ドウナルノ。刑務所ニ入レラレテ、結局羚子ハヒトリニナルワ」

横を向いたままつぶやくのに、

「大丈夫です。なにがあってもあの人は、きっとあなたを待っていてくれますよ。だってあなたは誰のためでもない、羚子さんのために罪を犯したんだから」

スフィンジェが振り返っている。まじまじと目を見開いて、不思議なものでもあるように蒼を見つめている。それはさっきまでの、冷え凍えたうつろな瞳ではない。唇の端がふっと上がって笑いのかたちになる。彼女が微笑むのを蒼は初めて見た。

「ソウシテミンナイツマデモ幸セニ暮ラシマシタ、ニナルノ?……」

「そうです。だって人間っていうのは、幸せになるために生まれてきたんですから」

蒼は断固として、力強くいい切ってしまう。

「誰かを幸せにするために、自分を犠牲にするなんて駄目です。気持ちはわかるけど、それじゃ助けられた人だって辛いです。みんなで幸せになるのが正解だし、本当の幸せなんです。絶対ぼくはそう思います」

「ソンナコト、考エテモミナカッタ——」

ひとりごとのようなつぶやきがもれた。

「イイエ、忘レテイタノカシラ。私モアナタクライノ歳ノトキハ、ソンナフウニ思エテイタカモシレナイ……」

彼女の横顔を見つめているうちに、またふいと、さっき鈴子夫人が口にしていたことばが耳に返ってきた。

『スフィンジェの恋人だった映画監督には奥さんがいて、彼女のことを憎んで殺そうとしたのですって。殺されはしなかったけど、体にひどい痕の残る傷を負わされて女優を止めるしかなかった……』

人は誰だって多かれ少なかれ、口にしたくないような過去を抱えている。だがその過去の連《つら》なりの上に、いまの自分があるのも確かなのだ。えらそうなことをいってしまったけれど、ぼくはどうだろう。自分だけじゃなく自分の大切な人みんなと、幸せであるための努力をしているだろうか。問題はいまさら変えようのない過去なんかじゃない。いまと、これからの自分なのに——

「アナタ、モウヒトツダケ教エテ」

スフィンジェがささやいた。

「警察ハナゼ私ガ、アノ男ヲ殺シタトイウノ」

「遺体のそばで凶器が見つかったって聞きました」

蒼は答える。

「あなたの指紋がついた鑿だったそうです」

でも、と蒼はあわてて続けた。

「アントネッラがその間ずっと裏からヴィラを見ていて、あなたは階段を上っていないって証言しているんです。だから、それに関しては」

だがスフィンジェの耳に、蒼の声は届いているようではなかった。その顔はふたたび仮面のように強ばり血の気を失って、見開かれた双眼ばかりが宙を凝視している。

「――スフィンジェ?」

蒼が呼んだ途端、ぶるっとその顔が震えた。恐怖に撃たれたかのように。ついで操り人形のぎこちなさで、首が巡って蒼の方を向く。一瞬声を呑んだ。その目はふたたび光を失って、ふたつの暗い穴のようにうつろだった。

「オ礼ニ私モ教エテアゲル」

色褪せた唇が動く。それもまた木を削って作られた人形のようだ。

「絵ノアルトコロ」


「あの、ジョルジョーネの?」

「ソウヨ。ヨク聞イテ。ソレハアナタモ知ッテイル、仮面ノ下」

蒼が聞き返す暇もなく、彼女はマントをひるがえして立ち去ろうとする。しかしその足が向いているのは、行き止まりの路地の奥だ。

だがそのとき、

「――スフィンジェ!」

アントネッラの押し殺した声が響いた。顔は紅潮し息が乱れている。

「人混みでちらりと見たときから、そんな気がしてならなかったの。やっぱりあなただったのネ。どうして」

「来ナイデ」

冷ややかに答えたスフィンジェの両手が、蒼の肩にある。彼女は蒼の体を盾にするようにして立っていた。

「来テハイケナイ。私ハ人殺シヨ」

「スフィンジェ……」

「私ノコトハ忘レナサイ、マイ・プリティ・ガール」

その声を振り切って駆け寄ってくるアントネッラに、スフィンジェは蒼の背を突き飛ばして走り出す。ふたりがもつれてころんだときには、路地の行き止まりに達し、跳躍《ちょうやく》していた。光の届かぬ狭い運河に向かって。

「スフィンジェ！」

追いすがるアントネッラの後を、蒼も飛び起きて追いかけた。そして路地の端から運河に飛び込みそうになるのを、辛うじて後ろから抱き留めた。

「危ないよ！」

目の前にあるのは幅三メートル足らずの、狭い運河というよりは水路。対岸は漆喰《しっくい》が剝《は》がれて煉瓦があらわになった建物の壁と、鎧戸《よろいど》が閉ざされた窓。光のない真っ黒な水の上には動くものもない。だが蒼はそのねっとりとした水面が、かすかに揺れているのを見た。

小舟がいたのだ。エンジン音を立てることもない、手漕ぎのボート。そしてたったいま飛び込んだスフィンジェを乗せて、ここからは見えない枝分かれした水路の中へすべりこんでいった——

2

同じ夜、神代がひとりいるホテルの部屋に、外線電話がかかった。京介はまだ警察から戻らない。彼はいささか時間を持て余し、ベッドに寝転がって、旅行カバンに入れてきた文庫本の池波正太郎《いけなみしょうたろう》をめくっていたのだが、

「Mr. Sakurai, please.」

という、発音の怪しげな英語が聞こえてきて、顔をしかめた。警察関係者だろうか。しかしこの声は女だ。ぜいぜいと喉鳴りする老婆《ろうば》のようなかすれ声は、声を作っているせいだろうか。

「Your name?」

聞き返すと返事がない。だが切れてしまったのでないことは、息づかいが聞こえるのでわかる。ようやくまたかすれた声で、

「——I……I must tell him. Very important problem……」

この発音は、もしかして。ためしに神代はいってみた。

「あなた、日本人じゃないのか?」

また沈黙。今度こそ切れてしまったかと思った。だが、受話器のすぐそばで深く息を吸い込む音が聞こえたと思うと、

「バンデネーレはいまジュデッカ島にいます」

突然日本語でそういった。

「サン・エウフェミア近くのカンティエーレという安ホテルに、旅行者を装って滞在しています。陸路や空路は危ないので、明日の夜にもモーターボートを盗んで、ラグーナ伝いにキオッジア方面へ逃げるつもりです。彼は銃と実弾を持っています。お願いします、捕らえて下さい」

一息にそれだけいって切れてしまった。

もしもこの電話がその晩のうちに、京介に伝えられていれば、その後の事件の経過も多少は違ったものになっていたかもしれない。しかしじりじりしながら待つ神代のもとに、いつまで待っても彼は戻ってこず、分署に電話を入れてみても、京介どころか例のパッタ警部すら摑まらない。どこへ行ったかと尋ねてもはかばかしい答えが得られない。

その日マルゲーラの公安警察本署から、独断で日本の民間人を捜査に加えているとの風聞について問い合わせが入り、エンツォ・パッタ警部はそちらへ呼び出され、京介は分署内に足止めを喰わされていた。それは事実上、警部のレニエール事件捜査本部からの解任を意味していた。アルヴイゼ・レニエールという後ろ盾を失って、彼はこれまでのつけを払

わされようとしていたのだ。

夜が明けても警部は戻らない。ようやく電話を取り次いでもらえ、神代から電話の件を聞いた京介は、やむなく情報の確認を他の捜査官にゆだねた。本署から乗り込んできた署長が自ら陣頭指揮を執《と》るかたちで、イタリアの警察としては異例中の異例ともいうべきスピードで、情報の裏付けが取られたのがその夕刻だった。

ジュデッカ島の西部にあるホテル・カンティエーレは、宿泊施設としての営業許可も受けていないモグリのホテルで、脱税のために領収書も発行しないかわり、宿泊者の身元を宿帳に書かせることもしない。主は突然現れた公安警察に震え上がり、財務警察へは通報しないことを条件に、警官をホテルへ入れた。

夏場はこんなホテルでも宿泊料の安さで結構満室になるが、シーズン外れのことで宿泊客は一組のみ。ローマから来たという夫婦者が数日前から、風邪気味だということでろくに出歩くこともなく居着いているという。掃除夫のふりをして部屋に入った警官は、しかしベッドに入ったままの彼らの顔を確認することができない。ジョバンニ・バルキエーリの写真も入手されていないため、宿の主からの証言も得られなかった。

確認は得られなくともその夫婦の出頭を求めるべき、との意見も出る一方、署内にはパッタ警部に対する反感も手伝って、通報の電話そのものに疑いを抱く者も多い。京介は依然なにも知らされぬまま足止めされ、ホテル・カンティエーレはわずか数人の警官に見張られるまま夜となった。

だが夜八時、夕飯に行くといって部屋を出た件《くだん》の男女が、ホテル脇のサン・エウフェミア運河に係留中のモーターボートに乗り込むのを確認して、ホテルから尾行していた警官が声をかけた。所有者が他にいることは確認済みである。その途端、ボートは制止の声を振り切って急発進した。

夜間とはいえ、一隻のモーターボートが行方をくらませるには、ヴェネツィア本島周辺の海は航行する船が多かった。ボートを南の外洋側ではなく、北のジュデッカ運河に出してしまったのも、逃亡者にとってみれば大きな失敗だった。警官はただちに、水上で待ち受ける警察艇に無線連絡を入れた。公安警察のみならず、市警察と憲兵隊、さらに異変に気づいた水上タクシーや一般市民、つまりは野次馬の類まで混じっての、端《はた》から見ればスリリングな追跡劇のあげく、ついにそのボートはサン・マルコ広場沖で完全に包囲された。

蚊帳《かや》の外に置かれたまま、自由に動くことさえさせてもらえぬ状況に痺《しび》れを切らせた京介が、部屋の窓から分署を抜け出し、スキアヴォーニ河岸の雑踏を掻き分けて駆けつけたときには、それはすでに終わっていた。

後の警察の公式発表によれば、四方から浴びせられたサーチライトの中、甲板に立ち上がった犯人が拳銃を構えたため、危険と見なして包囲の警察艇から応射したのだという。男は頭部に銃弾数発を受けて即死。検屍《けんし》によってジョバンニ・バルキエーリ、自称バンデネーレと確認された。二十代と見られる女は生死不明のまま病院へ送られた。

京介は祭のようにごった返す河岸で、パッタ警部を捜査から引き下ろした本署の署長と顔を合わせた。相手の愛想笑いが引き攣《つ》って消えるまで、手入れのいい口髭のついた顔を、無言のまま凝視することを止めなかった。

「いや、まあ、とにもかくにも、これで済んだわけですな……」

そんなことばを口の中でもごつかせる署長に、

「撃つことはなかったはずです」

ただ一言返す。撃つことなどなかった。射程距離外に退いて、投降を待てば良かっただけの話だ。まして、殺すことなど。

もじもじと手を握り合わせた彼は、

「あー、しかし、その、女性の方はまだ死んでおらんのですよ。それで、これは彼女が落としたもののようなんだが、日本語ですかね?」

胸のポケットから出した分厚い白封筒を、京介の前に差し出す。表は白で、裏に名前が書いてあった。日本語で、——小宮ヒロミ、と。

3

この手紙を誰が、どんな状況で読むことになるのか、私にはわかりません。けれど私はここで、私が死ねばたぶんわからなくなってしまうだろうさまざまのことを、書いておきたいと思います。本当ならこれは私自身が語り、法の裁きを受けなくてはならないことだとはわかっているのですが、それもどうなるかわかりませんから。

私がベネチアに来ることになった、その理由から書くことにします。それは日本のデパートにも支店を出しているミラノのファッション・メーカー、ジャンマリオ・レニエール社の前の社長と結婚していた日本人女性、希和羚子さんのインタビューを取るためです。

それも私自身のためというより、藤枝精二という、私の元の上司で恋人のためでした。彼は外国の団体の抗議によって廃刊にされた雑誌の編集長で、その責任を取って辞職していました。彼がもう一度仕事の第一線に復帰するために、私は希和さんのインタビューを役立ててもらおうと思ったのです。

希和さんはご主人に死なれた直後に、ずいぶんマスコミの報道で嫌な思いをされたというので、最近はいっさい取材を受け付けないので有名でした。それでもレニエールといえば日本ではかなり名の知れたファッション・ブランドですし、その社長夫人となって三十年も暮らした日本人女性は、日本の読者の関心を引く存在なのです。

こちらからミラノのレニエール本社に何度も連絡し、希和さんのベネチアでの住所は教えてもらったのですが、そちらへ送った手紙にはまったく返事が来ませんでした。けれどそれはもう覚悟の上、困難は百も承知、ベネチアまで行けばきっとなんとかなると思ったのですが、やはりどうにもなりませんでした。

ベネチアに来てわかったことといえば、彼女の住所は離れた小島で、簡単に近づくこともできないということくらいです。それでもきっと買い物やなにかで街まで出てくることはあるはずだし、彼女を知っている人もいるだろうし、ここで待っていれば、などとも思ったのですが、冷静に考えてみればずいぶん無茶なことです。情報を集めるといっても、いくら観光地のベネチアだとはいえ、日本語が通じるはずもなく、語学学校でたった一年学んだだけのイタリア語では、込み入ったことを聞くなど思いも寄りません。

でも私は日本に帰るつもりはありませんでした。いま思えばずいぶんと、意地になっていた気もします。なぜかといってこの仕事は、私にとってはなにより自分と藤枝を繋ぐ大切な絆《きずな》だったからです。

作家、評論家、カメラマン、デザイナー、営業、編集者、印刷業者……雑誌作りに関わるさまざまな職種の中でも、ライターというのは一番、いわば身分が下の存在です。もともと志《こころざし》があって選んだ仕事でもなく、彼と出会うまでの私はまったくの遊び半分でした。人並みの向上心も目標もなく、ただその日その日を過ごしていたのです。

そんな私の文章を読んで、才能を認めてくれたのは藤枝が初めてでした。彼は華やかに活躍する若手の編集長で、私は駆け出しのフリーライターに過ぎませんでしたが、いつか彼の片腕としてひとつの雑誌を作っていくのが私の夢でした。だから、彼には一日も早く編集の第一線に復帰してもらわなくては困るのです。

藤枝には妻子がありました。彼は私と結婚してくれるとはいっていたものの、仕事を失ったこともあって離婚はまだ成立していませんでした。愛しているのは私だけだといいながら、彼は子供の母親でもある女性に、未練を残しているような気がしました。私は、私が彼の奥さんなどよりずっと彼の伴侶であるのにふさわしい女だと、彼に見せつけたかったのだと思います。

焦《あせ》る私に、まるで奇蹟のように救いの手が差し伸べられました。そのときは、救いの手だと思ったのです。彼はジョバンニという四十がらみの小男で、希和さんの義理の息子にあたる現在のレニエール社社長の、運転手だと名乗りました。レイコ・レニエールと会いたいなら方法を教えてやる。その代償に彼が要求したのは、お金ではなく私の体でした。私はそれを与えました。彼の情報は私に必要だったからです。

私に迷いはありませんでした。ジョバンニは、希和さんが今度いつベネチアに現れるかということ、そのときは必ずダニエリのロビーでコーヒーを飲むこと、マスコミの関係者だなどとは絶対にいってはいけない、その代わりに同情を引くような悲しい身の上話を聞かせればうまく彼女の気を引けるだろう、といったことを細々と教えてくれました。そして最後に私に携帯電話を渡し、無事島に招待されたら、二日に一回自分に連絡するようにといいました。なんでそんなことをいうのか、そのときの私は怪しむ余裕もありませんでした。

ジョバンニの情報は正確でした。二年前一度だけ日本の雑誌に掲載された希和鈴子さんの姿を、私はダニエリのロビーで見つけました。私はありったけの勇気をふるって、いえ、むしろ恥知らずになってというべきでしょうか、椅子に座っていた希和さんに話しかけました。私は日本人のOLで、ツアーには入っていないひとり旅の旅行者で、荷物を盗られて一文無しになってしまったのだ、と。

もしもそのとき怪訝な顔でもされていたら、あるいは警戒の目で見られていたら、逆に落ち着いてしまったかもしれません。そうしてなんとかうまくお芝居をして、彼女をだましてやろうと必死になったことでしょう。けれど希和さんは私を見上げていいました。「あなた、本当にお疲れのようね。ここにお座りなさいな。なにか召し上がる？」

気がつくと私は泣き出していました。そんなやさしいことばをかけてもらえるとは、想像もしていなかったからです。問われるままに私は語っていました。妻子のある上司と恋をしている苦しみ、後ろめたさや孤独、そして彼の不実。あまりの辛さに耐えかねて、こうしてひとり旅に出てきたこと……それはある程度は、こんなふうにしゃべろうと考えてきた嘘の身の上話でしたけれど、そこにこめられている思いはそのまま私のものでした。だからきっと本気で泣くことができたのだと思います。

あの瞬間のことは、思い返しても不思議でなりません。私はそのときまで、自分が不幸だなんて思っていませんでした。藤枝を愛して、彼のために必死になって、そうして必死になれる自分は幸せだし、能力のある人間なのだと思いこんでいました。それなのに、どうでしょう。あの人を騙《だま》すための嘘の身の上話は、いつの間にか私の本音をそっくりそのまま映し出していて、私はようやく自分が傷ついていることに気づかされたのです。

藤枝が本気で離婚する気などないことを、私はずいぶん前から薄々気づいていました。かつてあれほどまぶしく輝いていた彼は、職を失っていまは身勝手なだけの中年男です。けれど私はそのことから目を逸らし、自分で自分を騙し続けてきたのです。

希和さん、──羚子さんは私を、そのまま島の住まいへ連れて行ってくれました。少しも怪しんではいないようでした。島影の浮かぶラグーナを舟に揺られて、たどりついたのは小さな島、糸杉に囲まれた宝石箱のような小さな家。私はそこに迎えられたのです。

それはとても不思議な毎日でした。運転手のトダーロを含めてもたった五人しかいない島の暮らし、ラジオもテレビもなく、暗い林と海に囲まれて寝起きする日々は、東京の、それも雑誌社のライターをして五年以上も暮らしてきた私には、別世界のように静かで、淋しくて、けれど心洗われる明け暮れでした。

私の母のようなお歳なのに、羚子さんはとてもみずみずしい感性と記憶力を持っていました。若い頃美術史を学ばれていたためか、絵の話やイタリアの歴史の話をいつもしてくれました。なにも知らない私に画集を広げて、特にヴェネツィア派、ティツィアーノやヴェロネーゼやティントレットのことを教えてくれました。そうして歳の差も忘れ、他愛ないおしゃべりに時を忘れたものでした。きっと羚子さんも、日本語で話をすることに飢えていたのだろうと思ったものです。


英語もイタリア語もまともに話せない私は、島にいる間、羚子さん以外の人とは口をきくこともありませんでした。トダーロはほとんどヴィラには近づきません。昼間散歩をしていると、畑を作ったりするのに行き合いましたが、私の下手なイタリア語で話しかけても返事もしてくれません。料理女のネリッサもひどく陰気な人で、私のせいで家事が増えたのが嬉しくないようで、そばによる気にもなれません。

そしてもうひとりの住人、羚子さんがスフィンジェと呼ぶ女性は、これもどこか不思議な人でした。スフィンジェとはイタリア語でスフィンクスの意味です。羚子さんがつけたのだそうですが、とてもよく彼女の雰囲気を表しています。といっても決して悪い意味ではありません。長く波打つプラチナ・ブロンドと冷ややかな青い眼は、まるで見事な彫刻のようでした。元は映画女優だというのもよくわかります。

美しすぎて少し恐い気もしましたが、親しくなりたいとも思いました。でも、駄目でした。彼女は特に私がいるときには、ほとんど口を開こうとしないのです。嫌われているようでした。私のことだけでなく自分の周りに冷たい氷を張り巡らせて、すべてを拒んでいるようにも思えました。けれどやがて私は気づきました。そんなふうでも彼女と羚子さんの間には、とても暖かい、優しい気持ちが通っているのだということに。

きっとスフィンジェも、私のように心に空洞を抱えた、この世界に傷を負わされた人なのです。島は彼女の傷を癒《い》やしてくれる楽園であり、羚子さんは楽園の女主人、妖精女王。彼女の心はスフィンジェにあります。私はいっときの闖入者《ちんにゅうしゃ》でしかありません。そう思うと胸が痛みました。私はスフィンジェに嫉妬《しっと》していました。

そうです。私は楽園に忍び込んだ毒蛇です。それも哀れな犠牲者の仮面をつけている悪魔。嫉妬するどころの話ではありません。刺すような後ろめたさを覚えながら、私はこっそりとポケットに忍ばせたマイクロ・テープレコーダを回して、羚子さんとのおしゃべりを録音し、夜眠る前にはワープロの電源を入れて、記事をまとめることさえしていたのでした。

そうでもしないと自分がなんのためにここにいるのか、わからなくなりそうでしたから。ライターの自分と、失恋旅行の果てに金を奪われた哀れなＯＬと、素顔の自分と、そこにつけた仮面と、私はふたつに引き裂かれかけていたのです。そして私はいつか仮面以上に、自分の素顔を憎み始めていたのでした。羚子さんを騙している、彼女の好意を裏切り続けている。それが耐え難い苦痛でした。

もしもこのとき私の素顔を消して、仮面をそのまま本当の顔に変えてくれるといわれれば、私は魂だって売ったことでしょう。そして羚子さんが許してくれるなら、ネリッサの替わりにこの島で彼女の身の回りの仕事をしてでも、一生暮らしたい。本当にそう思いました。

もうひとつ、私を素顔に結びつけているのはジョバンニから渡された携帯電話です。約束通り私は、二日に一回彼に電話を入れていました。ヴィラの三階の寝室からだとかかりにくいので、皆が寝静まったのを見計らって外へ出るのは大変でしたが。

彼は口先では、いかにも私を心配しているというようなことをいっていましたが、その実なにか目的があるのだろうということは感じていました。かたことのイタリア語しか使えないからこそ、なおのこと相手の本音が見えやすかったのかもしれません。それとも、恋とか愛とかいった幻に囚われていないときは、女の方がずっと現実的で醒《さ》めているのかもしれません。

私が鈴子さんと親しくしているというと「ジョルジョーネがどこにあるか聞いてみろ」といいます。それがルネッサンスの有名な画家の名だ、ということくらいは知っていましたから、彼は名画泥棒かもしれないと思いました。でも鈴子さんの話には、その名前は一度も出てきていないのですが。まずいものに関わりになってしまった。けれど鈴子さんにそれをいおうとすれば、私は私の仮面を剝がし、つまりここから出て行かねばならないのです。

藤枝にも何度か電話をしていましたが、私は毎回いやというほどうんざりさせられました。こうして遠く離れて声だけ聞いていると、あれほど私を夢中にさせた思いも急速に色褪《いろあ》せていくようでした。それとも鈴子さんの前で涙を流したあのときに、私の恋は終わっていたのでしょうか。ええ、そちらの方がきっと真実でしょう。

彼は私の身を心配することばなど、ただのひとこともいってくれません。自分がどんなに困難な状況に立たされているかを延々並べ立てるかと思えば、一刻も早く目的を達して戻ってこい、などといいます。

鈴子さんとの独占インタビューを手土産に、来春から新雑誌の編集長に就任することが決まったなどというので、私は驚いて聞き返しました。私が失敗したらどうするつもりなのかと。私がベネチアに行くと言い出したときは、むしろ止める口振りだったのですから。

すると彼は「君ならきっとやってくれると信じていたさ」と高笑いし、「愛しているよ」と付け加えました。そのとき私ははっきりと感じたのでした。「愛している」などということばは、彼にとってはズボンのポケットの底に入れ忘れた小銭ほどの重みもないのだと。けれどこれまでずっと私は、そうして彼から投げ与えられることばを、宝物のように受け止めて生きてきたのです。私が覚えたのは悲しみではなく、怒りでした。

藤枝に最後の電話をしたその夜、私は鈴子さんから与えられている三階の寝室でワープロを取り出し、それが壊されているのに気づきました。液晶の表示面が、固いものに叩きつけたように割れています。自然に壊れたはずがありません。それはひとつだけ持ってきたショルダーバッグの底に入れて、衣装箪笥の中に置いてあったのです。着替えの下着の下に隠して。誰かに見つかったらしい、と私は思いました。いつかこんなことがあるかもしれない、とは考えていたのですが。

そのときドアがノックされました。私はあわててワープロをベッドの下に隠しました。外に立っていたのはスフィンジェで、それからなにがあったかというと、私は彼女に島から放逐されたのです。「出ていけ」と彼女は日本語でいいました。彼女が日本語ができるとはそれまで知りませんでした。鈴子さんと語りたいために、日本語を習ったのだろうか、と思いました。

きっと藤枝に電話しているところを、聞かれてしまったのです。私は一言も抗弁しませんでした。そんな気力はなかったのです。けれどこれでもう鈴子さんを欺《あざむ》かなくていい、それだけは一種の安堵《あんど》とともに感じていました。トダーロの運転で私はブラーノ島の水上バス乗り場まで運ばれ、文字通り荷物のように置き去りにされました。どれほどの間、そこで茫然としていたことでしょう。気がつくと目の前にジョバンニがいました。

ネリッサも島での出来事を伝えるスパイだったと、知ったのは後のことです。けれどそれでどうして彼が、私を見つけることができたかもわかります。これからどうするつもりだ、と彼は聞きました。日本に帰るのか。私は首を振りました。帰りたくはありませんでした。

ワープロは置いてきてしまったけれど、バッグには鈴子さんの声をとったテープがあります。日本に帰ればこれを藤枝に、渡さないわけにはいかないでしょう。そして私はきっとまたずるずると、彼との関係に戻っていくことになる。仕事で結びついた関係は、その仕事を続けようと思えば容易には断ち切れません。それだけは嫌でした。私は消息を絶つことを選びました。

藤枝は私の身を心配しなくとも、私が手にした鈴子さんのテープの行方は気になって、さぞかし気を揉《も》むことでしょう。いじましい復讐ではありますが、いい気味だとも思いました。私はベネチアに残るために、ジョバンニの女になりました。

けれどその後も私は、ずっと鈴子さんのことを気にしていました。というのはジョバンニと暮らすうちに、彼の主であるアルヴィゼ・レニエールが、鈴子さんのジョルジョーネを奪おうとして企みを巡らせていることがわかったからです。それをなんとか知らせたい。でも方法がありませんでした。

十月二十七日、私もサン・マルコ広場にいました。アントネッラの後を尾行《つ》けていたのです。その名は鈴子さんの口からも聞いていて、彼女なら日本語もできるし、鈴子さんへ私の警告も伝えてもらえるのではないかと思ったのです。

けれどそのときは、あわてて逃げ出すしかありませんでした。まさかあんなところで、突然藤枝と会うとは予想もしていなかったので。でも、正直に告白してしまうなら、ほんの少し嬉しかった。彼がやはり私を、心配して来てくれたような気がしたからです。私の中にはまだ彼に対する思いが残っていたのでしょうか。

その夜は仮装姿でふたたびアントネッラを追い、家に戻られてしまい、仕方なくひとりになったあの少年の方を尾行しました。私が好き勝手に出歩けるのはジョバンニが仕事で留守のときだけなので、せっかくの機会を逃したくない。けれどこの少年をどこまで信用できるかわからない。ただ、その顔にはどこかで会ったことのある気がしていました。

でも結局、いざとなると勇気が出なかったのです。ジョバンニが私の携帯を鳴らし、どこにいるのかと詰問《きつもん》しました。私は少年と話すのを断念し、手漕ぎボートで迎えに来ているという彼と落ち合うことにしました。そこで逆に少年に追いかけられ、でも時間も思い切りもなく、路地の行き止まりに止めていたジョバンニのボートに飛び込みました。彼がW大の研究室で、一度きり顔を合わせた少年だったことに、気づいたのは翌々日のことです。もっと早くに気づいていれば。けれど後悔しても遅すぎたのでした。

ずいぶん手紙が長くなってしまいました。先を急がなくてはなりません。

私はサンタ・マッダレーナ島に乗り込んだ仮面の賊のひとりでした。藤枝も島にいると聞いたとき、なおのこと私の胸は揺れていました。彼は私の身を案じるあまり、羚子さんの許へ乗り込んでいったのだろうか。それとも私のことは、結局口実でしかないのだろうか。それを知りたくてならなかったのです。

そして藤枝が、あの少年に向かっていっていることばを聞いて、私は私の知りたかったことを余さず理解することになりました。もうとっくに承知していたつもりですが、やはり本人の口からはっきりと聞かされるのは、胸の焼けつくような思いでした。彼は私のことをこういったのです。――あれはもう、どうなっていても仕方がない、と。

殺すしかないと、私は思いました。でもいざとなって止めたのは、彼に対する愛情が少しでも残っていたからではありません。愛していたならむしろ殺したでしょう。急になにもかも馬鹿馬鹿しくなってしまったのです。仮面を取った私に狼狽《ろうばい》し、言い訳を並べ、いまさら舌先で私を丸め込めると思い、それが無理だとわかると膝《ひざ》を震わせて命乞いするその醜態《しゅうたい》に。情けなさで涙が出そうでした。これがあんなにも私が恋し、尊敬し、自分の一生を賭けようと心に決めてきた男の正体なのですから。

それでも手にした拳銃に入っているのが実弾だったなら、やはり殺していたかもしれない。でも私は彼に向かって、逃げろといいました。もうあなたの顔は見たくないから、と。そして走り出す後ろから空包を二発撃ちました。

私が殺したのはアルヴィゼ・レニエールです。

私は、羚子さんのところへ行ってすべてを告白するつもりでした。あの男の企みをばらし、彼女の敵に与《くみ》してしまった自分をせめて懺悔《ざんげ》したいと思いました。二階の寝室の外ではジョバンニがうろついていました。私は彼をそこからどかせたかったので、狂言であることがばれてしまったからもう逃げ出すしかないといったのです。それだけでなく、藤枝は前にあなたと会ったことを思い出したと。そして血相を変えて彼を追いかけにいったその後に、ドアを開けました。

ベッドの上でレニエールが、羚子さんにのしかかっていました。私はまだ手にしていた拳銃で、彼の後頭部を殴りつけました。

それからのことは混乱していて、はっきりとは思い出せません。覚えているのは、彼が私を見て笑っていたこと。私は夢中でいつの間にか手に摑んでいたものを、前に突き出したこと。血が飛び散り、彼が仰向けに倒れた。羚子さんが加勢してくれたのかもしれません。私はそれがなんであるか確かめる前に、倒れた男の喉に手に摑んでいたものを突っ立てていました。何度も、何度も。気がつくとあたりは血で真っ赤でした。

覚えているのは羚子さんの「私はいいから早く逃げなさい」ということばです。後は外に飛び出して、すると警察が来るという話になっていて、ジョバンニもいっしょにモーターボートに分乗して逃げ出しました。私たちの着ていたものは手袋も上着もすべて真っ黒だったので、私の返り血には誰も気がつかないままだったのです。

私はジョバンニに聞きました。藤枝を殺したのかと。彼は答えませんでしたが、その手がぶるぶる震えていました。私は少し笑いました。

ジョバンニは、こうなったらなにがなんでもジョルジョーネを手に入れて、それを持って外国へ、フランスかスペインへでも逃げ出すといっています。でもどうすればできるのかわからないで、檻《おり》に入れられた熊のようにぶつぶつと独り言をいいながら部屋を歩き回り、酔い潰《つぶ》れて眠るばかりです。なんて情けない有様でしょう。数日前まではいっぱしの悪党気取りだったのに、結局この男も、仮面を剝がれてみれば肝っ玉の小さなろくでなしでしかないのです。

私はいまさら逃げようとは思いません。どんなかたちにせよ、人を殺した罪の償《つぐな》いをしたいと思います。そのために電話しました。とはいっても、アルヴィゼ・レニエールを殺したことに悔いはないのです。最後まで羚子さんをあのような目に遭わせようとした男は、死んでもかまわないと思います。

でも、やはり殺人は人間社会で許してはいけない罪なのでしょう。その証拠のように私は毎晩、自分の手が血にまみれている夢を見ます。体重をかけて突き立てた刃物の下で、痙攣《けいれん》していた男、その感触をありありと思い出します。心は罪を罪と認めなくとも、私という生き物の体がそれに反発しているのかもしれません。

それともうひとつ、私のしたことが玲子さんの罪になるようなことがあっては、私はなおさら辛くなります。玲子さんには幸せでいてほしいのです。そのために私はあの男を殺したのです。スフィンジェはこれからも玲子さんといて欲しいと思います。私の替わりに。せめてそう思わせて下さい。

私は生きて捕らえられることになるでしょうか。それとも死ぬのでしょうか。どちらでもかまわないような気がします。死ぬ瞬間には生きてきた一生を思い返すといいます。だとしたら私はなによりも、サンタ・マッダレーナ島で過ごした日々を思い出しながら逝《い》きたいと思います。あれこそ記憶から呼び覚ますたびに、至福《しふく》を覚える私の宝物です。

素顔よりも仮面の方が私は好きでした。それは私がなりたかった私自身なのかもしれません。

ラグーナに眠れ

1

十一月四日。

桜井京介は蒼とふたり、夜のヴェネツィアを歩いていた。目的の場所はアカデミア橋の少し下流に、カナル・グランデを望《のぞ》んで建つ十五世紀の館。外観はレエスのようなロッジアを持つ典型的ヴェネツィアン・ゴシックだが、内部は現代の住居にふさわしく改装されていて、ヴェネツィア大学美術史学科主任教授マリオ・ロマネッティが住んでいる。

この日の午前、蒼がスフィンジェから聞いたことばに基づいて、再度サンタ・マッダレーナ島の捜索がなされた結果、ジョルジョーネの手になると思われる油彩画が発見された。キャンバスに描かれた絵は木枠を外し、画板の二枚のベニヤ板の間に挟《はさ》み込まれていた。つまりスフィンジェが描いた模写の下に。いまごろは警察から鑑定を依頼されたロマネッティ教授が、神代や他の専門家たちとその絵の前に額を集めているはずだった。

京介が道々語る昨夜の顚末《てんまつ》――水上の追跡劇からバルキエーリの死に至るまでを、蒼は口を挟まずに聞いていた。小宮ヒロミの残した手紙の内容を聞き終えると、ほっと小さく息を吐き出して、

「でも小宮さん、助かるんだよね」

「ああ。危険な状態はすでに脱したそうだ」

「回復しても彼女にとっては、これからが辛いだろうけれどね」

京介はうなずく。

「そうかもしれないけど、死ぬよりはいいよ。死んじゃったらそれで、なにもかもおしまいだもの」

「ああ、そうだな」

同意のことばを口にしながら京介は、かたわらを歩いている蒼の横顔に目をやる。体は痩せているくせにぽっちゃり丸かった顔の輪郭が、いつの間にか頰の肉が落ちて、面長なものに変わってきている。鼻筋も結んだ唇も、きっぱりした意志の強さを表していて、それはすでに子供の顔立ちではない。

いつからこうだったのだろう。サン・マルコ広場でいきなり顔を合わせたのは、たった八日前のことだ。それだけの短期間で人の顔が変わるはずもない。だが自分はいままで、これほどの彼の変化に少しも気がつかないでいた——

「ねえ、京介」

「——ン?」

「ぼくが見た写真のこと、なにかわかった?」

「ああ、蒼が覚えていた指輪のかたちが手がかりになったらしい」

京介が後を続けるのを、蒼は黙って待つ。

「やはり行方不明になっていたアルヴィゼ・レニエールの愛人だったようだよ。蒼が見つけた旅行カバンもたぶん彼女のものだ。遺体は、捜すとしてもこれからだろうが」

小宮ヒロミは生きていたが、殺されて、おそらくはラグーナの水に葬られた人間はやはりいた。口をつぐんでなにか考える表情になった蒼は、しかし京介がまったく予想していなかったことをいった。

「京介、きっとスフィンジェと会うよね」

「会うとしたら?」

「ぼくがいってたって、もしも伝えられたら伝えて欲しいんだ。——ありがとう、あなたと会えて良かったって」

たぶん、ひどく驚いた顔をしてしまったのだろう。蒼は京介の顔を見上げて、ふふっと笑う。その目の位置がずいぶん高く、近くなっている。

「そんなにびっくりした?」

「——ああ」

「でも、嘘じゃないよ」

確かに蒼は嘘はいわないだろう。だが。

「良かったら、理由を聞かせてくれないか」

「わからない？　京介にも？」

蒼は嬉しそうに目をくるくるさせる。

「どーしよーかなッ。じゃあ日本に戻るまでのクイズにしよう」

「ヒントが欲しい」

「ヒント？　うーんとね、ぼくが今日神代先生にいう答え、かな」

「――――」

つまり、蒼は決めたのだ。神代の養子になるか、ならないか。

「もしもわからなかったら、向こう帰ってからなにかおごってね」

「なにを」

「いいの？　なんにしようかな。えーっとね。あ、そうだ。えぞ菊の味噌ラーメン大盛り！」


そんな表情や口調はやはり子供のそれだ。やれやれと京介は口の中でつぶやいて、ちょうどたどりついた目的のパラッツォの前に足取りを緩《ゆる》めた。小さな広場を区切る石塀についた鉄格子の門。大理石の彫像を飾った前庭の奥に、玄関の明かりが見えている。

「ここが大学教授の家？　すっごい豪邸だ。神代先生んちとはずいぶん違うね」

「聞こえるぞ」

インタフォンを押そうとしたとき、

「――あのね、もうひとつヒント」

蒼が後ろから耳元にささやいた。

「スフィンジェって、少しだけかおる母さんと似ている」

通された二階の広間。大運河を見下ろすロッジアの近くに、固まっている五、六人の人影がある。中のひとりは神代でもうひとりはアントネッラ、残りはみな神代より年輩のイタリア人男性だ。

　彼らの視線の先に一枚の絵があった。書見台《しょけんだい》のように斜めにした板の上に広げたキャンバス布を、かわるがわる前に出ては、鼻がつくほど顔を近づけたり遠ざかったり、目をすがめたり眼鏡をひねくったりしている。端から眺める分にはいささか滑稽な情景だ。京介と蒼も会釈《えしゃく》だけして、そっと後ろからその絵を覗き込んだ。

　濡れ濡れと濃い漆黒《しっこく》を背景にして、ふたりの人物がスポット・ライトを当てたように浮かび上がっている。背中合わせにした上半身を軽くねじって、視線をまっすぐ見る者に向けている構図。それぞれが仮面を手にしていることも、前に見たスフィンジェの模写と変わらない。

　しかし性別が曖昧で、どちらも男とも女ともつかなかった模写と違い、オリジナルは左が女、右が男とはっきりわかる描き方をされている。衣装も女のそれは大きく胸回りが開き、男は襟首《えりくび》が詰まったかたちだ。女は赤い唇にコケティッシュな笑みを浮かべてこちらを見つめ、男は挑戦的とでもいいたい表情だが、虚勢《きょせい》を張っているようにも見える。ふたりの表情は生彩に富んでいっそ生々しいほどだ。衣装に使われている赤や青、緑の色彩が、背景の黒に映えて宝石のような輝きを放っている。

　正直なところ京介は、ヴェネツィア派の絵画にはさほど惹かれない。だが自分の好みではないとしても、優れた作品が持つ一種の磁力に無感覚なわけではない。この絵には確かにそうした力が、備《そな》わっている気がする。

「──図像学の定型にはまらぬところが、実にジョルジョーネ的では──」

「──非宗教的でありながら、同時に神秘的でもありますな──」

「──明暗画法と色彩の妙が──」

「──晩年とすると、やはりティツィアーノの筆が入っている──」

「――いやいや、それはまだ――」

絵を取り囲む男たちがひそひそとささやき合う声は、賛嘆には間違いないにせよ、ひとつの結論に達しているふうではない。神代がそばに来たので小声で聞いた。

「どうです？」

「ああ、見事なもんだ」

無雑作《むぞうさ》ないいようがいかにも神代らしい。

「で、ジョルジョーネですか？」

こちらも無雑作に尋ねると、シッと制止されて壁際に引っ張っていかれた。

「これからが騒ぎさ。あの爺どもならこの先、生きてる間はあの絵ひとつで飯が食える」

「それ、どういう意味ですか？」

ついてきた蒼が不思議そうに聞くのに、

「それぞれ一家言《いっかげん》をお持ちの先生方だからなあ。特にここんちの主のロマネッティはティツィアーノの研究者だ。ジョルジョーネの真筆だとしても、晩年の作だから弟分のティツィアーノの筆がかなり入っているとかなんとか、いわずに済まないだろうさ。で、そうなるとこれに正面から反対するやつが必ず出てくる。論文が何十本も書かれて、十年や二十年はあっという間てえやつだ。だいたいが学者なんてものは、メンツだけで生きてるようなもんだからなあ」

自分もその端くれには違いなかろうに、他人事のようなせりふだ。

蒼にもう一度聞かれて、

「じゃあ、先生はどう思われるんですか？」

「ここだけの話、俺は本物だと思う。それにあれならジョルジョーネだろうと他の誰のだろうと、第一級の芸術作品といっていいだろうさ。これを本当に十七世紀の贋作家がでっち上げたもんだなんていったんだとしたら、羚子・レニエールの指導教授ってのは、まったくのボンクラだったのか、それとも他の理由があったのか、だな」

「他の理由、ですか」

「ああ。いつかあの男がいってた、彼女に袖にされた恨みなんてのも、まんざら嘘でもないような気がするぜ」

「――ヘイ、ソウ！　そんなところでなにしている。君のお弟子を紹介してくれないか」

絵の周りに輪を作っていた中から振り返って大声を上げた、京介でさえ見上げるような巨漢がロマネッティ教授らしい。顔の下半分は細かく縮《ちぢ》れた褐色の髭で埋まり、それ以外の部分は一杯きこしめしているとしか思えない赤ら顔だ。呼びつけられて、ひとしきり社交の真似をさせられる。それが一段落したところで神代が教授に水を向けた。あの絵、レニエール家所蔵の伝ジョルジョーネが、以前贋作と断定されたことは承知しているのかと。

「知っているとも。だが幸い当時の教授、ペトロッキ氏はすでにお亡くなりだ」

教授はにやりとして片目をつぶってみせた。彼に生きていられればそれこそ、メンツの問題が発生するわけだろう。

「君は彼とは面識がないのか？」

「ああ。俺がヴェネツィアに来たときは、もう大学にはいなかった」

「そうか。前の年に引退したんだったな」

「だがマリオ、彼はそれほど目がなかったのかい。それとも、教え子だった後のレニエール夫人となにか問題でもあったのか？」

「問題というと？」

「つまり、恋愛とかそういったことだ」

「おいおいソウ、どっから君はそんなことを思いついたんだ！」

彼は大声で笑い出しかけて、あわてて自分で自分の口を押さえた。

「そんなことは絶対にあり得ないのさ。小広場《ピアツェッタ》の円柱の頂から、サン・マルコの獅子が羽ばたいて逃げ出すことがあったとしてもな」

怪訝な顔をしている神代の肩を摑んで、わざとらしく声をひそめる。

「君が知らなかったのも無理はない。あの当時はいまと違って、とてもそんな話をおおっぴらにするわけにはいかなかったからな。だがまあ彼も天に召されたわけだし、いまの時代は珍しくもなんともないことだ。——といえばそろそろわかったろう？　ペトロッキ教授は、生来女性に興味を持てない人間だったのさ」

教授はひとりで笑いながら、学者仲間のところへ戻っていく。

と、蒼が小さな声でいった。

「でも先生、ぼくはスフィンジェの模写の方が好きだな。先に見たせいかもしれないけど」

神代はちょっと苦笑して、

「アントネッラもそういうのさ。ほれ、ああやって大事に抱え込んでる」

顎をしゃくった先に彼女がいる。汚れたデッサン紙を筒に巻いて大切そうに抱え、研究者たちに囲まれた油彩画には目を向けようともしない。表情は思い詰めているというほどではないが、やはりその絵を描いた女性の行方を案じているに違いない。

「あの女が好きだっていわれてもなあ——あれくらいの歳の娘ってのは、なに考えてるのか俺にゃあわからん」

ぽりぽりと頭を搔くのに、蒼はいたずらっぽい目を上げる。

「男の方がわかります？」

「そりゃまあ、なあ」

「でも、ぼくも好きだな、スフィンジェのこと」

「おいおい蒼」

「ていうか、好きになれると思う。これからは」

意味を理解できないまま目を丸くした神代に、蒼はにっこり笑いかけた。

「先生、後で少し時間下さい。お話ししたいことがあるんです」

「あ、ああ」

京介は静かにふたりのそばを離れる。腕時計を確認して、玄関に通じる階段へ足を向ける。アントネッラが気がついて声をかけた。

「桜井サン、どこへ行くの?」

「チェレスティアまで。すぐに戻りますから」


サン・ステファノ広場から、五月二十二日通り。すでにカフェも店を閉め人影もまばらなサン・マルコ広場を歩き抜け、修理中の時計塔の下をくぐり、観光シーズンには人と肩をこすり合わせねば歩けないメインストリート、とはいってもやはり路地ほどの幅しかないメルチェリアの、ショウウィンドーに照らされた道を途中で右に折れ——京介は黙々と歩き続ける。

日頃はなまぐさい人間同士のトラブルなど興味がないといってはばからぬ自分が、警察にヨタ混じりのハッタリを利かせてまで、今回の事件には関わろうとした。なぜかと尋ねた蒼に、京介は答えなかった。答えられなかった、といった方が正確かもしれない。

いまから行くのはその答えを出すためだ。人の身で人の罪を暴くことに意味はあるのか。他人を犠牲にし、仮面に身を隠して生き延びようとする者を、許せないと感ずるのは無意味なのか。神の遣《つか》いでもない自分が、罪を糾弾《きゅうだん》したところで死者は甦らない。だが仮面の下に隠された真実を、知る権利のある者はいる。

サンタ・マリア・フォルモーザ広場からさらに北上し、サンティ・ジョバンニ・エ・パオロ広場の手前で右手へ道を取ると、人通りは完全に途絶えた。昼でもあまり人気《ひとけ》のない界隈《かいわい》。ましてすでに九時を回っている。道の端でゴミをあさっていた太った野良猫が、京介の足音にむっつりと顔を上げる。石塀に左右を挟まれた小路には、それより他動くものもない。

やがて、絶えずクランク状に右左と折れ曲がり、名前を変える路地の行く手をさえぎるように、黒い塀の影が見えてくる。重く曇って闇にはなりきらぬ灰色の夜空を背に、矢羽《やばね》形の鋸壁《きょへき》を持つ巨大な煉瓦塀は、海洋共和国ヴェネツィアの栄光を担ってきた国立造船所《アルセナーレ》だ。

　最盛期の十六世紀には常時二千人の職人が働き、危急の際には即座に軍船として出動可能な予備のガレー船が百隻用意されていたという広大な設備も、いまはイタリア海軍がわずかにその一部を使用するだけのうつろな廃墟に過ぎない。以前は塀内の水路を通過し、往時のドックを垣間見ることのできた水上バスの路線も、数年前に変更された。

　水上バスの乗り場チェレスティアは、南北に延びてきたアルセナーレの煉瓦塀が北側の海と接する、そのすぐ脇にぽつんとある。ムラーノ島方面への船が出るフォンダメンタ・ヌオヴォの、ふたつ東側の乗り場だが、修道院の敷地で河岸通りが断ち切られているために、ほとんど孤立したような場所だ。そしてチェレスティアに寄る水上バスは、すでに終わった時刻。無論のこと、それを承知で指定した場所と時間だった。

　水の上に突き出た乗り場は、路線の運行が終わったいまも鈍い照明を点し、目印の黄色い帯を夜の内に浮かばせている。だが窓の大きな四角い箱形の中に人影はない。京介は手前で足を止め、ゆっくりと視線を巡らせる。

　暗い水上に点々と連なる水路標識の明かり。その向こうに昼間なら、墓地の島サン・ミケーレの赤い煉瓦壁と黒い糸杉が見えるはずだ。そのさらに北に浮かんでいるはずの、ガラスの島ムラーノの灯火は夜霧に溶けて見えない。

　京介が延々とたどってきた道は、北の海岸線にぶつかったここで、地図上では行き止まりになる。だがそこから右手を見れば、いよいよ高く立ちふさがるアルセナーレの塀に向かって、細い運河の上に幅の狭い橋がかかり、さらに煉瓦塀の外側を、低い手すりのついたデッキ状の通路が、海に張り出すかたちで続いている。といってそれも一キロばかり先で、もう一度煉瓦塀に阻まれて終わる行き止まりの道でしかないのだが。

見上げた橋の上に、ほの白い立ち姿があった。

「桜井さん」

女の声が低く呼ぶ。京介は答えた。

「ブォナ・セーラ、シニョーラ・レニエール」

2

白い毛皮のフード付きマントが、小柄な体をすっぽりと包み込んでいる。頭上に点ったわずかばかりの照明をその白さが反射し、ほのかな光の暈《かさ》となって彼女を取り巻く。そしてその目は、初めて京介が会ったときと変わらぬ、強い輝きに満ちてまっすぐにこちらを見つめていた。

京介は急ぐことなく橋の階段を上る。羚子・レニエールはそれを立って眺めている。

「わざわざお運びいただいて、ありがとうございました」

無表情に会釈する京介に、

「今晩は。静かで良い夜ですこと。でも、私にお話って？」

尋ねた唇には無邪気な、少女めいた微笑みが浮かんでいた。しかし京介はそれには答えず、

「いまジョルジョーネを見てきました」

「そう」

夫人の返事はそっけない。

「正式の鑑定には時間がかかるとしても、まず間違いなくジョルジョーネの真筆だろうと、神代教授はいっています。贋作家の仕事と見誤るようなレベルのものではない、と」

微笑を消し、無言のまま視線を逸《そ》らした。京介は続けた。

「しかしあなたの指導教授だったヴェネツィア大学のペドロッキ氏は、これを十七世紀の贋作だと断定した。あなた自身は一も二もなく、本物と感じられたのに。そうでしたね？」

「――古い話ですわ」

「彼がそれほど明白な誤りをしたのは、単に彼がその地位にふさわしい能力を持たなかったからでしょうか。それとも、アルヴィゼ・レニエール氏が信じていたように、なにか他の理由があったのでしょうか」

「私に、答えを求めていらっしゃるんですの」

顔はそむけたまま、夫人は聞き返す。

「でしたら存じません、とお答えするだけです」

「僕の推理をお聞かせする方がいいのでしたら、そうします」

「あなたの推理？……」

「ええ。というよりもこれが唯一の真実のはずです。たとえあなたが否定されても」

突然彼女は振り向いた。手袋に包まれた小さな手で橋の手すりを握り、肩越しに顔だけがこちらを向いている。唇を弓なりに上げて、

「いってごらんなさい」

ささやいた。

「そんなにお話しになりたいなら、聞いてさしあげます。あなたがどれくらい鋭い目をお持ちなのか、私に証明してみせて下さい」

海から吹く風が、フードの縁をこぼれる長い黒髪を、顔の回りに吹き乱す。表情はいまだ静かに、声にも激するものはなかったが、京介を見る夫人の双眼は、内に火を点したガラスの火屋のようにいよいよ強く燃え輝いていた。

「わかりました」

その挑むような目を平静に見返して、京介はひとつうなずく。

「それではおっしゃる通り、僕があなたと、そしてこの事件について達している結論を、できる限り簡

潔にお話しします。結論にいたる過程は省略するとしても、かなり時間がかかるかもしれませんが、このところはご容赦《ようしゃ》下さい。

　この事件についていえることはまずなによりも、ほとんどすべての登場人物が仮面をかぶって正体を隠していたということです。一般的にいうならば被害者であるふたり、藤枝精二とアルヴィゼ・レニエールも例外ではありません。

　行方不明の恋人を捜すために、ヴェネツィアまでやってきたはずの藤枝。そしてあなたに対する熱烈な恋心を、三十年近くも燃やし続けたというレニエール。しかし仮面を剝いでみれば、藤枝は恋人の身よりも特ダネが目当てで、レニエールはあなたの財産を狙う身勝手な卑劣漢に過ぎなかった。

　そして彼らが手先としてあなたの周りで踊らせた人間、料理女や黒装束の賊、小宮ヒロミもまた仮面をかぶって正体を隠していた。

　しかし誰よりも厳重な、誰よりも完璧な仮面をかぶっていたのはあなたです。シニョーラ・レニエール。あなたはその仮面に身を隠して、あなたのそばにいる人間を操《あやつ》り、自分の意志に従わせようとしてきた。死者となったふたりの遣り口を卑劣と非難するなら、あなたはそれ以上に非難されなくてはならない。

　アルヴィゼ・レニエールを殺したのは小宮ヒロミの手でも、そうさせたのはあなただ。彼女を操ることで、あなたは結果的に藤枝の死をも引き起こした。自分の手を汚すことなく、罪を罪として担うこともなく、微笑みとやさしさの仮面に隠れて生き延びているあなたを、僕は断罪します」

　常にない激烈なことばを、しかし淡々といい切った京介に、

「――おもしろいわ……」

　夫人の唇がふたたび笑いのかたちにゆるむ。しかしその顔は静かというよりは、石に刻まれたように白く、表情は作り物めいて硬い。

「とてもおもしろくてよ、桜井さん。私が仮面をかぶっているとあなたはおっしゃるのね。でも、この世の中に仮面なしで生きている人間がいるかしら。いいえ、一般論を語るよりあなたはいかが？　私の目にはあなたこそ、誰より堅固な仮面にご自分を隠しているように見えるわ」

「そうかもしれません」

京介は無表情に答えを返す。

「だが僕はあなたのように、哀れな弱者の身振りなどしません。甘くやさしいことばや表情で、自分を信じてくれる人間を操り動かすことも」

「いいわ。ではどうして私は、そんな大悪人になったのかしら。それとも私は生まれながら、善悪の区別もつかない人間なのかしら。そう、スフィンジェのように」

「彼女が故国で十人以上の若い女性を殺した、快楽殺人者だという話ですか」

京介は冷ややかに反問する。

「あれはしかしほとんどなんの根拠もない。僕がアルヴィゼ・レニエールから聞かされたデータを信ずるなら、セルマ・ラーゲルレーブと映画監督の関係が始まった頃から発生し、彼女の被傷によって止まった殺人は、彼女ではなく彼女を傷つけた監督の妻の犯行である可能性があります。明るい金髪に青い眼という被害者たちの特徴は、むしろ彼女の容貌を思わせますから。

そしてミス・ラーゲルレーブが殺されずに済んだということは、加害者であった監督の妻は、その時点で逮捕されるか入院措置が取られたのではありませんか。あなたは彼女の口からそのことを聞きながら、アルヴィゼ・レニエールの耳には、彼女が殺人者かもしれないという話を吹き込んだのではありませんか」

「どうして私が、そんなことをしなくてはならないの。桜井さん、あなたはまだそれに答えておられなくてよ――」

夫人の声が高くなる。聖少女のような、妖精のような、清らかな顔の口元に、亀裂《きれつ》めいた皺がひとすじ走っている。かすかに揺らぎはじめたその美しい仮面に向かって、京介は次の矢を放った。

「どんな理由があったからといって、あなたの行為が免罪されるとは思いませんが、それはあのジョルジョーネのためだったのではありませんか」

鋭く息を呑む音。夫人の体が一瞬、橋の上でぐらりと揺れた。しかし彼女はふたたび、手すりを掴んで身を支えた。

顔は見えない。深く被さった毛皮のフードが、その表情を覆い隠している。声も聞こえない。ひとこともいうまいとするかに嚙みしめた、小さな唇だけがその下から覗いている。

「あなたは二十九年前、三十六歳年上のトンマーゾ・レニエール氏の求婚を受けて大学を去った。東京芸大からヴェネツィア大学に留学して一年足らずで、アカデミズムの世界を惜しげもなく捨てた。それはあなたが指導教授ペドロッキ氏のいわれない中傷に耐えかね、大学に絶望したためだったと、アルヴィゼ・レニエールは僕たちにいいました。

だがこれはあなたの転身の理由として、それほど説得的ではありません。大学はヴェネツィアだけではなく、教授もまたペドロッキ氏ひとりではない。環境や教授の人格に嫌気が差したなら、別に学びの場を求めればいいだけのことです。三十年前、いまのように誰もが気軽に国外に出ていく時代ではなかった当時、単身イタリアに留学したあなたは、それだけの意欲と積極性は充分に持っていたはずなのですから。

無能な教授が真のジョルジョーネに贋作の汚名を着せたところで、あなた自身の自負と矜持《きょうじ》は微塵も揺らがなかったことでしょう。ましてレニエールが己れの欲望を投影して妄想したように、教授があなたに対する恋の恨みからそんなことをしたと知っていたなら。

人間がそれまで打ち込んできた対象を放棄するのは、決して外圧のためではありません。己れの能力と適性に、疑問を覚えずにはいられなくなったときです。あなたはご自分の鑑賞眼に、大きな自信を持っていた。そしてレニエール家の絵に感動し、ジョルジョーネの真筆に違いないと思った。だが教授はそれを贋作だと断定した。あなたの師は決して無能な鑑定家ではなく、あなたもそのことを知っていた。彼を信じたあなたは、美術史家としてのご自分の将来に絶望して大学を去ったのです。――ここまでは当たっているでしょうか」

手すりに体を支えたまま、夫人の顔がわずかに上がった。フードの下から双の眸《ひとみ》が暗く燃えている。しかし答えることばはない。じっと立っているだけなのにもかかわらず、その肩は激しい運動をしている人間のように上下している。京介は彼女の目を見つめてことばを続けた。

「それならば、なぜ彼はそのような嘘を敢えてついたのか、ということが問題になります。贋作を真作と偽って鑑定書を書き、リベートをもらうなどという話は日本では聞きますが、逆のことをしたところで鑑定者にどんな得があるとも思えない。だからこそあなたも彼の出した結論を信じ、望みを絶たれたのでしょう。しかしそうではなかった。教授は、ある人物に頼まれてそれを贋作だと鑑定したのではありませんか」

血の気をなくした唇が震えた。ゆがみながら開いた。京介が、その人物とは、といいかけるのをさえぎるように声がもれる。

「――ええ、そうよ。あの絵の所有者、トンマーゾ・レニエールに……」

「それもあなたにとっては盲点だったのでしょうね。絵画の所有者が、鑑定者に贋作という判断を下せと強要する。しかし彼はそうした。あなたと結婚したいがために」

「だからなに」

押し殺したような低い声音で、鈴子・レニエールは反問した。

「ありがたがれとでもいうの。ヴェネツィアの冬にも薄いコート一枚で震えていた、コーヒー一杯飲むのにも財布の中身を心配する貧乏な給費留学生が、社長夫人のビロードのソファに迎えられたことを喜べとでも？」

「いつそのことを知られたのですか？」

「夫が、死ぬとき」

彼女の視線はいま、暗いラグーナの海に向いていた。見開かれた目が闇を見つめ、凍りついた顔の中で唇だけが動いてことばを紡《つむ》ぐ。

「臨終《りんじゅう》の枕元に私ひとりを呼び寄せて、トンマーゾは涙ながらに告白したものだったわ。長い間騙し続けていてすまなかった。教授にはお金を渡して、それだけでなく、いうことを聞かないと同性愛者であることをいいふらすとまでいって、贋作だと鑑定させたのですって。

その上彼は教授の口から、こうまでいわせたんです。私には美術史研究者としてなくてはならないセンスが欠けている、頭に知識を詰め込んでいるだけだ、所詮《しょせん》生まれも育ちも違う日本人にイタリア美術の精華《せいか》が理解できるわけはない、どこまでも黄色い猿の真似事だ、と。

それまでは可愛がってくれていた教授にいきなりそんなことをいわれて、信じられなかった。でも彼を疑う気にはなれず、あの絵を見て覚えた感動も錯覚でしかないなら、本当に私はなにもわかっていなかったのだろうとそう思うしかなくて。

心を支えていたものが急になくなってしまった。ことばも満足に通じない、習慣も違う異国で女ひとり必死になっていた、その目標もなにもない。でも日本には帰りたくない。それまで私を知っていた人に会いたくない。そんな私は予期せず差し伸べられたトンマーゾの腕に、なにも考えずにしがみついてしまった……」

手すりから離れた夫人の両手が、わななきながら自分の肩を抱いた。

「そんなことをしてしまったのも、おまえを愛していたからだ。どうかこれからは私の形見として、あの絵を大切にしてくれ。とても貴重なものなのだから。夫はそんなことをいって、満足そうな顔で逝ったわ。けれどそんなこと聞きたくなかった。ええ、誰が知りたかったものですか。

信じたくなかった。あの絵は結婚以来一度も見てはいなかったし、死ぬ間際であの人も錯乱していたのかもしれないと、そう思おうとした。でも、地下室を捜すと包み紙にくるまれたあれが見つかって、真っ黒に黴《か》びていたけれど、その下から見えるかたちが私を昔に呼び返した。優雅なフォルム、輝かしい色彩、初めて見た瞬間全身に、電光が走ったようなあの感覚を――」

白い毛皮に包まれた背を小刻みに震わせながら、夫人は憑かれた者のようにしゃべり続ける。

「ミラノを離れたのもそのため。誰にもこのことは知られたくなかった。サンタ・マッダレーナ島に移って、修復家を呼んで、黒黴を洗い落としてもらった。もう疑問なんてなかったわ。絵は本物だった。私は間違っていなかった。

でも、いまさらそんなことがわかってどうなるというの？　あの男は、私の人生を盗んだのよ。私の情熱、私の未来、二十四歳だった私の夢。そんなものの替わりに与えられたものがなに。宝石やドレスや社長夫人の生活が、なんだというの。私はそんなもの、望んだことはなかった。

もっと早く知っていたら復讐したでしょう。誰にもわからないよう、でもあの人だけにはわかる方法で、苦しめながら破滅させてやったでしょう。ええ、私自身の手でね。それなのにあの人はいうだけいって死んでしまった。私を地獄に突き落として。こんな歳になって私にはもう、なにも残されていなかった。今度こそ、本当に――」

「つまりジョルジョーネの真筆である『仮面をつけた恋人たち』は、あなたにとっては決して人目に触れさせられぬ存在だった。それを手に入れようとしたから、あなたはアルヴィゼ・レニエールを憎んだのですか」

「憎んだ？」

うつむいていた夫人の顔が、ゆっくりと上がった。その口元に嘲りの笑いが浮かんでいる。しかし目は依然として、暗い海に向けられたままだ。

「いいえ。あんな男私は、なんとも思っていませんでした。憎むに価するのは私の夫、トンマーゾひとりです。アルヴィゼはいくつになっても、父親の卑小な模造品でしかなかった。そんなことも桜井さん、あなたはおわかりにならなかったの？」

一瞬振り向きかけた顔を、またすぐ海へ戻し、

「たぶん彼は頭の中で、自分の記憶を改変してしまったのでしょうね。彼は大学にいた頃の私を、愛してなんかいませんでした。誘われたことは何度もありましたけど、それだけのことです。

絵の鑑定などという話を持ち出したのも、大学でパトロンごっこがしたかったからに過ぎません。彼が私に執着を見せるようになったのは、私がトンマーゾの求婚を受け入れてからです。延々父親に劣等感を持ち続けた男が、父親のものを欲しがったというだけのことです。

トンマーゾは、私にした仕打ちは決して赦《ゆる》すことはできないとしても、一城の主にふさわしい器量を備えた男でした。アルヴィゼは、何歳になっても見かけだけです。心は子供のままです。憎む気にもなれません」

「ではなぜあなたはあんなにも、アルヴィゼ・レニエールを殺そうとしていたのですか。それも自分の手ではなく、ミス・ラーゲルレーブを道具のように使って」

またびくっと夫人の背中が震えた。しかし彼女は答えない。

「あなたは被害者のレニエールと加害者に想定していたミス・ラーゲルレーブを、ふたりながら操っていた。彼には彼女の異常性危険性と、にもかかわらず彼女の虜《とりこ》になっている無力な自分という偽りの構図を見せつけ、あなたとあなたのジョルジョーネを我がものにと狙う彼の欲望に、いわば正当性を与えた。いつか十月二十九日の夜のようなことが起こるだろうと、あなたは予測していた。むしろそのように、彼を追い込んでいたといってもいい。

一方であなたはミス・ラーゲルレーブの耳には、レニエールのあなたに対する欲望や、それに対する嫌悪をささやき続けていたはずだ。あなたの最終的な目的は、彼女の手でアルヴィゼ・レニエールを殺害させることにあったのだから。そのためにあなたは久しい以前から、凶器まで用意してあった。そうですね？」

夫人はなにもいわない。こちらを見ようともしない。だから京介はしゃべり続けるしかない。

「彼女の指紋のついた彼女の鑿。彼女が犯人ではあり得ない以上、その凶器は前もって寝室内に用意されていた。そんなことができる人間が、あなた以外にいるでしょうか。そしてあなたは彼女の見ている前でレニエールの傷をいたわり、ひたすらやさしく気遣ってみせた。それもまた彼女の敵意を刺激するためだったのでしょう。

その凶器を小宮ヒロミが使うことになったのは、まったくの偶然に過ぎません。もしも彼女が寝室に入ってくるのがもう少し遅かったら、あなたはどうしたでしょうか。僕にはそれはわからない。だが彼女は間に合ってしまった。あなたのやさしい仮面に踊らされ、あなたを助けるために自分の手を汚してしまった。

我を忘れている彼女の手に、ミス・ラーゲルレーブの鑿を握らせたのはあなただったはずだ。そうしておいてご自分は、返り血もかからぬ場所に身を避けていた。すべてが終わってからあなたは恩恵でもほどこすように彼女を室外に逃がし、自分は無力であったと主張するために睡眠薬を飲んだ。絵のありかをしゃべらせようとしているのに、アルヴィゼ・レニエールがあなたを眠らせるはずはないのですから。

あなたは先程、アルヴィゼ・レニエールを憎んでいなかったといわれた。だが僕にはそれを信ずることはできない。憎しみもなくて、これほど執拗な犯罪を企てることができるでしょうか。復讐の機会を奪われた夫の身代わりに、その息子に憎悪の対象をすり替えたということなのでしょうか。

トンマーゾがあなたにしたことは確かに卑劣であり、残酷な仕打ちだったと思います。ですがどんな理由があったからといって、殺人を正当化することはできない。ましてあなたは自分の手を汚さず、あなたを慕う人間を道具としてそれを行った。

小宮ヒロミはあなたを信じ、殺人の罪を担う覚悟で逮捕されました。瀕死《ひんし》の重傷を負っていまは病院にいますが、回復すれば殺人犯として裁かれることになるでしょう。

そしてミス・ラーゲルレーブも、あなたを守るためにレニエールから送り込まれたスパイ役の女性を殺してしまった。彼女もまた逮捕されれば、殺人罪を問われることになります。あなたは誰に対してもあからさまな教唆《きょうさ》はしなかった。彼女たちが進んでしたことな以上、あなたは法的には安全です。

しかし法が裁くことはなくとも、あなたはあなた自身の罪を知っている。それなのにこの先なにごともなく、生きていかれるというのですか。僕は法の正義も神の正義も信じてはいない。しかし流された彼女たちの血と涙に懸けて、真実を知ってしまったひとりの人間として、あなたを断罪したいと思います」

京介が口を閉ざすと、あたりに沈黙が落ちた。ラグーナから吹き寄せる湿気を帯びた風が、京介の前髪を散らし、夫人のマントの裾をはためかす。

彼女は手袋に包まれた手を上げてフードと髪を直し、毛皮を深く胸に寄せながら顔を上げる。京介を見る。薔薇色の小さな口元は、微笑していた。ひとたび崩れかけた妖精の微笑みが、いまはまた翳りもなくその白く小さな顔を覆っている。京介の推理も告発も、彼女にはわずかなかすり傷さえ与えてはいないようだった。

「お話はそれで終わり？　この後私を捕らえるために、警官隊が突入でもしてくるのかしら？」

「いいえ——」

「あらそう。それならもう少しだけ、あなたのお話に付け加えてさしあげるわ。あなたがいまいったスフィンジェの殺人、私見ていたの。窓から写真を撮ったわ。そしてそれを彼女に郵便にして送ったの。彼女はネリッサの仕業かと思ったみたい。

　小宮さんのワープロね、あれも私がしたことなのよ。彼女の荷物に入っていたのを、テーブルの角に打ちつけて壊して、彼女がスフィンジェに追い出された後に、残っていたのを私の部屋に持ってきたの。そうして藤枝さんが来たとき、もう一度あの部屋の中に隠したのよ。

　どうしてかって？　そうすればきっと藤枝さんは、恋人がこの島で殺されたと思いこむでしょう？彼が暴れて騒ぎになれば、もしかしたらスフィンジェが彼のことも、殺してくれるんじゃないかと思ったの。小宮さんだって、そうなるかもしれないと思って連れてきたんだもの。他の人にやさしくすると、彼女がやきもちを妬いてくれるから。

　さあ正義の味方さん、これで私の罪はいくつになるのかしら。そしてあなたはどうやって私を裁いて下さるつもりなの。まさかいまのおしゃべりだけでおしまい？　あなたの推理を聞けば、私が罪を悔いて自首するとでも思ったの？

　だったらあなたはまるで甘ちゃんの子供ね、桜井さん。法も正義も信じないなんていってるくせに、人間の良心は信じているんですものね。そんなもの私にはこれっぱかしもありゃあしない。『赤き死』みたいに仮面の中は空っぽなの。残念でした。じゃあ、さようなら」

はすっぱな少女のような口調でいいながら歩き出そうとする夫人の前を、京介がさえぎる。

「待って下さい」

「まだ、なにか？」

「なぜあなたはミス・ラーゲルレーブにそのようなことをしたのか、理由をまだうかがっていない」

「私に話せって？　ごめんだわ」

乾いた笑い声がその口から走る。

「そんなにお知りになりたいなら、お得意の推理で当ててごらんなさいな」

「いいえ、あなたは話さなくてはなりません。それも僕にではなく、彼女へ」

京介が横に動き、前を空ける。しかし夫人は歩き出せない。黒く影を落とす建物の角から、長身の人間が歩み出てきている。黒いフードを頭の一振りで背に落とすと、プラチナ・ブロンドの髪が溢れ出す。顔が上がった。

「私ヨ、羚子」

それを見た途端、羚子・レニエールの頬に血の色が差した。

「スフィンジェ……」

3

スフィンジェ、セルマ・ラーゲルレーブの、石に刻んだような顔がそこにある。まっすぐに見据える青い眸。白い唇から吐き出される、抑揚《よくよう》とぼしい日本語の声。

「話ハ聞イタワ。デモ、ワカラナイ。ドウシテアナタハ私ヲ、人殺シニシタカッタノ」

羚子・レニエールは彼女を見つめていた。見つめながらゆっくりとかぶりを振った。

「いわないわ」

「イイナサイ。イワナイト、アナタヲ殺ス」

マントの下から現れた手に、鈍くひかる拳銃がある。両手で銃把を掴み、足を開いて体の前に構えている。その銃口は夫人の胸に向けられて、微動だにしない。

「コレハ賊カラ奪ッタモノ。デモイマハ実弾ガ入ッテイル。私ハ本気ヨ、羚子」

夫人はもう一度ゆるゆると首を振る。そうしながら彼女は微笑んでいる。頬にほんのりと血の色を昇らせ、先刻までの彼岸《ひがん》の妖精めいた笑みではなく、陽射しを浴びて花びらがほころぶように。

「いわない」

彼女はつぶやいた。

「でも、聞いていたなら全部桜井さんがいった通りよ。私はあなたにひどいことをしたわ。あなたの心をもてあそんで利用したわ。だから私を憎んで、スフィンジェ。あなたの生きている限りいつまでも、そうして私のことを覚えていて。せめて記憶の中では、どこへも行かずに私のそばにいて」

「ナニヲイッテイルノ。アナタノイウコト、少シモワカラナイ――」

スフィンジェの眉間に深い縦皺が刻まれた。

「私ハイツモアナタノコトシカ見テイナカッタ。アナタヲ離レテドコへ行クツモリモナカッタ。ソンナコトハアナタガ一番、知ッテイタハズジャナイノ。ダカラ、私ハ人ヲ殺スコトマデシタノニ」

「そうね。あなたはとても私のことを思ってくれた。私はあなたに出会って初めて、本当に人に愛された気がするの」

「私ダッテソウヨ、羚子。デモ、ソレナラナゼ」

夫人は微笑む。

「でもスフィンジェ、人の気持ちは変わる、愛はいつか冷めるわ。狭苦しい島なんてあなたには似合わない。傷ついた鳥のように私のところへやってきたあなたは、傷が癒《い》やされればきっとまた自由な空へ飛んでいってしまう――」

「私ヲ信ジテクレナカッタノ？」

スフィンジェの顔が驚きにゆがんだ。

「私ヲソンナフウニ疑ッテ、ソレデ」

「ごめんなさい。私はどうしても不安でならなかったの。あなたを失うかもしれないと、思うことさえ耐えられない。でもあなたにいつまでも愛してもらえるほどの、価値が自分にあるとは思えなかった。けれどあなたが私のために罪を犯せば、あなたはもう私から離れられなくなる。あなたが絶対どこにもいかないように、あなたを縛り付ける鎖《くさり》が欲しかったの。愛よりも強いものが」

「羚子——」

ふっと、蠟燭《ろうそく》の火を吹き消すように夫人の顔から笑みが消えた。茫然と見開かれた目。血の気の失せた頰。震える指が唇に触れる。たったいまそこからことばの出ていったことが、自分でも信じられないというように。

「いいたくなかったのに、こんなこと……」

「羚子ッ！」

「いうつもりはなかったわ、絶対に——」

羚子・レニエールは突然京介に向かって振り向いた。叫んだ。

「あなたの勝ちよ、桜井さん。あなたは私の最後の仮面を剝いでしまった。だから、本当にこれでおしまい！」

白いマントに包まれていた夫人の手が、すばやく上がって口元を覆う。そのままぐいと顎が上がる。異状を覚えた京介が腕を伸ばす。

「シニョーラ・レニエール！」

だがその手をすりぬけて、夫人の体は階段の下へところげ落ちている。マントの下でもがく体を、駆け寄ったスフィンジェが抱き起こした。

「羚子？　羚子！」

苦悶によじれる白い顔。その喘ぐ口元から立ち上るアーモンド臭。

「ナニヲ飲ンダノ。吐キナサイ、羚子！」

だが痙攣は次第に弱くなっていく。口に指を入れようとするスフィンジェに、かすかにかぶりを振って、

「謝らないわ……」

ささやいた。

「でも、会えて、良かった――」

そのことばだけを残して、羚子・レニエールはもはや動かなかった。

4

羚子・希和・レニエールの骸《むくろ》は、セルマ・ラーゲルレーブにつきそわれ、トダーロの漕ぐ小舟に乗ってサンタ・マッダレーナ島へと帰っていった。その姿は闇に呑まれて、疾《と》うに見えない。しかし桜井京介は、夜霧に消えていく船影を見送ったまま、いまも橋の上にたたずんでいる。

蒼の伝言を伝えそこねたのを、思い出したのは小舟が岸壁を離れてからだ。しかしスフィンジェはまるで、京介の内心の声が聞こえたように振り返った。そしていった。

「あなたのプリティ・ボーイに伝えて。これから私がどうするかはわからないけれど、たぶん私は不幸ではないだろうって」

蒼が伝えたいと思ったことばは、すでにその胸に届いていたかもしれない。そういう彼女の唇は、かすかにではあったが確かに微笑んでいた――

「おおい、京介！」

突然、耳に覚えのある声が聞こえた。

「なにやってんだよ、そんなとこで！」

さっきスフィンジェが立っていたあたりで、こちらを見上げているのは栗山深春だ。毛糸の帽子の下から覗く顔を寒さで赤くして、相変わらずの髭面の回りに真っ白な息が舞っている。

「まあったく、さんざ探しちまったぜ。やっとこ神

代さんや蒼がいるところを見つけたと思ったら、おまえだけいいやがらねえんだから」

ぶつぶついいながら橋の階段を、一段飛ばしに駆け上がってくる。

「——ううっ、寒い。ここ風が吹きさらしじゃねえか！」

「待っていてくれればよかったのに」

「馬ァ鹿、そうはいかねえよ。おまえが糸の切れた凧《たこ》みたいに、どっか飛んでいっちまったらやばいからなあ」

深春の目にはそんなふうに見えるのだろうか。飛んでいきなどしない、自分は。飛ぶための翼など、どこにもない。

「なんだい、情けない面しやがって」

「そうかな」

笑ったつもりだったのだが、あまりうまくいかなかったらしい。

「俺がいない間、だいぶいろいろあったんだろ？」

「まあね」

「で、どうなったんだ」

「終わったよ」

「ふうん」

そう、これで終わったのだろう。少なくとも、京介が関わることのできる部分は。いや、結局のところ自分には、なにもできなかったと京介は思う。すべてが終わってしまった後で惨劇に説明をつけることに、意味などありはしない。そんな空しいことのために、自分は事件に関わったのではない。

錯綜《さくそう》する事件という仮面の背後に羚子・レニエールの顔を見出したとき、京介は思ったのだ。彼女を裁く権利があるのは法ではない。まして自分でもない。彼女を愛しながら裏切られたスフィンジェだ。真相を聞いてスフィンジェが、彼女を赦したいなら赦せばいい。怒りのままに引き裂くなら、引き裂けばよいのだと。

しかし彼女は最後まで自分の歌を歌って逝った。

裏切りながらも愛し続けた想い人に抱かれて彼岸へ飛び去った。京介は勝ってなどいない。後追いの探偵が犯人に勝つことなどあり得ない。

　自分が彼女に告発のことばをぶつけようとぶつけまいと、スフィンジェがそこに現れようと現れまいと、いずれ遠からず彼女は自死を選ぶことになったのではあるまいか。トンマーゾ・レニエールの告白を聞かされ、己れの半生を全否定せねばならなくなったときから、彼女の魂はゆっくりと死につつあったのだろうから。

　操《あやつ》っているつもりで、実は操られていたのは彼女自身だったかもしれない。制御できない自分の憎しみに。そしてスフィンジェを失いたくないという、妄執《もうしゅう》に近い思いに。

　だが彼女が我が身を餌に張り巡らせた罠は、決して逃れることのできぬほど巧緻《こうち》なものではなかった。なぜ罪を犯す前に、己れの手を血で汚す前に、立ち止まれなかったのだ。彼女も、彼女の手の中に巻き込まれた他の人間たちも。人間は理性を持っているはずではなかったのか。

「深春——」

「ああ？」

「人間っていうのは、どうしてこうも愚かなのかな」

　わかっていたはずだ。法も神も所詮は虚構、愚かで醜悪な存在が必要とする、薄ぎれいな仮面に過ぎない。仮面を仮面と気づかぬふりで、やっていくのが人間の社会なのだ。

　だがそれならばその仮面の下を、見てしまう自分とはなんなのだろう。法の守護も神の救済も信じられぬまま、かといってそれに代わるなにかを示すこともできぬまま、ただ見てしまうことしかできない自分こそ、もっとも愚かで醜い、か。

「そらあおまえ、それが人間ってやつなんだろう。種の限界っていうか」

　深春は髭に覆われた顎を掻く。

「だけど、これでちっとずつは進歩っていうか、進化してるんじゃないのかなあ。今日よりは明日、明日よりは明後日ってさ」

「ずいぶん楽天的だな」

同意する気にもなれずに答えた。自分の耳にもとげとげしい声だった。腹を立てているのは決して、深春に対してではない。あまりにも無力な自分自身にだったのだが。

彼は怒ったふうもなく、

「ああ俺は楽天家さ。確かにろくでもないやつは多いけど、蒼みたいな子を見てると、人間そう捨てたもんじゃないなって気がしてくるんだ」

「――――」

「俺が行ったときあいつ、神代さんと話してたんだぜ。自分の名前は自分のものとして、これからも背負っていきたいんだとさ。先行って後悔するかもしれないけど、いまはそれが正しいことだって思うからって。そこまでいわれちゃあ、神代さんだってなんにもいえねえよな」

「そう、か……」

「――なんだよ、おまえはとっくにわかってたんだろ？」

わかっていただろうか。わかっていた気もする。蒼はスフィンジェに、会えて良かったといったのだから。自分を殺しかけた女に。そんな彼がいまさらなにを恐れるだろう。

自分を含めて人間なぞ、信ずるつもりはない。だが蒼のことなら、信じられる。

彼の強さが欲しい、と京介は思った。自分のいま持っているすべてを投げ出しても。この先なにを見ることになってもたじろがぬだけの強さがあれば、もうしばらくこの世界で、人として生きていくことにも耐えられる。

深春の肘が乱暴に脇腹をこづいた。

「良かったら聞いてやるぜ。その腹ン中に抱え込んでるもん」

「――長い話になるよ」

「つきあってやるさ。おまえの話が長いのはいまに始まったこっちゃないし、酒もあるしな。ほれ、ローマ土産《みやげ》だ」

深春はいきなりコートのポケットから、ワインのボトルを引っ張り出して京介の手に押しつける。いつからそこにつっこんであったのか、かじかんだ指に瓶のガラスがほんのり暖かい。そのぬくもりが指先から腕へ、ゆっくりとしみとおっていく。

「さあ、帰ろう帰ろう」

先に立って歩き出した深春は、また急に足を止めて夜空を仰いだ。

「おっ。寒いと思ったら、雪だぜ」

「ああ……」

小鳥の羽毛にも似た雪片が、いつか暗い天を埋めるように舞い始めている。

暗いラグーナの水面に、触れては消えていく雪。死者を包むかたびらのように、罪人を抱きとめ憩《いこ》わせる純白のしとねのように、醜いもの愚劣なものを隠す仮面のように。

（眠れ――）

京介はつぶやいた。

（死者も生者も、罪ある者もなき者も、愚かな者も醜い者も、せめてこの夜は、安らかに……）

そして水の都に、もの皆まどろむ冬が来る。

あとがき

昨年は短編集一冊しか出せなかったので、建築探偵の長編としては二年振り。ようやく新作をお届けすることができ、心からほっとしている。ヴェネツィアの島を舞台に、という構想を抱いたのは数年前のことだが、実現するのがこれほど厄介《やっかい》だとは、そのときは夢思わなかった。おかげで暮れも正月もどこへやら、二〇〇〇年を迎えた感慨もないまま時が過ぎた。せめて作者の苦労が少しでも作品の質を高めることに役立っていればと、祈るのみである。

執筆に先立って昨秋十月末から二週間ヴェネツィアに滞在し、取材を試みた。世界屈指の観光地として名前だけは広く知られているだろう都市の、たったひとつここにしかない魅力的な情景を、少しでも感じ取っていただけたら幸いだ。イタリアの警察組織が複雑にして奇怪千万なのは作中に記した通りで、取材旅行中もつい警官の姿に目が行ってしまったが、結局わかったことよりわからないことの方が多かった。作中に登場する怪しげな私服警部は、純然たる想像の産物である。念のため。

建築探偵のシリーズを本書で初めて手にされた方へ。

物語の中でも時は流れているが、他の作品のネタバラシはしていないので、どこから読んでいただいてもその点は心配ない。ただし登場人物のひとり、蒼の過去については『原罪の庭』を読んで下さるようお願いする。終わった話はそれだけのものとして後を引かせないのが洗練されたやり方だとは思うのだが、すでにそのあたり作者の自由にはできなくなってしまった。ミステリの枠組みがきしみを上げているのを感じながら、いまさら後には引き返せないのだということを、痛感するばかりである。

短編を含めた全作品の年表は『桜闇』巻末に掲載している。

例によってお世話になった方々へ感謝のことばを。

取材旅行につき合ってくれた翻訳家柿沼瑛子氏。

イタリアでの調べごとをお願いしたウーノ・アソシエイツの内田洋子氏。

ローマでお目にかかった大橋喜之氏。

原稿が進まないまま仕事場に沈没した篠田を、文句ひとついわずに見守ってくれた夫、半沢清次。

間に合わない——とわめいて最後まで心労をおかけした担当編集者秋元直樹氏と宇山秀雄部長。

皆様、ほんとうにありがとうございました。

そして誰よりも、新作を待っていて下さった読者の方たちへ。繰り返し書いていることだが、読まれることなくて作品は完成しない。あなたの存在が私を生かし、京介を、蒼を、深春を生かしてくれる。ご感想を心からお待ちしています。

次回作はタイトル未定だが、たぶん那須《なす》の青木周蔵《あおきしゅうぞう》邸をモデルにした直球勝負の建築ミステリになると思う。ただ、一年以内はちょっと苦しいかもしれない。連載の予定を二本も入れてしまったので。少し身の程知らずだったかと後悔しながら、いまさら引き返せない（って、こればっかりだな）。——とにかく頑張りますッ。

主要参考文献

ヴェネツィア「旅する21世紀」ブック　同朋舎出版
ヴェネツィア光と陰の迷宮案内　陣内秀信　NHK出版
海の都の物語　上下　塩野七生　中央公論社
詩想の画家ジョルジョーネ　辻　茂　新潮社
危機のイタリア　福田静夫　文理閣
イタリア刑事訴訟法典　法務大臣官房司法法制調査部編　法曹会
Great Tales and Poems of Edgar Allan Poe　Washington Square Press
Venezia Atlanti di citta　Touring Club Italiano
Laguna Veneta Carta Idrografica e della Navigazione 1942

N.D.C.913 342p 18cm

仮面《かめん》の島《しま》 建築探偵《けんちくたんてい》桜井京介《さくらいきょうすけ》の事件簿《じけんぼ》

二〇〇〇年四月五日 第一刷発行

KODANSHA NOVELS

定価はカバーに表示してあります

著者—篠田真由美《しのだまゆみ》

発行者—野間佐和子

発行所—株式会社講談社

東京都文京区音羽二-一二-二一

郵便番号一一二-八〇〇一

編集部〇三-五三九五-三五〇六

販売部〇三-五三九五-三六二六

製作部〇三-五三九五-三六一五

印刷所—豊国印刷株式会社 製本所—有限会社中澤製本所

ISBN4-06-182125-3（文三）

KODANSHA NOVELS 講談社ノベルス

2000年本格ミステリの最高峰!
美濃牛　殊能将之

メフィスト賞受賞作
血塗られた神話　新堂冬樹

The Dark Underworld
闇の貴族　新堂冬樹

血も凍る、狂気の崩壊
ろくでなし　新堂冬樹

前代未聞の大怪作登場!!
コズミック　世紀末探偵神話　清涼院流水

メタミステリ、衝撃の第二弾!
ジョーカー　旧約探偵神話　清涼院流水

革命的野心作
19ボックス　新みすてり創世記　清涼院流水

JDCシリーズ第三弾登場
カーニバル・イヴ　人類最大の事件　清涼院流水

清涼院流水史上最高最長最大傑作!
カーニバル　人類最後の事件　清涼院流水

執筆二年、極限流水節一〇〇〇ページ!
カーニバル・デイ　新人類の記念日　清涼院流水

メフィスト賞受賞作
六枚のとんかつ　蘇部健一

本格のエッセンスに溢れる傑作集
長野・上越新幹線四時間三十分の壁　蘇部健一

第11回メフィスト賞受賞作!!
銀の檻を溶かして　薬屋探偵妖綺談　高里椎奈

ミステリー・フロンティア
黄色い目をした猫の幸せ　薬屋探偵妖綺談　高里椎奈

ミステリー・フロンティア
悪魔と詐欺師　薬屋探偵妖綺談　高里椎奈

書下ろしスペースロマン
女王様の紅い翼　高瀬彼方《かなた》

書下ろし宇宙戦記
戦場の女神たち　高瀬彼方

書下ろし宇宙戦記
魔女たちの邂逅　高瀬彼方

平成新軍談
天魔の羅刹兵　一の巻　高瀬彼方

平成新軍談
天魔の羅刹兵　二の巻　高瀬彼方

第9回メフィスト賞受賞作!
QED　百人一首の呪　高田崇史《たかふみ》

書下ろし本格推理
QED　六歌仙の暗号　高田崇史

書下ろし本格推理
QED　ベイカー街の問題　高田崇史

乱歩賞SPECIAL　明治新政府の大トリック
倫敦暗殺塔　高橋克彦

怪奇ミステリー館
悪魔のトリル　高橋克彦

長編本格推理
歌麿殺贋事件　高橋克彦

書下ろし歴史ホラー推理
蒼夜叉　高橋克彦

空前のスケール超伝奇SFの金字塔
総門谷　高橋克彦

超伝奇SF
総門谷R　阿黒編　高橋克彦

超伝奇SF・新シリーズ第二部
総門谷R　鵺篇　高橋克彦

KODANSHA NOVELS 講談社ノベルス

超伝奇SF・新シリーズ第三部
総門谷R 小町変妖篇 高橋克彦

長編伝奇SF
星封陣 高橋克彦

書下ろし超古代ファンタジー
神宝聖堂の王国 竹河 聖

書下ろし超古代ファンタジー
神宝聖堂の危機 竹河 聖

超古代神ファンタジー
海竜神の使者 竹河 聖

長編本格推理
匣の中の失楽 竹本健治

奇々怪々の超ミステリ
ウロボロスの偽書 竹本健治

『偽書』に続く迷宮譚
ウロボロスの基礎論 竹本健治

京極夏彦「妖怪シリーズ」のサブテキスト
百鬼解読――妖怪の正体とは? 多田克己

書下ろし長編伝奇
創竜伝1〈超能力四兄弟〉 田中芳樹

書下ろし長編伝奇
創竜伝2〈摩天楼の四兄弟〉 田中芳樹

書下ろし長編伝奇
創竜伝3〈逆襲の四兄弟〉 田中芳樹

書下ろし長編伝奇
創竜伝4〈四兄弟脱出行〉 田中芳樹

書下ろし長編伝奇
創竜伝5〈蜃気楼都市〉 田中芳樹

書下ろし長編伝奇
創竜伝6〈染血の夢〉 田中芳樹

書下ろし長編伝奇
創竜伝7〈黄土のドラゴン〉 田中芳樹

書下ろし長編伝奇
創竜伝8〈仙境のドラゴン〉 田中芳樹

書下ろし長編伝奇
創竜伝9〈妖世紀のドラゴン〉 田中芳樹

書下ろし長編伝奇
創竜伝10〈大英帝国最後の日〉 田中芳樹

書下ろし長編伝奇
創竜伝11〈銀月王伝奇〉 田中芳樹

驚天動地のホラー警察小説
東京ナイトメア 薬師寺涼子の怪奇事件簿 田中芳樹

書下ろし短編をプラスして待望のノベルス化!
摩天楼 薬師寺涼子の怪奇事件簿 田中芳樹

異世界ファンタジー
西風の戦記《ゼピュロシア・サーガ》 田中芳樹

妖艶怪奇な新本格推理
からくり人形は五度笑う 司《つかさ》 凍季《とき》

哀切きわまるミステリー世界
さかさ髑髏《どくろ》は三度《みたび》唄う 司 凍季

名探偵・一尺屋遙シリーズ
湯布院の奇妙な下宿屋 司 凍季

名探偵・一尺屋遙シリーズ
学園街の〈幽霊《ゴースト》〉殺人事件 司 凍季

書下ろし長編ミステリー
怪盗フラクタル 最初の挨拶 辻 真先

書下ろし本格ミステリー
不思議町惨丁目 辻 真先

ウルトラ・ミステリ
A先生の名推理 津島誠司

KODANSHA NOVELS 講談社ノベルス

野望と性愛の挑戦サスペンス
華やかな牝獣たち 南里征典

妖気漂う新本格推理の傑作
地獄の奇術師 二階堂黎人《にかいどうれいと》

人智を超えた新探偵小説
聖アウスラ修道院の惨劇 二階堂黎人

著者初の中短篇傑作選
ユリ迷宮 二階堂黎人

会心の推理傑作集!
バラ迷宮 二階堂蘭子推理集 二階堂黎人

恐怖が氷結する書下ろし新本格推理
人狼城の恐怖 第一部ドイツ編 二階堂黎人

蘭子シリーズ最大長編
人狼城の恐怖 第二部フランス編 二階堂黎人

悪魔的史上最大のミステリ
人狼城の恐怖 第三部探偵編 二階堂黎人

世界最長の本格推理小説
人狼城の恐怖 第四部完結編 二階堂黎人

新本格作品集
名探偵の肖像 二階堂黎人

めくるめく謎と論理が開花!
解体諸因 西澤保彦

驚天する奇想の連鎖反応
完全無欠の名探偵 西澤保彦

書下ろし新本格ミステリ
七回死んだ男 西澤保彦

書下ろし新本格ミステリ
殺意の集う夜 西澤保彦

書下ろし本格ミステリ
人格転移の殺人 西澤保彦

書下ろし新本格ミステリ
麦酒の家の冒険 西澤保彦

書下ろし新本格ミステリ
死者は黄泉が得る 西澤保彦

書下ろし新本格ミステリ
瞬間移動死体 西澤保彦

書下ろし新本格ミステリ
複製症候群 西澤保彦

神麻嗣子の超能力事件簿
幻惑密室 西澤保彦

神麻嗣子の超能力事件簿
実況中死 西澤保彦

神麻嗣子の超能力事件簿
念力密室! 西澤保彦

神麻嗣子の超能力事件簿
夢幻巡礼 西澤保彦

長編鉄道推理
四国連絡特急殺人事件 西村京太郎

長編鉄道推理
寝台特急あかつき殺人事件 西村京太郎

長編野球ミステリー
日本シリーズ殺人事件 西村京太郎

鉄道推理
L特急踊り子号殺人事件 西村京太郎

長編鉄道推理
寝台特急「北陸」殺人事件 西村京太郎

乱歩賞SPECIAL 新トラベルミステリー
オホーツク殺人ルート 西村京太郎

鉄道推理
行楽特急ロマンスカー殺人事件 西村京太郎